2

Nel hatte Matt zu Beginn des letzten Schuljahrs kennengelernt, im Oktober vor rund einem Jahr. Er war ein knapp zwei Meter großer Engländer um die vierzig, ruhiges Lächeln, sportliche Erscheinung, spärliches Haar unter einer Wollmütze, die ihn jung wirken ließ. Nel hatte den großen Typen, der aussah wie ein australischer Urlauber, vor der Schule bemerkt, wo er seine beiden Jungs abholte, die im Hof mit seinen Töchtern spielten.

Eines Nachmittags waren Matt und seine Jungs nach der Schule mit zu Nel gekommen. Die Kinder waren im ersten Stock verschwunden, Matt und Nel hatten Tee getrunken und sich unterhalten.

Matt verkaufte Klos. Das war seine Standardantwort, wenn man ihn nach seinem Beruf fragte, mit der Selbstironie des Engländers, der sich jedes Mal über das Missverständnis freute, wenn sein Gegenüber höflich das Thema wechselte, weil es ihm zu peinlich war, sich genauer nach seiner Tätigkeit als Händler von Keramiktoilettenschüsseln zu erkundigen. Tatsächlich aber war Matt ein Genie. Fähig, seiner Intuition zu vertrauen und sich tollkühn in jedes beliebige Unternehmen zu stürzen. Er war in einem vornehmen Viertel von London aufgewachsen. Hatte einen unerschütterlichen Liberalismus eingelöffelt bekommen: Hilf dir selbst, dann hilft dir Gott. Er hatte sich in zwanzig Jahren an zehn Berufen versucht, hatte drei Firmen gegründet, eine davon abgewickelt, die andere verkauft, von Anfang an einem einzigen Prinzip treu: Nie irgendjemandes Angestellter sein. Egal was, Hauptsache, ich bin mein eigener Chef. Das verlieh ihm einen einfachen Blick auf alles, eine Scharfsicht, die Nel bewunderte: Die Dinge liefen, oder sie liefen nicht. Er hatte ein Musiklabel gegründet, das nie richtig auf Touren kam. Er hatte umgesattelt, es mit T-Shirts versucht, viel Geld verdient, versucht, das Geschäft auf Jeans auszuweiten, einen guten Teil seines Gewinns wieder verloren. Nach einer ersten Ehe hatte er Malika kennengelernt, eine Historikerin, die sich wegen ihrer Forschungsarbeiten über das antike Arles in der Gegend niedergelassen hatte. Er war ihr nachgezogen, hatte Französisch gelernt, mit ihr ein Kind bekommen, dann ein zweites, und beschlossen, es mit einem Projekt zu versuchen, das mit seinen ökologischen Überzeugungen in Einklang stand: den Bau von öffentlichen Trockentoiletten. Er hatte seine eigenen Kabinen entworfen, elegant, rostfrei, pflegeleicht. Ein System erfunden, das weder Wasser noch Strom noch chemische Zusätze verlangte, nicht einmal Sägemehl. Einfach nur Sonne und Wind, wie es auf seiner Website hieß, wo das raffinierte System ausführlich beschrieben war, durch das »Flüssiges« und »Festes«, in dieser dezenten Bezeichnung, jeweils verdunstete oder dehydriert wurde.

Innerhalb von ein paar Monaten war die Firma gediehen. Er hatte seine Kabinen bis nach Toulouse und Nizza verkauft, hatte in Arles einen Partner gesucht, ein Team zusammengestellt, seine eigenen Arbeitsstunden verdoppelt, um der immer stärkeren Nachfrage gerecht zu werden. An seiner Stelle hätten sich viele aufgerieben, hätten Familie und Wochenenden geopfert, unfähig, der Verlockung des Geldes zu widerstehen. Aber Matt hielt stand. Seine Regel lautete: nur vier Tage die Woche arbeiten. Die Aufträge immer bis sechzehn Uhr abschließen. Nie den geringsten Anruf entgegennehmen, sobald er zu Hause war. In der übrigen Zeit versuchte er sich an allem, was ihn reizte. Ohne auf irgendjemandes Erlaubnis zu warten. Ohne diese sehr französische Legitimitätssorge, wie er einmal zu Nel sagte. Dieses Bedürfnis, studiert zu haben. Subventionen zu bekommen. Zu warten, bis andere das Projekt von A–Z abgesegnet hatten, bevor man loslegte.

Eines Tages hatte er Lust bekommen, Filme zu machen. Mit ein paar Ersparnissen hatte er einen Dokumentarfilm über Schaustellerkinder im Seebad Margate gedreht, gegenüber von Calais. Dann einen weiteren über das Leben einer Gruppe von FC-Chelsea-Fans. Und vor allem hatte er, als er im Süden ankam, einen Film gemacht, der Nel tief bewegt hatte, eine Art Träumerei über die Drehorte, die der Schauspieler und Regisseur Joë Hamman kurz vor dem Ersten Weltkrieg für seine allerersten »Camembert-Western« benutzt hatte. Die Steinbrüche von Arcueil. Der Wald von Meudon. Die Salzseen der Camargue. Die dürren Ebenen der Crau. Er hatte versucht, die Stellen wiederzufinden, an denen Hamman damals gedreht hatte, das genaue Dekor der stummen Stuntszenen, der abenteuerlichen Handlungen von *Desperado*, *Der Geier der Sierra*, von *Galgentod in Jefferson City* und *Feuer in der Prärie*. Er hatte Arcueil und Meudon durchmessen, die Ufer des Vaccarès und die Salzgärten der Camargue abgesucht. Der Film zeichnete seine Irrungen nach. Die Kamera glitt in langen Einstellungen durch die Landschaft. Es gab weder Figuren noch Musik oder Ton. Nur diese Leere. Diese verlassenen Landschaften. Manchmal hielt die Kamera inne, blieb mehrere Minuten auf die gleiche improvisierte Arena in der Nähe von Mas-Thibert gerichtet, auf das gleiche schilfbeschattete Flussufer, auf den gleichen Steinhaufen, mitten in der Ebene errichtet wie ein Grab. Als sei sie gerade darauf gestoßen. Als *sehe* sie da etwas, inmitten dieser Schauplätze, dieser Steine. Als wohne sie live der Erscheinung des Geistes von Joë Hamman persönlich bei, der für sie den gleichen Sturz vom Pferd vollführte wie damals, den gleichen Sprung vom Pferderücken auf das Trittbrett einer Lokomotive in voller Fahrt.

Ich habe in deinem Film Joë Hammans Pferde gehört, hatte Nel beim nächsten Mal zu Matt gesagt. Ich habe ihn gesehen, auf seinem Rotfuchs, mit seinem Stetson und seinen Gamaschen aus Merinowolle.

Sie hatten angefangen, zusammen Fußball zu spielen. Jeden Montagabend eine Stunde in der Halle, mit Freunden von Nel, die seit Jahren dabei waren. Matts großer Körper war das Gegenteil von Nels, der zarter, aber auch schneller war, zu Beschleunigungen und Dribblings fähig, an denen Matt sich nicht versucht hätte. Sein Spiel war ruhig, seine Pässe zuverlässig, sein Stand sicher. Wenn der Ball vor seinen Füßen landete, kontrollierte er ihn ruhig, behielt ihn, so lange er wollte, gab ihn weiter, ohne ihn zu verlieren. Wenn er schoss, war es gezielt. Wenn ein Gegner ihn zu sehr bedrängte, verteidigte er sich mit einem gelassenen Schulterstoß, der Störenfried flog durch die Luft, Matt holte sich den Ball zurück und lief weiter nach vorn. Nel amüsierte sich über sein fehlendes Mitgefühl mit denen, die sich mangels Training verletzten: Wenn man so lange keinen Sport gemacht hat, kein Wunder … Würde es dir vielleicht einfallen, dich für einen Marathon anzumelden, wenn du seit Jahren keinen Kilometer mehr gelaufen bist.

Eines Tages, als Matt und Malika mit ihren Jungs zum Mittagessen gekommen waren, hatten sie gefragt, ob sie Nels Fotos sehen könnten. In der Garage hatte ihnen Nel die gerade erst von einer Ausstellung in Nîmes zurückgekommenen Bilder gezeigt. Riesige Panoramaaufnahmen, fast zwei Meter lang, sechzig Zentimeter hoch, in Luftpolsterfolie eingepackt. Zusammen hatten sie mehrere Bilder enthüllt, die vom Hubsteiger aus aufgenommen waren: eine Baumgruppe vor einem Hintergrund von Windrädern und Crau. Salzgärten. Ein Strand. Eine Ansicht des Intermarché Portes de la Camargue, im Gewerbegebiet von Saint-Gilles. Ein früherer

Nebenarm der Rhone im Nebel, gesäumt von Bäumen, so üppig wie in einem tropischen Urwald.

Sollen wir sie raustragen.

Nein, ich finde es toll, sie so zu sehen, ohne Abstand, hatte Matt gesagt. Wenn ich mir vorstelle, dass die ganze Gegend da ist, in Einzelteilen in deiner Garage. Dass du das eingefangen hast und wieder hervorholen kannst, wann immer du willst.

Er hatte ein waldüberwuchertes Backsteingebäude hervorschauen sehen und die Aufnahme ausgepackt, um zu überprüfen, ob er sich auch nicht täuschte.

Das ist Tenque. Das verlassene Pumpwerk bei Fos. Im vergangenen November war ich zwei Wochen lang jeden Tag dort. Ich wollte einen Plan davon erstellen. Verstehen, was sich diese verrückten Holländer da Mitte des neunzehnten Jahrhunderts zusammengeträumt hatten. Natürlich habe ich es nicht herausgefunden. Aber vierzehn Tage lang habe ich Pläne gezeichnet, Fotos gemacht, jedes Becken dieser verdammten Station erkundet. Und eine Menge Vögel und Kaninchen aufgescheucht, die schon lange niemand mehr gestört hatte, was ja auch schon etwas ist.

Mit der Zeit hatten sie festgestellt, dass sie die gleichen Orte mochten. Weniger die geschützte Camargue als ihre Ränder: die verlassenen Hafenanlagen von Port-Saint-Louis-du-Rhône. Der Bootsfriedhof von Carteau. Der Strand Napoléon. Die Bar des Sports in Salin-de-Giraud. Und natürlich die Crau. Die vergessene kleine Schwester des zum Heiligtum erklärten Deltas. Geopfert den Windparks, den Hektaren von immer zahlreicheren, immer ausgedehnteren Lagergebäuden, bis zur Decke vollgestopft mit Kartons, Waren, Containern, den Dreißigtonnern, unablässig damit beschäftigt, diese Kartons in ganz Europa zu verteilen.

Der Wilde Westen ist da, sagte Matt, sobald man das Delta, die Folklore, die Gardians hinter sich lässt. Er hatte Nel von seinen nächsten Filmprojekten erzählt. Von seinen tagelangen Erkundungen der früheren Großmüllerei von Port-Saint-Louis-du-Rhône, die von 1942 bis 1945 eine der deutschen Artillerie-Abteilungen am Eingang des Golfs von Fos beherbergt hatte. Von seinen Recherchen über die Schlauchbootevakuierung der zweihundert Insassen des Gefängnisses von Arles während der Überschwemmungen von 2003. Über den unseligen Schleusenwärter, der 1711 vergessen hatte, das Schleusentor zu schließen, für das er verantwortlich war, wodurch die Rhone ihr Bett verlassen und sich einen neuen Lauf suchen konnte, um an der gegenwärtigen Stelle ins Meer zu münden, mehrere Kilometer weiter östlich als zuvor. Über den Besuch von Juri Gagarin 1967, zur Blütezeit der roten Provence – Juri Gagarin, der kommunistische Held, dessen Welttournee über Martigues, Port-de-Bouc und die Kellereikooperative von Saint-Gilles geführt hatte, wo der Kosmonaut einen Wein auf seinen Namen taufte.

Vor allem hatte er ihm von seinem jüngsten Steckenpferd erzählt: ein verlorener Flecken inmitten eines Pinienwalds, vier Kilometer vor Aigues-Mortes. Eine ehemalige Diskothek, die Nel natürlich kannte, weil er früher dort tanzen gewesen war, wie alle Welt: die Churascaia, genannt die Chu. Matt hatte eine Radiosendung darüber gehört. Eine Stunde mit Erzählungen von früheren Stammgästen, von ehemaligen Angestellten. Er hatte sofort Nel angerufen.

Als sie Mitte der Sechzigerjahre eröffnet wurde, war die Chu zunächst ein Restaurant gewesen. Eine Gardian-Hütte mit einem Reetdach, in dessen Mitte ein Loch als Kamin für den Grill diente. Der Wirt war ein Manadier, ein Viehzüchter, der zwischen Paris und Nîmes lebte und die meistbewunderten Stiere der ganzen Camargue besaß. Er wollte einen Ort haben, um im Sommer seine Freunde zu empfangen, sie das Fleisch seiner Rinder probieren zu lassen, die Musik zu hören, die er von seinen Pariser Partys mitbrachte. Das Restaurant hatte im Juli aufgemacht und war binnen ein paar Wochen zum beliebtesten Treffpunkt der Gegend geworden. Der Ort, wo alle Nachtschwärmer der umliegenden Städte und Dörfer aufkreuzten, um auf den Morgen zu warten, Honoratioren aus Nîmes, Landwirte, Medizinstudenten aus Montpellier, Kellner und Kellnerinnen nach Feierabend, sie alle kamen und feierten im Dunst von Grillfleisch und Pastis zusammen mit den Pariser Freunden des Manadiers. Am Ende der Sommersaison hatte er schließen wollen, wie ursprünglich geplant. Aber seine Freunde hatten ihn überzeugt weiterzumachen. Nach und nach war es der Ort geworden, wohin man abends ging. Die Diskothek, wo man hinrannte, aus welcher Stadt man auch kam, Aix, Narbonne, sogar Toulouse. Eines Juliabends hatte der Manadier genug davon gehabt, seinen Pinienwald in einen Riesenparkplatz verwandelt zu sehen, genug von all dem Lärm und der nicht enden wollenden Party, genug davon, dass jeder Abend sich bis zum nächsten Mittag ausdehnte, in einem ewigen Kreislauf von Andrang und Euphorie. Er hatte die Sache etwas herunterfahren wollen, die Polizei zu Hilfe gerufen. Am Abend hatten dann zwei Polizisten am Eingang des Pinienwalds gestanden und angefangen, bei jedem Auto die Papiere zu kontrollieren. Es hatte sich eine Schlange gebildet, die sich fast einen Kilometer zurückstaute. Um vier Uhr morgens reichte die Schlange bis zum Kreisverkehr von Aigues-Mortes, drei Kilometer weiter, und der Manadier war in Panik geraten, hatte zu den Polizisten gesagt, sie sollten verschwinden, sie würden die Sache nur schlimmer machen.

Natürlich hatte die Geschichte gleich am nächsten Tag die Runde gemacht.

Drei Kilometer Schlange, um bei der Chu zu parken.

Der Andrang war noch größer geworden.

Heute war der Manadier alt, seine Stimme sanft, sein Blick

auf diese Jahre zugleich zärtlich und bescheiden. Die früheren Besucher versuchten die Magie jener Abende zu erklären, listeten die Trümpfe des Ortes auf. Der freie Eintritt. Kein Türsteher. Das Charisma des Hausherrn, der jeden Morgen bei Tagesanbruch, wenn das Feuer erstarb, von Neuem zum König der Camargue ernannt wurde. Die Mischung aus Retrohits, Popplatten und Opernarien, die plötzlich zwischen einem Stück von Jimi Hendrix und einem Lied von Marie Laforêt durch die Nacht schallten, denn der DJ scherte sich nicht darum, ob man auf Bellini tanzen konnte, ob Puccini oder Strauß angesagt waren oder nicht. Die fast familiäre Atmosphäre der Anfänge, die Mischung von Jung und Alt, Eltern und Kinder, die manchmal nur ein paar Meter voneinander entfernt tanzten. Auf dem Parkplatz standen bunt gemischt Jaguars und uralte Enten, Cabrios, Lieferwagen und die Pferde der Gardians. Das fröhliche, entspannte Nebeneinander von Welten, die überall sonst Abgründe trennten, Stierkampf-Liebhaber, pensionierte Landwirte, Pariser Feriengäste, Transvestiten, Showbusiness-Prominenz, Studenten. Die heimlichen Liebesspiele im Pinienwald. Die Stechmücken. Die Stiere, die manchmal im Dunkeln mit dem Maul gegen den Stacheldrahtzaun stießen, ein paar Schritte von dem Partyvolk entfernt, das unter den Sternen frische Luft schnappte.

Die Ehemaligen ergingen sich in Superlativen. Der Manadier dagegen sprach von der Chu wie von einer Stammkneipe, einer bloßen kleinen Bar, die er gern geheim gehalten hätte. Die er ganz gegen seinen Willen hatte größer werden sehen, nur weil er sich weigerte, irgendjemanden auszugrenzen.

Unter den Gästen der Radiosendung war auch Toussaint.

Matt hatte zugehört, wie er von seinen Erinnerungen an die Siebzigerjahre erzählte, wie er die Chu als Tempel des damaligen Zeitgeistes beschrieb, dieses allgegenwärtigen Hangs zum Spiel, zur Übertretung von Gesellschafts- und

Altersschranken, von Genreschranken, musikalisch, architektonisch oder modisch, und natürlich von Geschlechtergrenzen. Die Kategorien von männlich und weiblich wurden fortwährend unterlaufen, verschoben, umgeworfen in unablässigen Travestien – Jünglinge mit kajalumrandeten Augen streiften Gardians mit männlich hochgekrempelten Ärmeln, Amazonen in Cowboykluft wirbelten mit Paillettenbaronen herum, alle amüsierten sich, sprengten fröhlich alle Fesseln, mit einer heute unvorstellbaren Unbekümmertheit, sagte Toussaint mit ruhiger Stimme, ohne Bedauern, einfach nur glücklich, an all das zurückzudenken.

Die Schönheit seiner Erzählungen hatte Matt berührt. Seine Freude daran, sich an seine Jugend in Arles zu erinnern, gerade mal siebzehn Jahre alt, noch unbekannt, ein Südfranzose unter anderen, vielleicht nur etwas dandyhafter, etwas freiheitsliebender, etwas romantischer. Seine Art, noch heute von der Chu zu träumen, vierzig Jahre später, so wie er in all seinen Skizzen und Kreationen im Grunde nie aufgehört hatte, von seiner Heimatgegend zu träumen, immer wieder auf sie zurückkam, sich von ihr inspirieren ließ, ihre Seele entlieh, um sie besser zu zelebrieren, heraufzubeschwören, sie mit universeller Schönheit zu füllen.

Am nächsten Tag war Matt im Pinienwald spazieren gegangen. War um das Gebäude mit den geschlossenen Fensterläden herumgestrichen, über den Parkplatz gelaufen, der groß genug war für das Publikum eines ganzen Stadions, hatte in einer Ecke die Riesenlettern gefunden, die das Wort CHURASCAIA bildeten, wie in Hollywood. Hatte den dort untergebrachten Wächter getroffen, Dominique, ein Typ aus Orléans, der ihm von den letzten erfolglosen Versuchen erzählt hatte, das Lokal wiederzueröffnen.

Mitten im Juli, auf dem von Touristen überlaufenen Hauptplatz von Aigues-Mortes, hatte Matt es geschafft, ein einstündiges Gespräch mit Lolita zu filmen, achtzig Jahre alt, fast weißer Schnurrbart, einer der früheren Stars der Sonntagabend-Shows in der Chu. Mit seiner heiseren Raucherstimme hatte Lolita ihm von seiner Einwanderung aus Spanien in den Fünfzigerjahren erzählt. Von seiner Arbeit in einer Kohlengrube, zehn Stunden Finsternis am Tag. Seine Heirat mit einem Mädchen aus Alès, mit dem er zwei Kinder bekommen hatte. Die Vergnügungswut, die ihn nach dem Brustkrebs-Tod seiner Frau gepackt hatte. Die Entdeckung der Chu, mit gut fünfunddreißig Jahren. Die heimlichen Eskapaden, die damals begonnen hatten, seine Tochter und sein Sohn wussten nichts davon. Der neuartige Kitzel, Kleider anzuziehen, BHs, vor den Gästen mit dem Hintern zu wackeln, um sie zum Lachen zu bringen, den Manadier Schätzchen zu nennen. Und dann der denkwürdige Tag, an dem die Behörden angesichts der wiederkehrenden nächtlichen Ruhestörungen alle Diskotheken dazu verdonnerten, um zwei Uhr morgens zu schließen, und damit den König der Camargue zu der List veranlassten, die eine neue Ära einläutete: die Chu zum Veranstaltungssaal umzudeklarieren. Die Genehmigung lag binnen einer Woche vor. Und dann musste wohl oder übel eine Veranstaltung erfunden werden, mindestens einmal in der Woche, die nicht allzu trostlos war und die Gäste, die sicher nicht herbeigeströmt kamen, um sich ein Theaterstück reinzuziehen, nicht in die Flucht trieb. Lolita und zwei andere in die Geschichte eingegangenen Transvestiten der Chu hatten sich dahintergeklemmt, sie hatten beliebte Opernplots aufgegriffen, die Libretti und die Arien umgeschrieben, um sie passend zu machen. *Carmen im Minirock. Iphigenie im Taumel. Rigoletto toro.* Die Sonntagabende in der Chu wurden bald legendär, das Publikum lachte sich kaputt, wenn Erica und Lolita Brigitte Bardot imitierten, mit ihren Knödelbassstimmen und ihrem zentimeterdicken sardinenblauen Lidschatten die Muscheln und Krustentiere des Hits *La Madrague* besangen.

Von diesem Ort will ich erzählen, hatte Matt zu Nel gesagt, als er von dem Treffen zurückkam. In diesem Nachtlokal, vor dem Hintergrund von Camargue, Stieren und Salzseen, hat alles Platz gefunden: die fröhliche Ausgelassenheit der Sechzigerjahre, die Rebellion der Siebziger, die Pailletten der Achtziger, Drogen, Aids, die ersten DJs, die Krise der Neunzigerjahre. Und sogar die trostlose Schaumschlägerei der 2010er-Jahre, Elektro-Musik, Reality-TV-Stars an den Plattentellern, eine Lautstärke, dass die Grillen einen Herzinfarkt kriegten, zwanzig Euro Eintritt und zehn Euro das Getränk.

Zu diesem langsamen Niedergang hatte Matt seine Theorie: Die Magie hing mit der Unschuld zusammen. Mit dem Nicht-Benennen der Dinge. Sobald das Feiern sich seiner selbst bewusst wurde, ging es bergab, es verzerrte sich, verlor seine Seele. Die Gnade verflog. Die reine Gegenwart wurde durch eine pervertierte Zeit ersetzt, eine Mischung aus dem Hochgefühl, dabei zu sein, und der Angst, der Melancholie fast schon, dass alles zu Ende ging. Das war ihm in der Radiosendung aufgefallen: die heftige Nostalgie der Zeitzeugen. Die Art Mythos, vor dem sie sich vierzig Jahre später allesamt verneigten. Und wie sie paradoxerweise immer wieder betonten, dass es damals niemandem bewusst war. Dass alles genau daran hing: an dem vollkommenen kollektiven Fehlen von Bewusstsein dessen, was vor sich ging. An der Abwesenheit jeder anderen Aufgabe als der, sich mit den anderen zu amüsieren, egal, woher sie kamen, wie alt sie waren, ob sie einen Beruf hatten oder auch nicht, ob sie berühmt waren oder völlig anonym.

3

Mann, du bist kilometerweit zu sehen. Ich habe in der Ferne den Arm gesehen, mitten in der Pampa, und mir gesagt, das ist er. Was sonst, das ist Nel mit seinem Hubsteiger.

Nel zuckte mit den Achseln und lächelte.

Ich kann machen, was ich will, ich schaff es nicht, mich zu verstecken.

Er sah den Mann am Steuer des Pick-ups an, der eine Minute zuvor am Horizont aufgetaucht war, das einzige andere Fahrzeug im Umkreis von einem guten Kilometer: sein Freund Paul Escoffier, Schafzüchter bei Aureille, ein ruhiger Typ um die vierzig.

Auf der Ladefläche des Wagens stapelten sich Dutzende von Säcken voll Salz für die Schafe.

Ich bringe sie nach Colmars, sagte Paul, damit der Hubschrauber sie zur Hütte hochfliegt.

Läuft alles gut da oben, fragte Nel. Fehlen dir deine Zibben nicht allzu sehr?

Paul erzählte das Neueste von der Herde: Zwei Wolfsangriffe. Acht Tiere gerissen. Und drei verschwunden, in der Panik des zweiten Angriffs von den Felsen gestürzt.

Nel kannte die Alm, auf der die Herde war, in- und auswendig. Le Lignin im Haut Verdon, oberhalb von Colmars-les-Alpes. Almen, auf denen die Escoffier-Herde seit drei Generationen den Sommer verbrachte. Auf denen auch Nels Familie, zur Zeit seines Großvaters Maurice und dann seines Vaters und seines Onkels, ihre Schafe hüten ließ. Er hatte den Almauftrieb und -abtrieb oft begleitet. War sogar schon zwei-, dreimal mit Paul und seinen Tieren auf der Hütte gewesen. Er kannte Césaire, den Schäfer, dem Paul sie während der vier Monate anvertraute, die sie dort oben blieben, von Juni bis September-Oktober. Sogar die Herde kannte er. Wusste die Namen von Pauls Lieblingsschafen.

Und die 318 – geht es ihr gut?

Die 318 war das Maskottchen der Herde, immer die Erste, die an den Winterabenden in den Stall lief, die Erste, die während der Auftriebe zur Alm hochrannte und alle anderen hinter sich herzog. Seit Jahren nannten Paul und sein Vater sie so, die 318, nach den letzten drei Ziffern ihrer Kennnummer, so wie sie das einzige schwarze Schaf der Herde Barack nannten, und natürlich hatten die 318 und Barack mit der Zeit mehr Platz in ihrem Herzen und in ihren Gedanken eingenommen, wann immer sie an die Herde dachten.

Im letzten Frühjahr war Nel nach Aureille gekommen, um die Schur zu fotografieren. Tausendzweihundert Schafe, die von neuseeländischen Scherern mit ihren Schermaschinen eins nach dem anderen ausgezogen wurden, am Bauch beginnend, dann den Flanken entlang nach oben, als öffneten sie das Vlies mit einem Reißverschluss bis zum Kinn, und am Rücken endend, wo die Wolle immer am schönsten war. Der Ordner mit den Fotos wartete noch auf seinem Desktop.

Ich habe die Bilder immer noch nicht fertig sortiert, sagte Nel, ich bin eine Niete. Muss mich wieder dransetzen.

Da waren schöne dabei. Du sahst zufrieden aus.

Ich beeile mich und schicke sie dir.

Dann hörten sie beide ein Dröhnen in ihrem Rücken und blickten zum Flugplatz von Salon hinüber. Ein großes Transportflugzeug war gerade gestartet. Bauchig wie eine Boeing, aber kürzer, gedrungener, mit schwerem Bauch. Es stieg mühsam auf, als würde es jeden Moment wieder herunterfallen. Flog über sie hinweg und setzte direkt über ihnen zu einem Kreis an. Wie um sie zu beobachten.

Das gilt dir, lachte Paul. Das gilt deinem Hubsteiger, jede Wette.

Aus ihren offenen Fenstern winkten sie dem Flugzeug ausladend zu und verabschiedeten sich dann voneinander. Jeder fuhr in seine Richtung davon.

Nel fuhr gut drei Kilometer auf der Piste weiter, er holperte im Schneckentempo über Steine und Schlaglöcher und kämpfte sich wie ein lächerlicher Käfer durch die endlose Ebene – die Landschaft belebte sich nur hier und da durch das Erscheinen eines mickrigen Wacholderbuschs, eines rostigen Kanisters, der die Grenze eines Weidegrunds markierte. Schließlich erreichte er die etwas höher gelegene geteerte Straße, ließ ein Dutzend Autos vorbeirasen, ehe er sich auf den Asphalt wagte. Der Laster hörte auf zu rumpeln, der Boden unter den Reifen war plötzlich herrlich glatt. Nel gab Gas, die Tachonadel zeigte endlich mehr als zwanzig Stundenkilometer an, stieg mühelos auf achtzig, neunzig. Als kehre er nach einer Eskapade in ein paralleles No Man's Land, jenseits von Zeit und Landkarten, zurück in die Zivilisation.

Er passierte ein mit Schroteinschüssen und Graffiti bedecktes Trafohäuschen.

ARABER RAUS.

NEIN ZUM GRAND MARSEILLE.

Und direkt daneben, neben einem A wie Anarchie, der Beweis der Komplexität der Dinge und dessen, dass die Menschen sie verschieden sehen: FICK DIESE GANZE SCHEISSWELT.

An einer Kreuzung zögerte er, ob er den Weg über die Nebenstraßen nehmen sollte. Hinter ihm hupte es. Nel schaute in den Rückspiegel, sah das Gesicht des Typen, der im Auto hinter ihm kochte. Fragte sich, ob die Autofahrer überall so bescheuert waren oder ob das eine Spezialität der Bouches-du-Rhône war. Der Fahrer sah, dass Nel ihn beobachtete. Er drückte erneut auf die Hupe, diesmal länger. Dann, da Nel sich immer noch nicht rührte, tickte er aus, bretterte über die Verkehrsinsel, um ihn zu überholen. Als er wieder auf die Fahrbahn kam, setzte sein Auto auf. Ein scheußlicher Lärm: Bamm. Das Fahrgestell krachte mit vollem Gewicht auf den Beton. Der Typ schaute nicht zu Nel hinüber, um ihn nicht lachen zu sehen. Er gab Vollgas, verschwand in der Ferne. Nel legte den ersten Gang ein, setzte die schwere Masse des Fahrzeugs in Bewegung, beschleunigte sanft.

Kurz bevor er die Schnellstraße erreichte, holte er einen Lastwagen mit roter Plane ein, auf dem in Großformat eine nackte Frau prangte, Hintern den Autofahrern dargeboten, neckisches Lächeln. In fröhlichen Großbuchstaben verkündete das Playgirl: PLATZER. Und lud interessierte Kunden auf ihre Lieblingsstrecke ein: Austria–España. Nel sprach weder Deutsch noch Spanisch oder irgendeine andere Sprache, in der das Wort »Platzer« existierte. Aber das Lächeln und die Aufmachung des Mädchens ließen kaum einen Zweifel an seiner Bedeutung. Er fragte sich, was der Laster wohl transportierte. Was diese dreißig Tonnen reinen Platzers in dem fensterlosen Laderaum wohl sein mochten. Er träumte von einem Unfall. Gab sich der Vision des Lkws hin, wie er quer über die Fahrbahn kippte, seine Ladung über den Asphalt erbrach, Dildos in allen Größen und Formen, Leopard-Stringtangas, aufblasbare Puppen, Vibratoren mit G-Punkt-Suchkopf, Ganzkörperanzüge aus feinstem Neopren, Massageöle mit den berauschendsten Düften, Ketten, Peitschen. Ein Schwall von globalisiertem Plastik, ausgekotzt in diese riesige, jungfräuliche Steppe, zwischen den Glassplittern und den Dieselpfützen aus dem aufgerissenen Tank. Porträt einer Epoche und ihrer Leidenschaften.

Er überholte den Lkw, um den Fahrer zu sehen, lächelte ihm zu. Dieser sah den Hubsteiger und hob den Daumen, um das Kompliment zu erwidern, rief ein launiges Wort in einer unbekannten Sprache durchs Fenster. Nel blieb ein paar Sekunden auf seiner Höhe, entzückt über diese Verbindung zwischen dem Platzer und seinem Kletterkorb. Warf einen letzten Blick auf das nackte Mädchen auf der Plane, ehe er sich schließlich dazu durchrang, den Lustspediteur hinter sich zu lassen.

Er fuhr südlich an Arles vorbei, nahm die Straße Richtung Saintes-Maries-de-la-Mer, fand sich zwischen den Reisfeldern mit ihren schon reifen Ähren wieder, die Erntezeit war ganz nah. Der Verkehr war nun dichter, hinter seinem Laster bildete sich eine Schlange, Autos von Urlaubern, die die Nachsaison nutzten, jeden Tag ein paar Stunden am Meer verbrachten. Die Strände waren jetzt ruhiger, die Hitze weniger sengend als im August. Rechts tauchte das Gittertor eines Schlosses auf. Nel fuhr daran vorbei, noch ein paar hundert Meter Richtung Saintes-Maries. Die Straße machte einen Bogen, zwang ihn, langsamer zu werden: die Kurve der Dame Blanche. Berühmt für die Zahl der hier zu Tode gekommenen Autofahrer, schon zur Zeit der Chu. Für die Zahl derer, die weiter jedes oder fast jedes Jahr hier starben, wie die Kreuze am Straßenrand bezeugten, manche noch ganz frisch.

Nach dieser Kurve erreichte er die Abzweigung nach Aigues-Mortes, bog in Richtung der mittelalterlichen Stadt rechts ab. Fuhr über die Kleine Rhone. Betrachtete auf beiden Seiten der Metallbrücke das flaschengrüne Wasser des Flusses, den Schatten der Bäume an seinen Ufern, üppig wie die eines Urwaldes. Auf der anderen Seite tauchten Weinstöcke auf, manche schon abgeerntet. Hier waren die Böden fruchtbar, der Wein gedieh, sogar das Getreide kam gut. In regelmäßigen Abständen standen große Höfe in der Landschaft. Immer mehr Schilder bewarben die Produkte der Gegend. Sandwein. Listel. Stierwurst. Am Straßenrand waren Stände aufgebaut, die kistenweise Pfirsiche, Melonen, Gemüse aus eigenem Anbau darboten. Strandspielzeug aus Plastik und aufblasbare Bälle für die nahen Strände von Aigues-Mortes, Le Grau-du-Roi, L'Espiguette. Flaschen voll Sonnencreme auch, deren fetten, milchigen Geruch Nel im Vorbeifahren zu riechen meinte, diesen Geruch, der wie kein anderer an Ferien, Meer, salzige, von der Sonne aufgeheizte Körper erinnert.

Nach ein paar Minuten erkannte er den Pinienwald, der sich wie eine Insel in der Ferne bauschte. Nur ein paar hundert Meter von der Straße entfernt und doch abgeschieden, verteidigt von den Stierweiden und den Sansouires, den Salzmarschen. Ein kleiner Wald von stolzen, eleganten Schirmpinien, die ihre Kronen aufrecht auf ihren langen, roten Stämmen trugen.

Darunter verbarg sich die Chu.

4

Toussaint hatte Matt die Wahl des Ortes überlassen. Er hatte sich für den Innenhof eines ruhigen Hotels entschieden, ganz in der Nähe des antiken Theaters und der Arena. Dort würde sie niemand stören. Als er sich zu dem Treffen aufmachte, versuchte er, seine Gedanken zu sammeln, sich zurechtzulegen, was er zu Toussaint sagen, welche Worte er wählen würde, um von seinem Projekt zu erzählen. Er rief sich ins Gedächtnis, was er über die Arbeit des Designers wusste, welche Werke von ihm er gesehen hatte. Opernkostüme. Sessel. Eine Ausstellung mit Skizzen für eine Mode-Kollektion. Eine Hoteleinrichtung. Die Ausstattung einer Corrida Goyesca bei der letzten Feria im September. Ein winziger Teil nur dessen, was Toussaint in über dreißig Jahren überall auf der Welt geschaffen hatte. Der ihm aber genügte, um sich von einer sofort wiedererkennbaren Energie berührt zu fühlen, von einer Art Leidenschaft, die allgegenwärtig war in der Wahl der Farben, der Pracht der Stoffe, dem gewagten Gebrauch der Muster. Eine Kühnheit, ein Ungestüm, die Matt fremd waren, ihn jedoch entzückten, die Gewalt, die Toussaint Linien und Stoffen antat, die Art, wie er Gegensätze nebeneinanderstellte, um sie zu vereinen, Barock und Rohes, Gold und Schwarz, Klassik und Pop. Er sagte sich die Sätze vor, die er tags zuvor in einem Buch von Toussaint gelesen hatte. Ein paar einfache Regeln. *Kein Respekt vor dem Bleistift. Nicht zaghaft oder schüchtern sein.*

Matt hatte ihm eine Mail geschrieben, in der er von seinem Filmprojekt über die Chu erzählte, von der Radiosendung, von dem Vergnügen, mit dem er ihm zugehört hatte, von seinem Wunsch, ihn zu treffen. Er hatte auf Senden geklickt, ohne recht daran zu glauben. Keine fünf Minuten später war die Antwort da gewesen.

Lieber Matt,

ich antworte Ihnen kurz, aber von Herzen, denn Ihre Nachricht berührt mich weit mehr, als Sie es sich vorstellen können. Wissen Sie, dass genau heute der Geburtstag eines sehr lieben Freundes ist, mit dem ich zu dieser Gelegenheit immer in die Chu ging??? Wir pflegten aus diesem Tag ein rauschendes, sehr rauschendes Fest zu machen, damals in den Siebzigerjahren.

Ich werde diesen Freitag in Arles sein. Ich will versuchen, Sie anzurufen, Sie zu treffen.

Sehr herzlich

François Toussaint

Als Matt ankam, saß Toussaint bereits an einem Tisch. Der Designer begrüßte ihn mit einem warmen Lächeln, einem kräftigen Händedruck, einem eindringlichen, wohlwollenden Blick. So leidenschaftlich und stürmisch Toussaints Kunst auch war, seine Ausstrahlung war sanft, seine Kleidung schlicht – Jackett mit feinen schwarz-weißen Karos –, seine Bewegungen ruhig, seine Stimme friedlich, und die Sorgfalt, mit der er seine Worte wählte, die Sensibilität und Aufmerksamkeit, mit der er sie gebrauchte, beeindruckten Matt und brachten ihm Toussaint noch näher.

Als er noch in Arles auf der Schule war, hatte Toussaint miterlebt, wie die Chu sich entwickelte, wie die Autos spätabends aus immer weiter entfernten Dörfern und Städten herbeiströmten, wie die Stars, die in der Gegend ihre Ferien verbrachten, sich neben den Männern und Frauen aus Aigues-Mortes, die einfach als Nachbarn kamen, weil es die letzte offene Bar der Gegend war, unter dem Reetdach drängten. Er hatte den Manadier als jungen Mann gekannt, von

Liebhabern umringt, König am Arm seiner Königin, einer Pariser Gräfin, die sich in die Camargue verliebt hatte, in die Stiere und die Gardians, die Sonne, die Salzseen, die Reitausflüge nach Beauduc und an die wilden Strände des Rhonedeltas.

Matt kam auf Toussaints Mail zurück, fragte ihn, wer dieser Freund war, mit dem er jedes Jahr zu seinem Geburtstag in die Chu ging.

Er hieß Fabien, sagte Toussaint in ruhigem Ton. Aber Vorsicht, wenn ich anfange, Ihnen von Fabien zu erzählen, sitzen Sie in der Falle, da finde ich kein Ende mehr.

Toussaint beschrieb den Fabien, den er im Lycée kennengelernt hatte, ein Jahr älter als er, schon in der zwölften Klasse, als Toussaint in die elfte kam. Fabien, der wie durch ein Wunder mit acht Jahren einen Autounfall überlebt hatte, bei dem alle anderen Insassen umgekommen waren, insgesamt sieben in zwei Fahrzeugen, und der ihn sechs Monate ins Koma versetzt hatte, aus dem er schließlich unversehrt aufgewacht war, im Vollbesitz all seiner Kräfte. Nur sein Redefluss war etwas verlangsamt, und die sechs Monate der Bewegungslosigkeit hatten seinem Körper eine Magerkeit verliehen, die er sein Leben lang nicht mehr losgeworden war, er wirkte immer wie ein aus dem Nest gefallener Vogel, unbeholfen, hinkend, schmächtig, was noch zu seinem Charme beitrug. Fabien, der Engel mit den langen Haaren, den indischen Tüchern, den langen Zigaretten, die er von einer Reise mit seiner Mutter aus Bath mitgebracht hatte. Fabien mit dem übertrieben schallenden Lachen, mit den theatralischen Posen, den großen Reden auf dem Schulhof, die manch einen reizten und ihm den Spitznamen eintrugen, den er wie einen Sieg genoss: Istud. »Das da«, auf Lateinisch. Dieses Ding. Nicht einmal ein Menschenname. Das Neutrum. Die schlimmste Beleidigung, die sich die Hirne der Streber, die ihn hassten, hatten ausdenken können.

Istud, ausgesprochen mit einer unendlichen Verachtung für Fabians zarte Gestalt, für seine altmodische Romantik.

Da kommt Istud und zieht wieder seine Schau ab.

Toussaint hatte Fabien an seinem ersten Tag im Lycée über Régine kennengelernt. Régine, die in der ganzen Schule dafür bekannt war, ein gutes Dutzend Jungen in ihrem Alter entjungfert zu haben, hatte sich in einer rumänischen Bluse und silberfarbenen Römersandalen vor ihm aufgepflanzt und ihm, dem gänzlichen Unerfahrenen, ihre Brüste entgegengereckt. Sie hatte über seine Verlegenheit gelacht, ihn gefragt, ob er Latein oder Griechisch mache, ob er Gustave Moreau kenne, ob er die Filme von Cocteau möge. Er hatte sich gefragt, worauf sie hinauswollte. Sie hatte ihm noch ein paar Sekunden lang den Weg versperrt und ihn gemustert, es genossen, ihn erröten zu sehen. Dann hatte sie die Karten auf den Tisch gelegt und diesen Satz gesagt, an den sich Toussaint bis heute im Wortlaut erinnerte, ohne Groll, im Gegenteil mit einem Lächeln, als an den umwerfendsten Auftakt einer Freundschaft, den man sich nur denken konnte.

Du bist also Toussaint. Es heißt, du wärst der Hässlichste, aber der Interessanteste.

Zur damaligen Clique gehörten Fabien, Régine, Javier der Philosoph, Michel der Flötist, Sanzio der italienische Prinz, dessen Eltern tot waren und der mit seinen Großeltern in einem herrschaftlichen Stadthaus aus dem neunzehnten Jahrhundert wohnte, bei Kerzenschein, weil der Strom schon lange abgestellt war. Florence und Suzanne, die unzertrennlichen Freundinnen, die eine Tochter einer reichen Familie aus dem Viertel Cavalerie, die andere Tochter von Spaniern, die vor dem Bürgerkrieg geflohen waren und in Arles das erste anarchistische Kino im Süden Frankreichs eröffnet hatten. Die blonde Florence und die dunkelhaarige

Suzanne, die man nie getrennt sah, sagte Toussaint, die sich in die gleichen Jungen verliebten, die gleichen Kleider trugen und sich am Ende zerfleischten, nachdem Florence Suzanne eines Abends erklärt hatte, sie liebe sie wie eine Gesellschaftsdame, etwa wie die Königinnen mit ihren Meninen auf den Gemälden, weißt du, hatte sie halb betrunken gesagt, genau das ist es, du bist meine Menine, und da hatte Suzanne ihr eine Handvoll Haare ausgerissen, Javier musste sie trennen, und Florence war dreißig Jahre später gestorben, ohne dass die beiden Freundinnen je wieder ein Wort gewechselt hatten.

Javier, Sanzio, Michel, Régine, Florence, Suzanne. Und Fabien als Pfeiler in ihrer Mitte. Fabien, der Urheber aller Streiche, sagte Toussaint, er war derjenige, der einführte, vermittelte, ausschloss, Moden lancierte, der aus England einen taillierten Trenchcoat mitbrachte, den keiner anzurühren gewagt hätte und den im Jahr darauf jeder Zweite trug. Fabien, der Fantasievollste, der Kühnste, der Entschlossenste, ein Lebensprogramm bis zum Ende durchzuziehen, das er sich wahrscheinlich als Einziger bewusst aufgestellt hatte, ein Programm bestehend aus radikaler Freiheit, absoluter Kompromissverweigerung, Hass auf alle Halbherzigkeiten, halbe Freundschaften, halbe Bettgeschichten. Ein überaus ernsthaftes Programm im Grunde, sagte Toussaint nach einer Pause, während der er ins Leere blickte, äußerst anspruchsvoll gegenüber sich selbst wie gegenüber den anderen in seinem Umfeld, ganz im Gegensatz zu dem Bild, das man sich oft von diesen Jahren macht, völlig zu Unrecht, als wären sie nur Lotterleben, Sprengung aller Zwänge, Leben im Hier und Jetzt und Ausschweifung gewesen.

Tatsächlich waren wir damals viel ernsthafter als heute, meinte Toussaint mit einem Lächeln, viel radikaler, einem Imperativ der Kühnheit unterworfen, der keinerlei Schwäche duldete, in jedem Moment der Erforschung unserer Grenzen verpflichtet, dem Kampf gegen unsere Vorurteile, dem Umsturz von allem, was wir an Befürchtungen, an vorgefertigten Ideen, an Angst in uns trugen. Wir *lernten,* sagte er. Nie wieder in meinem Leben habe ich so viel gelernt wie in dieser Zeit.

Er erzählte von ihrem damaligen Reich: ein Haus in der Nähe der Arena, auf der Höhe der Stadt, das neun Monate im Jahr leer stand und dessen obere beiden Stockwerke Fabien allein bewohnte – seine Eltern lebten zehntausend Kilometer entfernt in den Tropen und hatten ihn ohne andere Aufsicht als der einer alten Großmutter zurückgelassen, die wackelig auf den Beinen war und ihre Tage weitgehend in einem Sessel im Erdgeschoss verbrachte.

Er erzählte, wie sie die gebrechliche Großmutter begrüßten, wenn sie zu Besuch kamen, guten Tag Mémé ist Fabien da kann ich zu ihm hoch, und wie sie vollkommen frei waren, sobald sie den ersten Treppenabsatz erreicht hatten. Guten Tag Mémé, Küsschen auf beide Wangen der alten Oma, und schon stürzten wir die Treppe hinauf, erzählte Toussaint, im ersten Stock fanden wir die blaue Tapete aus den Zwanzigerjahren wieder, den Zigarettenrauch, das vertraute Stimmengewirr, die Gesichter der Freunde, die sich im ganzen Zimmer verteilten, manche ans Fenster gelehnt, andere im Sofa versunken oder auf dem Bett sitzend, die Wände voller Schallplatten und Bücher, von einer Freundin, die Stewardess war, aus London oder Los Angeles frisch mitgebrachte Alben, die neuesten erotischen Romane aus Amerika, Schallplatten aus den Dreißigern, vergilbte Ausgaben von Walter Scott, Cocteau, Huysmans.

Von außen war das Haus gewöhnlich, reizlose, fensterarme Fassade, vergittertes Erdgeschoss, gräulicher Putz. Doch im ersten Stock war da dieser Kokon, diese Höhle, aus der jeden Abend Stimmengewirr und Musik aus den Fenstern drangen, die zu den Ohren der Nachbarn gelangen und ihre Neugier oder ihren Ärger wecken mussten, wenn sie sie zu später Stunde aus dem Schlaf rissen, sagte Toussaint und wunderte sich rückwirkend über die Geduld der damaligen Nachbarschaft gegenüber dieser vielleicht allzu wilden Clique, gegenüber unseren allzu arroganten Blicken, sagte er, gegenüber unseren allzu guten Noten in der Schule.

Das geht so nicht weiter es reicht für wen haltet ihr euch.

Die Worte eines Nachbarn, der eines Tages gewagt hatte an der Tür zu klingeln, als die Großmutter schlief.

Was geht so nicht weiter was meinen Sie ich verstehe nicht.

Die Stimme Fabiens, der ihn an der Tür begrüßt hatte, vollkommen gelassen, so ruhig, dass der Typ, wie ertappt, wankend geworden war in seinem Zorn und sich gezwungen gefühlt hatte, seinen Ton zu mäßigen.

Das geht so nicht weiter drei Abende nacheinander mitten in der Woche.

Was geht so nicht weiter warum ich verstehe nicht.

Was meinst du wohl du kleiner Schlauberger machst du dich über mich lustig oder was, ihr hindert das ganze Viertel am Schlafen.

Fabien schwieg ein paar Sekunden, fixierte den Mann mit ruhigem Blick, bevor er im gleichen, weiterhin untadelig höflichen Ton antwortete.

Darf ich Ihnen eine Frage stellen, Monsieur Pichot, nur eine einzige.

Der Typ blickte ihn an, leicht beunruhigt, und wartete, was da kommen würde.

Sind wir eher dafür geschaffen zu lachen zu reden unter Freunden Spaß zu haben oder eher dafür einfach nur zu schlafen.

Der Mann stand entgeistert da, hielt an sich, um nicht in die Luft zu gehen und dem schnöseligen Bengel eine zu knallen.

Ich möchte wirklich Ihre Meinung dazu hören, Monsieur Pichot, verwirklicht sich der Mensch eher wenn er denkt liebt lacht redet Musik hört oder wenn er schläft.

Noch am gleichen Abend schallten wieder die gleichen Lieder aus den weit offenen Fenstern des blauen Zimmers. *Riquita jolie fleur de Java / Viens danser viens donner tes baisers / Tes grands yeux langoureux ensorcellent / Ton doux chant émouvant nous appelle. (Riquita hübsche Blume aus Java / Komm tanzen komm verschenke deine Küsse / Deine großen schmachtenden Augen sind betörend / Dein süß ergreifender Gesang ruft uns.)* Die gleichen Platten ergossen ihre mit Gelächter durchsetzten Klänge in die Nacht. Das kleine Haus geriet in Verruf. Wurde von allen Seiten mit Blicken bedacht, die Woche um Woche strenger und empörter wurden. Die Nachbarn nutzten jeden schlecht zugezogenen Vorhang, um hineinzuspähen und das Leben der Clique zu bespitzeln, jedes offen gelassene Fenster, um ihre Gespräche zu belauschen und alles über ihre Feiern zu erfahren. Um anschließend den Gerüchten und dem Gerede über ihre Verkommenheit neue Nahrung zu geben. In bedeutungsschwangerem Ton vor sich hin zu murmeln, wenn sie ihnen auf der Straße begegneten. Den lieben langen Tag über diese unverschämten, dekadenten Jugendlichen herzuziehen. Über diese abwesenden Rabeneltern, die nicht mal zu erreichen waren.

Wenn man ihnen wenigstens Bescheid geben könnte, wenn man ihnen sagen könnte, was unter ihrem Dach vor sich ging.

Sie bemitleideten die Großmutter, das arme Opfer dieser Brut.

Bemitleideten sie keine Sekunde lang, verfluchten sie im Gegenteil ebenfalls.

Sie bemitleiden machst du Witze sie deckt sie doch.

Sie verteidigen sonst noch was siehst du nicht dass sie mit

ihnen unter einer Decke steckt siehst du nicht dass sie sie anhimmelt dass sie wie eine Prinzessin in ihrer Mitte thront, die glücklichste aller Großmütter, sie könnten die Wände mit Eigelb bemalen oder das Parkett herausreißen und verfeuern und sie würde noch Beifall klatschen.

Guten Tag Mémé ich bin Javier. Guten Tag Mémé ich bin Sanzio, Sanzio wissen Sie Fabiens italienischer Freund, und der Ankömmling beugte sich über den Sessel, um sie zu umarmen, drückte seine Wange gegen die butterweiche alte Haut, drückte sie mit aufrichtiger Zuneigung.

Sie wurde umsorgt wie wenige Großmütter ihres Alters, das lässt sich nicht leugnen, erzählte Toussaint, von morgens bis abends wurde sie verwöhnt, gefeiert, mitten im Wirbel des Kommens und Gehens. Zeugin jeder neuen Wendung, jeder Krönung und jeder Exkommunikation. Und sie stieß den gleichen ekstatischen Schrei aus wie alle anderen, als Fabien einmal völlig aus dem Häuschen heimkam und erzählte, er habe gerade Marie Laforêt getroffen.

Sie ist Marie Laforêt wie aus dem Gesicht geschnitten ich schwörs euch, genau die gleichen grünen Augen, das gleiche Lächeln. Marie Laforêt höchstselbst auf der Caféterrasse des Malarte könnt ihr euch das vorstellen, und natürlich hatte er die Unbekannte sofort nach ihrer Nummer gefragt, hatte ihr gesagt, das Mädchen mit den Goldaugen sei ihrer aller Idol, sie seien im letzten Sommer vier Stunden gefahren, nur um bei ihrem Konzert in Lyon dabei zu sein, und drei Monate später noch einmal vier Stunden zu ihrem Konzert in Toulouse.

Nach einer Woche hatte Fabien es geschafft, Marie Laforêt ins Haus auf der Höhe zu locken, und er verkündete ihre Ankunft mit Pauken und Trompeten: Ich stelle euch Marie Laforêt vor. Die Clique war begeistert. Sanzio lief los und legte ihrer aller Lieblingsplatte auf. *Toi mon amour, mon ami / Quand je rêve c'est de toi / Mon amour, mon ami / Quand je chante c'est pour toi / Mon amour, mon ami / Je ne peux vivre sans toi / Mon amour, mon ami / Et je ne sais pas pourquoi. (Du meine Liebe, mein Freund / Wenn ich träume, geht es um Dich / Meine Liebe, mein Freund / Wenn ich singe, ist es für Dich / Meine Liebe, mein Freund / Ich kann nicht leben ohne Dich / Meine Liebe, mein Freund / Warum, das weiß ich nicht.)* Javier war eilig aufgestanden, um ein Glas Wein zu holen für die neu Hinzugekommene, die das Haus nicht wieder verlassen hatte, die zu einem unverzichtbaren Bestandteil der Feiern auf der Höhe geworden war, ohne etwas anderes zu tun zu haben als da zu sein, sich einfach still bewundern zu lassen, ganz wie ein Möbelstück, nur gelegentlich besucht von Javier oder Régine, die sich im Vorbeigehen zu ihr hinabbeugten, ihr ins Ohr flüsterten, küss mich Marie, lass mich deine Stirn küssen Marie, und einen innigen Kuss auf ihre Ponyfransen drückten, der sie laut auflachen ließ, selbst noch beim zwanzigsten Mal, noch nach sechs Monaten.

Es gab diese Abende im blauen Zimmer, erzählte Toussaint, die sich in einer Art schwebenden, angehaltenen Welt abspielten. Und dann gab es die Abende in der Chu. An Fabiens Geburtstag ging es in die Chu, unweigerlich. Am Anfang war daran nichts Außergewöhnliches, wir gingen sowieso fast jeden Monat in die Chu. Aber später sind wir beide weggezogen, lebten mehrere hundert Kilometer voneinander entfernt. Und da wurde dieses Treffen heilig, eine Art Ritual – an Fabiens Geburtstag ging es in die Chu, ob es regnete oder stürmte, es war ein Art Pakt, ein Schwur gegenüber uns selbst, ein Versprechen, uns jedes Jahr zumindest an diesem einen Abend wiederzutreffen, auch wenn wir dafür aus Paris oder von noch weiter her anreisen mussten.

Matt fragte Toussaint, ob er sich an einen Geburtstag von Fabien besonders gut erinnere. Der erste Geburtstag in der Chu, der ihm einfiele, einfach so, ohne nachzudenken.

Ja, sagte Toussaint. Ein klares Ja, ohne jedes Zögern.

Wir hatten einen schönen Abend verbracht, begann er, Fabien war extra aus Deutschland zurückgekommen, wo er als Steward bei der Lufthansa arbeitete, und ich war am Morgen in den Zug gesprungen, um aus Paris anzureisen, es dämmerte, es war also schon nicht mehr Fabiens Geburtstag, sondern der Tag danach, der Morgen brach an, es war eine schöne Nacht in der Chu gewesen und wir fuhren friedlich nach Arles zurück, Fabien saß am Steuer und fuhr durch die noch schlafenden Reisfelder, ich persönlich hätte es gerne dabei belassen, aber Fabien hatte sich wie gewohnt kategorisch geweigert heimzufahren, ihm war eingefallen, dass es in der Nähe von Avignon eine Diskothek gab, die dafür bekannt war, dass sie den ganzen Morgen geöffnet blieb, und die Aussicht, die Nacht dort zu verlängern, genügte, um seine Stimmung zu heben. Er drückte aufs Gas, wir nahmen Fahrt auf, ich schaute auf den Tacho, der Zeiger stieg auf hundert, hundertzehn, hundertzwanzig, hundertdreißig auf der schmalen Nationalstraße, die frische Morgenluft drang heftiger durch die Fenster herein, und an einem anderen Tag hätte ich protestiert, gedroht hinauszuspringen, wenn er nicht aufhörte, aber an diesem Morgen beschloss ich in einer Art benebelten Euphorie, dass es mir egal war. Wir rasten wie im Rausch durch die zu Ende gehende Nacht, durch die stille Camargue ringsum, die reglosen Reisfelder, auf die Gefahr hin uns umzubringen, das ist der ideale Moment, muss ich gedacht haben, irgendetwas in der Art, komme, was kommen muss, möge dieser Augenblick mein letzter sein, wenn es so sein soll, etwa dasselbe, was auch Fabien in diesem Moment denken musste, lass uns hier und jetzt Schluss machen, hätte der eine sagen können, und der andere hätte garantiert Ja gesagt.

Aber es war nichts passiert. Wie durch ein Wunder erreichten wir Avignon, ohne dass der kleinste Schrecken uns den

Rausch verdarb, und erst dort, in den kleinen Straßen der Stadt, kam es zu dem Unfall, Fabien bemerkte drei angetrunkene Jungen, schön wie Faune, drehte sich um, um ihnen nachzupfeifen, und übersah eine rote Ampel.

Es muss sieben Uhr morgens gewesen sein, erzählte Toussaint, es war Sonntag, und die Wahrscheinlichkeit, dass genau in dem Moment ein anderes Auto auftauchte, musste gegen null gehen. Vielleicht hätten wir im selben Augenblick schadlos über jede andere Kreuzung der Stadt rollen können, aber auf diese da kam in voller Fahrt ein Lastwagen zu, wir hörten auf, den Jungen nachzuschauen, sahen die drei Meter hohe, fünfzehn Meter lange Masse genau im rechten Winkel auf uns zurasen, und ich wusste sofort, dass alles zu Ende war, ich fasste es mir in klare Worte, ruhig, fast gleichgültig, so also werde ich sterben, dachte ich, hier also endet mein Leben, und ich hatte seltsamerweise keine Angst, was in mir vorherrschte war nicht die Panik, eher eine Art Konzentration, eine Art Bemühen darum, jede Etappe des Weges bis zum nunmehr unausweichlichen Zusammenprall zu verfolgen, mit der gleichen Distanz, als handele es sich um eine Physikaufgabe, als wäre nicht eines der beiden Fahrzeuge, die gleich zusammenstoßen würden, das unsere. Ich sah den Moment voraus, in dem die Vorderseite unseres Fiats die Seite des Zehntonners rammen würde, den Moment, in dem unsere Köpfe gegen das Fahrgestell des Lasters prallen unter die Räder geraten explodieren würden wie Granaten, und im gleichen Moment hörte ich, wie Fabien voll auf die Bremse trat, genau wie mein Geist es mir vorhergesagt hatte, mit einer Verspätung, die sowieso schon egal war, ich hörte das Kreischen der Reifen auf dem Teer sah die riesige Metallleiste auf mich zurasen, *alles wie vorhergesehen,* dachte ich. Ich fand es beinahe tröstlich festzustellen, dass meine Vorhersagen richtig gewesen waren, dass unsere beiden Körper abhoben und wie vorhergesehen gegen die Seite des Lastwagens prallten, und mein einziger

Fehler war, gedacht zu haben, dass der Reifen meinen Kopf überfahren würde. Tatsächlich fuhr er zwanzig Zentimeter daran vorbei, direkt vor meinem Gesicht, das nicht zermalmt wurde, sondern wie durch ein Wunder verschont blieb, er hatte mich nur gestreift, war so nah an mir vorbeigerollt, dass ich den Wind auf meinem Gesicht gespürt hatte, und sofort dachte ich, ich komme noch einmal davon, weniger erleichtert als vielmehr erstaunt, perplex darüber, dass ich mich getäuscht hatte. Ich sah Fabien, der sich ebenfalls bewegte, und sagte mir, kann das denn sein, wir sind unversehrt wir haben nichts, wir werden aufstehen können und weiterleben, was wir dann auch getan haben, mit etwas Mühe, aber wir haben es schließlich geschafft, sagte Toussaint, im Gegensatz zu dem Fiat, dessen Leben da endete.

Er war fertig mit seiner Geschichte und schaute Matt an, der seit zehn Minuten über sein Notizbuch gebeugt dasaß und mitkritzelte. Er lächelte.

Ich weiß nicht, was Sie damit werden anfangen können.

Matt lachte über sich selbst und über seine emsig mitschreibende Hand.

Ich weiß es auch nicht. Noch nicht. Aber ich werde etwas damit anfangen, das ist sicher.

Er ließ etwas Zeit verstreichen.

Glauben Sie, wir könnten uns wiedersehen. Für ein gefilmtes Gespräch diesmal.

Als Antwort holte Toussaint seinen Kalender hervor und schlug den Freitag der Reis-Feria vor.

Großartig, sagte Matt. Ich werde da sein.

Vielleicht komme ich sogar vorher noch einmal in Arles vorbei. Dann würde ich mich melden. Ich freue mich darauf. Vielleicht ist es das Alter, aber je mehr die Zeit vergeht, desto öfter denke ich an diese Jahre zurück. Ich bin überzeugt, dass sich damals etwas Entscheidendes abgespielt hat, für mich wie für alle anderen, die dabei waren.

Sie betrachteten den Hof um sich herum, den müßigen Kellner, der auf ein Zeichen von ihnen wartete. Standen schließlich auf, beide in bester Laune.

Ehe sie auseinandergingen, sagte Matt zu Toussaint, dass Nel ihn grüßen lasse. Toussaint schien zu zögern, als frage er sich, von welchem Nel Matt redete.

Man hat mir gesagt, Sie mögen seine Fotos, fügte Matt hinzu, um ihm auf die Sprünge zu helfen.

Da hellte sich Toussaints Gesichtsausdruck plötzlich auf.

Nel der Fotograf. Kennen Sie ihn?

Wir sind gute Freunde, sagte Matt. Er verfolgt das Projekt mit großem Interesse. Ich habe ihm gesagt, dass ich Sie treffen würde.

Toussaint schaute ihm in die Augen. Sah, dass er nicht Bescheid wusste.

Unglaublich, dass Sie ihn erwähnen. Dass Sie ihn genau nach dem Gespräch erwähnen, das wir gerade hatten. Er war sein Cousin. Fabien war Nels Cousin. Wussten Sie das nicht? Die abwesenden Eltern, von denen ich Ihnen erzählt habe, waren sein Onkel und seine Tante.

5

Als er das Gebäude inmitten der Pinien erblickte, wurde Nel eine schlichte Tatsache bewusst: Er hatte es noch nie bei Tag gesehen. Auch noch nie menschenleer, ohne ein einziges Auto auf dem großen Parkplatz, der jetzt aussah wie jede andere Wiese auf der Welt, ohne die geringste Spur eines Festes, ohne auch nur einen Reifenabdruck im Gras. Im Mittagslicht lag ein gewöhnliches Gebäude inmitten einer Stierweide, mit einem roten Vordach über dem Eingang. Ein fantasieloser Kasten, an dem nichts den Zauber ahnen ließ, den er jahrelang auf alle ausgeübt hatte, die nachts herkamen, um sich zu vergnügen.

Nel stieg aus dem Laster, klopfte an die Tür. Wartete etwas, vergeblich. Klopfte erneut, diesmal lauter. Versuchte, durch einen Fensterspalt zu spähen, ohne mehr zu erahnen als einen verlassenen Raum, den sauberen Fliesenboden, die Bar, die Kabel der Scheinwerfer, den an die Wand gelehnten Schrubber, neben einem neuen Scheuerlappen und ein paar Putzmittelflaschen.

Er machte einen Rundgang über das Gelände, betrachtete den vor dem Eingang geparkten blauen Lieferwagen, inspizierte die in die Wand eingelassenen Kästen der Klimaanlage, die nagelneuen Sanitäranlagen, den Stromzähler, die Starkstromanschlüsse. Als er zum Laster zurückging, kam er an einer großen Wand voll neuerer Plakate vorbei, mit raubkopierten Bildern aus den 60ern, die Electro-Partys ankündigten. Sie hatten in die Vollen gegriffen: Belmondo, Bardot, Delon, Dalida, keine Ikone der Zeit wurde ausgelassen. Im

Vordergrund ein ganz neues Plakat: La Chu 1965–2015 – Sonderöffnung – Konzert zum 50. Geburtstag – DJs Kassi und Biggy Ben. Nel fragte sich, ob Matt davon wusste. Für alle Fälle notierte er das Datum.

Er stieg wieder in den Laster und manövrierte ihn unter ein Stück freien Himmels zwischen den Pinien. Dann kletterte er in seinen Korb und begann aufzusteigen, sah, wie die Äste sich seinem Kopf näherten, in Reichweite seiner Hände vorbeiglitten, unter seinen Füßen versanken wie ein seidiger Teppich, die langen Nadeln, die im Licht sanft schillerten.

Von oben konnte er über den Pinienwald und die Sansouires hinwegblicken, auf denen die Stiere weideten. Er sah die Erdwälle des Rhone-Sète-Kanals, erkannte weit in der Ferne die grün und golden gesprenkelten Flächen des Étang du Scamandre und des Étang du Charnier, das Paradies der Stechmücken. Weiter links entdeckte er eine seltsame billardgrüne Fläche. Ein weitläufiger glatter, sauberer Rasen, der wirkte, als würde er ausgiebig gegossen. Ein grüner Teppich, in den eine Riesenausstechform perfekte Rechtecke gestanzt zu haben schien, die dann zusammengerollt und hochkant aufgestellt worden waren.

Er griff zu seinem Telefon, suchte und fand den Namen des Besitzers des Geländes. Fertigrasenhersteller Saint-Sauveur. Rollrasen. Er öffnete die Webseite, klickte auf Unsere Produkte. Entdeckte das Angebot, das sich auffächerte in Prestige-Sportrasen, Mediterranrasen, Trockenrasen. Las, dass der Fertigrasenhersteller Saint-Sauveur ein Familienbetrieb mit landwirtschaftlicher Erfahrung seit drei Generationen war und auf dreiundsechzig Hektar Rollrasen anbaute, für jeden Bedarf, so umfangreich er auch sein mochte. Lieferservice inbegriffen.

Er griff nach seiner Kamera, suchte nach der besten Einstellung, bewegte das runde Dach der Chu im Rechteck des Suchers hin und her, fragte sich, welches Bild das stärkste, das treffendste wäre. Die Chu inmitten der Pinien versunken wie eine Waldhütte. Die Chu zwischen Pinien und Stieren. Die Chu inmitten einer bunt gemischten, zusammengewürfelten Szenerie, wie sie die Gegend bot, zwischen Schirmpinien, Stieren, Kanal und Prestige-Sportrasen.

Er stand eine Weile da und betrachtete das Gebäude zu seinen Füßen, verzeichnete die Neuerungen im Patio, beobachtete das verglaste Dach, unter dem er Dutzende Male gestanden hatte. Er erinnerte sich an seine ersten Abende dort mit seinen Cousins, noch als Jugendlicher. An die Abende der folgenden Jahre, mit anderen Studenten aus Montpellier. An einen bestimmten Abend vor allem, als er neunzehn war, sie waren um zwei Uhr morgens angerückt, der Parkplatz rappelvoll, die Pinien mit Scheinwerfern beleuchtet, die Tanzfläche überfüllt. Sie hatten sich ein Bier geholt und von den Lichtpailletten der Discokugel sanft blenden lassen. Und dann waren sie auf eine andere Gruppe von der Uni gestoßen, Biologiestudentinnen. Mädchen im ersten Studienjahr, wie sie selbst. Darunter DAS Mädchen.

Die beiden Cliquen hatten sich ein bisschen unterhalten. Ein wenig zusammen getanzt. Nel hatte ein bisschen mit dem Mädchen geredet, ein Viertelstündchen mit ihr gescherzt, ohne dass etwas passierte.

Am folgenden Montag hatte er sie dann in der Eingangshalle der Uni am Kaffeeautomaten wiedergetroffen.

Gibst du mir die Schlüssel zu deiner Wohnung.

Die Gespräche rund um den Kaffeeautomaten waren verstummt, alle Blicke richteten sich auf das Gesicht der Studentin, die einhellig als die heißeste im ganzen Hörsaal galt, und auf das Gesicht von Nel, dem das Mädchen die offene Hand entgegenstreckte.

Ich bin müde gibst du mir bitte deine Schlüssel.

Mit der größten Selbstverständlichkeit, als wäre an der Frage nichts Besonderes, als wäre es das Unverfänglichste auf der Welt, sich von jemandem die Schlüssel zu leihen.

Der Kaffeeautomat hatte gepiept, Ihr Getränk ist fertig.

Nel hatte sich vorgebeugt, um den Instant-Lungo herauszunehmen, mit der anderen Hand dazu angesetzt, die Schlüssel aus seiner Tasche zu holen, festgestellt, dass er in dieser Hand schon seine Jacke hielt, und sich folglich entschlossen, dem Mädchen den heißen Becher zu reichen, um den Schlüsselbund aus seiner Hosentasche zu angeln und ihr zu geben.

Es stört dich doch nicht, dass ich bei dir einen Mittagsschlaf mache, bist du sicher – mit einer Spur gespielter Besorgnis in der Stimme, als habe sie plötzlich doch Bedenken, Angst zu stören, aufdringlich zu erscheinen, als streife sie auf einmal der für ihren unschuldigen Geist unerhörte Gedanke, ihre Anfrage könnte vielleicht etwas forsch wirken oder zweideutig. Als würde ihr im Augenblick das mögliche Missverständnis bewusst, ogottogott ach so das konnte für Verwirrung sorgen, ach so es war nicht vollkommen üblich, sich bei einem Studenten im ersten Jahr, den man kaum kannte und auf dessen Gesicht deutlich die Verlegenheit geschrieben stand, zum Mittagsschlaf einzuladen, ach so eine solche Frage konnte überraschend wirken, wenn sie sich an einen fast unbekannten Jungen richtete, von dem man nicht einmal wusste, ob er allein lebte, ob es in seinem Leben vielleicht jemanden gab. Die Antwort auf letztere Frage war allerdings leicht zu erraten, wie das Mädchen seiner besten Freundin brühwarm erzählt hatte, solche Dinge spürst du einfach, allein an der Art, wie er sich vor mir bewegte, habe ich es sofort erkannt, allein an seiner Verlegenheit, als ich mich ihm genähert habe und mein Mund nur noch ein paar Zentimeter von seinem entfernt war, er hat es noch nie getan, habe ich mir da amüsiert gesagt, er ist fast zwanzig und hat es noch nie getan wie süß, ich bin mir ganz sicher ist das nicht unwiderstehlich hättest du an meiner Stelle nicht auch Lust gehabt dich sofort um ihn zu kümmern.

Nel hatte den Kopf geschüttelt.

Nein du störst mich nicht.

Nein, du heißestes Mädchen im ganzen Hörsaal, du Mädchen dessen Mund Lächeln Brüste mir nachts den Schlaf rauben, du Mädchen, das ich die ganze Vorlesung lang anschaue und mit der ich im Traum jeden Abend seit Anfang des Jahres schlafe, nein es stört mich nicht, dass du dir meinen einzigen Schlüsselbund leihst und dich nach einer warmen Dusche in mein Bett legst, nein ich habe nichts dagegen, ich sehe kein besonderes Problem darin, die Vorstellung von dir, wie du dich nackt und von der Dusche noch ganz warm in mein Bett legst und dort einschläfst, stört mich nicht weiter, ist mir jedenfalls nicht so unangenehm, dass ich dir diese Gefälligkeit abschlagen würde.

Er hatte ihr nachgeschaut, wie sie davonging in ihrem Lammfellmantel, mit ihrer kleinen mexikanischen Umhängetasche, ihrem offenen Haar.

Was hast du mit ihr gemacht. Womit hast du sie verhext erzähl.

Er hatte versucht, sich an ihre Unterhaltung am Samstagabend zu erinnern, an die improvisierte Nummer, die er abgezogen hatte und mit der er recht zufrieden gewesen war, sein Vater und sein Großvater, die Schäfer waren, seine Erinnerungen an die Almauftriebe im Sommer, die endlosen steinigen Ebenen, die Hügel, die Täler, das Dröhnen der Gewitter im Gebirge, die Fotos, die er machte und in seinem winzigen Badezimmer selbst entwickelte, der Western, den er später einmal in dieser Szenerie drehen würde, Pick-ups und verlassene Schäfereien, Verstecke der Mafiosi aus Marseille, und über alldem der Wind, der die Steine und die ewigen Streitigkeiten der Menschen vor sich hin wälzte.

Er hatte gespürt, dass sie positiv reagierte. *Sie reagiert positiv,* erinnerte er sich gedacht zu haben, genau mit diesen Worten, und er hatte gespürt, das Lächeln des Mädchens war aufrichtig, ihr Körper näherte sich seinem, ihr Geruch ihre Haare streiften ihn sanft, drängten ihn, nahmen ihn in Beschlag.

Er war mit den anderen in den Hörsaal gegangen, hatte die zwei restlichen Vorlesungsstunden abgesessen, ohne etwas mitzubekommen von den Ausführungen des jungen Dozenten über die Vorteile der verschiedenen Methoden der Bücherklassifikation, wobei die beste ihm zufolge, wenn sie seine ehrliche Meinung wissen wollten, immer noch das gute alte Dewey-System sei, das nicht umsonst seit Jahrzehnten in Gebrauch war.

Was machst du denn bist du immer noch da.

Die Stimme seines Kumpels Gilles. Ringsum waren die Studenten aufgestanden und verließen den Hörsaal. Der Dozent hatte seinen Tageslichtprojektor ausgeschaltet, seine Folien zum Ruhme Deweys wieder eingepackt.

Was machst du denn noch hier kapierst du nicht dass sie auf dich wartet.

Er war nach Hause gegangen, hatte unterwegs den Herbst um sich herum betrachtet. Die rötlichen Blätter der Platanen auf den Gehwegen. Er trat auf sie, lauschte ihrem Knistern unter seinen Sohlen. Er war die fünf Stockwerke zu seiner kleinen Dachkammer hochgestiegen, hatte die Tür geöffnet. Er hatte sie im Bett sitzen sehen, die Schultern nackt, das Laken über die Brüste hochgezogen. Sie blätterte in einem dicken Fotoalbum, das er sofort erkannt hatte. Sie hatte ihn angeschaut, wie er mit hängenden Armen in der Tür stand.

Na endlich.

Ich hatte einen Kurs.

Sie hatten beide das Gleiche gedacht: dass der eigentliche Kurs jetzt dran war. Sie hatte das Album auf den Boden gelegt.

Komm her.

Er hatte die Tür hinter sich geschlossen, war näher gekommen. Sie hatte das Laken von sich geworfen. Er hatte die braunen Spitzen ihrer Brüste sehen können, ihren braunen Bauch, ihre braunen Schenkel. Gebräunter Körper eines Mädchens, das den Strand liebte, die Sommer in den Landes, das Baden in Flüssen.

Na los komm her.

Sie hatte die Knie unters Kinn gezogen, Hände auf den Schienbeinen, hatte ihm das Gesicht entgegengereckt, um ihn zu küssen. Er schielte beim Versuch, alles auf einmal zu sehen, das Gesicht des Mädchens und die goldene Spalte, die sich zwischen ihren Fersen für ihn öffnete. Weiche kleine Spalte zwischen den Schenkeln. Einladende kleine Spalte. Er hatte langsam die Hand ausgestreckt, um sie zu berühren, während er das Mädchen weiter küsste, hatte unter seinen Fingerspitzen die Wärme, die Nässe gespürt.

Er hatte immer gedacht, sein erstes Mal würde mit einem Mädchen sein, das es wie er noch nie getan hätte. Schließlich hatte er mit einem Mädchen geschlafen, das vielleicht dreißig Jungen vor ihm gekannt hatte.

Das Mädchen war natürlich über Nacht geblieben. Natürlich waren sie nicht vor dem Morgen wieder aus dem Haus gegangen, hatten den ganzen Abend keinen Fuß vor die Tür gesetzt, waren fünfzehn Stunden in der kleinen Dachkammer geblieben. Am Morgen hatte Nel sie zur Haustür hinunterbegleitet, war wieder in sein Zimmer hochgegangen, hatte durch das Fenster den Fluss betrachtet, das Glitzern des Wassers weit unten. Er hatte sich glücklich und ruhig gefühlt, eine machtvolle, aber nach innen gekehrte, zurückgehaltene Freude, als wäre das Geheimnis sowieso unmöglich zu teilen, als könnte niemand sich dessen Intensität vorstellen. Er hatte ganz ehrlich gedacht, dass ihm fortan nichts mehr widerstehen könnte, er hätte es aus dem Fenster hinausschreien mögen, alle seine Freunde anrufen, die Neuigkeit jedem Passanten verkünden, und er hatte gedacht, beruhige dich. Ihm schien, der neue Mensch, der er nun war, müsste sich beherrschen können, genau diese Eigenschaft machte seine Neuheit aus, die Nerven behalten zu können, was tat ein Mensch, der die Nerven behalten konnte, er geriet natürlich nicht völlig aus dem Häuschen, er räumte im Gegenteil ganz ruhig die Kaffeetassen weg, die neben dem zerwühlten Bett stehen geblieben waren, er machte das Radio an, völlig alltäglich, wie ein Mensch, der nicht gerade etwas Unglaubliches getan hat, ein Mensch, für den solche Momente im Gegenteil völlig normal sind.

Er hatte das Radio angemacht, ganz lässig auf den Knopf gedrückt, und da hatte er die Neuigkeit erfahren, genau in diesem Augenblick hatte er diese Stimmen gehört, deren Freude der seinen glichen, genau dieser Freude, die er zurückhielt, damit sie nicht explodierte. Die Stimmen sprachen Deutsch, sie erschallten von allen Seiten, die Stimmen der interviewten Männer und Frauen aber auch Tausende andere im Hintergrund. Der Reporter sprach von riesigen Menschenmengen, die sich auf den Plätzen der Stadt drängten, vom Ansturm auf die früheren Checkpoints, von Umarmungen zwischen Ostdeutschen und Westdeutschen, und da hatte Nel verblüfft begriffen, was geschah. *Der 9. November 1989, dieser Tag wird in die Geschichte eingehen,* hatte der Journalist gesagt, und alles klärte sich auf, die Mauer war gefallen, genau in dieser Nacht war die Mauer gefallen, und sofort hatte Nel gedacht, das war ich, er öffnete das Fenster und hätte hinausschreien mögen, das war ich, er griff fieberhaft nach dem Telefon und wollte alle seine Freunde alle Radiosender anrufen, um ihnen zu verkünden: die Mauer ist gefallen, das war ich, die jubelnde Menge Rostropowitschs Cello das wiedervereinigte Deutschland das war ich.

Natürlich war die Geschichte mit dem Mädchen nicht weitergegangen. Sie hatten vielleicht zusammen die Mauer zu Fall gebracht, aber sie war nichtsdestoweniger von jetzt auf gleich verschwunden, hatte sich ebenso plötzlich in Luft aufgelöst, wie sie am Tag zuvor am Kaffeeautomaten erschienen war. Nel hatte sie weiter im Hörsaal gesehen, weiter nachts von ihr geträumt und sie weiter zum heißesten Mädchen des Hörsaals erklärt, und zwar mit Abstand, aber es war zu Ende. Sie waren wieder zwei einander fast fremde Studenten, grüßten sich nur noch wie zwei Freunde, zwei Kameraden, das war ihr Wunsch gewesen, du bist süß die Nacht mit dir hat mir gefallen aber ich bin deine Kameradin, hatte sie Nel eines Morgens gesagt, als er sich etwas zu demonstrativ neben sie gesetzt hatte, wir sind zwei Kameraden, mit diesem Wort, das ihr wahrscheinlich wegen seines irgendwie linken Beiklangs, wegen seines Siebzigerjahre-Geruchs gefiel, und zwei Kameraden, so wie das Mädchen es auffasste, konnten sehr wohl an einem Abend miteinander schlafen, ohne dass dies gleich bedeutete, dass sie vom nächsten Tag an wie Kletten aneinanderhängen mussten, ob Nel das verstehe.

Nel hätte sich sehr gerne weiter an das Mädchen gehängt, er war des Umgangs mit ihr bei Weitem noch nicht überdrüssig, aber er verstehe, hatte er geantwortet und sich bemüht, so gut wie möglich den Kameraden zu spielen, der kein Riesending daraus machte, ob er mit einem Mädchen schlief oder nicht. Er hatte nicht einmal versucht, das Argument umzudrehen und geltend zu machen, dass sie schließlich nichts daran hindere, es wieder zu tun, so unter Kameraden, was war schon dabei, miteinander Spaß haben oder nicht, was machte das für einen Unterschied, miteinander schlafen oder nicht, war das denn so ernst, dass man es sich versagen sollte. Nein, er war nicht auf die Idee gekommen, sich auf solch abenteuerliche argumentative Bahnen zu wagen, für die das Mädchen wahrscheinlich empfänglich gewesen wäre, er hatte sich vielmehr damit begnügt zuzustimmen, ein so kameradschaftliches und heldenhaftes Gesicht wie nur möglich aufzusetzen. Er hatte versucht so zu tun, als fände er die ganze Geschichte der mit dem heißesten Mädchen des Hörsaals zu Fall gebrachten Mauer gar nicht so außergewöhnlich, als verfolgten ihn die Stunden mit ihr im Bett, die Flashbacks ihres sich in allen Positionen darbietenden Körpers nicht Tag und Nacht, als verzehre er sich nicht danach, es wieder zu tun, zum Teufel mit diesem ganzen Kameradschafts-Blabla, und Jahre damit zu verbringen, mit ihr und ihr allein in einem Bett zu ringen, mit aller Kraft und rückhaltlos zu ringen.

Nachdem er seine Aufnahme gemacht hatte, wollte Nel wieder hinunterfahren. Er betätigte die Steuerung des Hubsteigers, wunderte sich, dass sich nichts rührte. Er schaute auf den Boden zwanzig Meter weiter unten, betrachtete den Metallarm, der wie ein Mast zwischen den Pinienästen aufragte. Versuchte erneut, den Hebel zu betätigen, vergeblich.

Scheiße, sagte er sich. Scheiße der Motor ist ausgegangen.

Das kam manchmal vor. Der Leerlauf war unzuverlässig, nach einer Weile ging der Motor aus. *Niemals allein arbeiten,* das war die Grundregel, die Mindestvorsichtsmaßnahme, die mit solchen Maschinen zu beachten war. Nel hatte sich das vielleicht hundertmal sagen lassen. Hatte sich immer einen Dreck darum geschert. Er murmelte eine Beschwörung, streichelte mit der Fingerspitze den roten Knopf, der dazu diente, den Motor von oben wieder anzuwerfen, drückte drauf. Der Laster vibrierte ein wenig, der Motor stotterte, ohne aber anzuspringen.

Scheiße.

Er fühlte das Blut in seinen Schläfen pochen, leise Panik in sich aufsteigen. Er betrachtete die weichen Wipfel der Pinien ringsum. Dachte an den heftigen Mistral, der für den nächsten Tag angekündigt war. Sah sich bereits, wie er langsam auf die Nadelkuppeln fiel, wie er auf ihren Gipfeln landete wie auf einem flauschigen Bett, unverletzt.

Er drückte den Knopf fieberhaft noch einmal, zweimal. Endlich sprang der Motor an. Er betätigte eilends den Teleskoparm, um hinunterzufahren.

Gerade als er wegfuhr, sah er einen Mann von den Rollrasenflächen herüberkommen und ihm laut rufend nachrennen.

Monsieur. Monsieur.

Er bremste, ließ sein Fenster herunter, wartete, bis der Typ ihn eingeholt hatte. Ein dicklicher Mann mit Bart, dem von den zweihundert Metern, die er gerannt war, der Schweiß hinunterlief.

Darf ich fragen, was Sie hier tun.

Nel hustete, während er sich eine Antwort zurechtlegte.

Ich bin Fotograf. Ich wollte ein Foto von dem Gebäude machen.

Haben Sie eine Genehmigung.

Eine Genehmigung.

Sie befinden sich auf Privatgelände, Monsieur, sagte der Typ in barschem Polizeiton und plusterte sich auf.

Man hatte mir gesagt, es gebe einen Wächter. Dominique.

Der Wächter bin ich. Dominique ist im Urlaub. Wenn er nicht da ist, bin ich hier verantwortlich.

Nel ließ einen Moment verstreichen. Der Typ schnaubte, wischte sich über die Stirn. Betrachtete den Hubsteiger interessiert.

Ist das Ihrer.

Man leiht ihn mir, wenn ich ihn brauche.

Wofür ist das, für einen Film.

Vielleicht für einen Film, der Regisseur ist sich noch nicht sicher.

Wie heißt denn der Regisseur.

Mondello. Matt Mondello.

Mondello das kommt mir bekannt vor.

Nel lächelte innerlich.

Mondello sicher kennen Sie ihn.

Ist er berühmt.

Sehr berühmt, ja, sagte Nel und versuchte ernst zu bleiben, er dachte schon an Matt und wie sie sich kaputtlachen würden, wenn er ihm die Szene erzählte.

Der Typ hatte die Stirn in Falten gelegt, als versuche er sich an alle Filme von Mondello zu erinnern, die er gesehen hatte.

Mondello klar kenn ich.

Er sah Nel etwas freundlicher an.

Das muss was sein mit ihm zu arbeiten.

Es ist interessant ja.

Und er will also einen Film über die Chu machen.

Vielleicht.

Der Typ schaute nachdenklich drein.

Das wäre gut. Es wäre Werbung für uns. Die Gegend kann Werbung gebrauchen.

Ja.

Plötzlich sah der Typ Nel schief an.

Aber Vorsicht ich hoffe es wird kein Film um sich über uns lustig zu machen.

Es wird ein Mondello, sagte Nel. Vertrauen Sie Mondello oder nicht.

Sie haben recht. Mondellos sind immer gut.

Er schwieg einen Moment.

Sie haben Glück. Ich hatte vor Ihnen eine Abreibung zu verpassen. Als ich Sie mit Ihrem Ding da habe abhauen sehen.

Ich wollte nicht abhauen.

Der Typ dachte nach.

Also gut, aber kein Wort über das Foto, ja. Ich müsste Ihnen eigentlich die Kamera abnehmen, mir zumindest den Film geben lassen. Sie haben mich nicht gesehen. Weder mich noch sonst wen. Geben Sie mir aber Ihre Nummer.

Nel diktierte ihm seine Handynummer. Der Typ schrieb sie auf, mit seinem und Mondellos Namen.

Ich habe Sie vom Fertigrasen herüberkommen sehen. Da arbeiten Sie wohl.

Seit acht Jahren.

Und wie ist es da, gefällt es Ihnen.

Es ist ruhig, sagte der Typ und lachte schallend. Im Vergleich zu anderen Jobs, die ich früher gemacht habe, ist es ruhig, da kann man nicht meckern. Rasen ist wenigstens friedlich, macht keinen Ärger.

Und Sie vertreten den Wächter hier.

Na ja ich bin gleich nebenan. Es kostet mich nicht viel, ab und zu einen Blick rüberzuwerfen. Und Schlauberger wie Sie abzufangen, die glauben, sie könnten sich alles erlauben. Es stört Sie doch nicht, dass ich Sie Schlauberger nenne. Ist freundlich gemeint, das dürfen Sie nicht übelnehmen.

Nel lächelte.

Ich nehme es nicht übel.

Der Typ zögerte.

Sagen wir, ich kenne den Chef gut. Sie wissen doch, wer der Chef ist.

Natürlich wusste Nel das. Natürlich hatte er wie jedermann gehört, dass die Chu vom Vorsitzenden eines berühmten Fußballclubs der Gegend gekauft worden war.

Gut. Dann können Sie sich ja denken, dass der andere Sorgen hat. Dass er keine Lust hat, wegen jedem Dreck gestört zu werden. Orte wie die Chu hat er vielleicht dreißig.

Der Typ erwartete wohl, dass Nel fragen würde, welche die neunundzwanzig anderen waren. Aber Nel sagte mehrere Sekunden lang nichts. Fragte dann, ob er früher selbst in die Chu gegangen war.

Wann früher.

Ganz am Anfang.

Die allerersten Jahre schon, ja.

Der Typ hatte die gleiche Beschreibung abgegeben wie die anderen: die Holzhütte, das Reetdach, die Feuerstelle in der Mitte, kein Wunder dass irgendwann alles abgebrannt ist. Dann bin ich zum Arbeiten nach Marokko, nach Tunesien. In der Rasenbranche, damals schon. Für eine Firma, die in Marokko ansässig war und dort für den Export produzierte. Hektarweise Rasen südlich von Marrakesch. Er wurde aufgerollt und dann ging er an die Pferderennbahnen. Die des Königs von Marokko. Die größten Rennbahnen Frankreichs. Wir belieferten auch Stadien. Ich bin erst seit fünf Jahren zurück.

Dann haben Sie vielleicht vor Marokko meine Cousins gekannt.

Ihre Cousins.

Fabien und Christian. Aber niemand wusste, dass sie Brüder waren. Fabien eher der schicke Typ. Christian eher der Rowdy. Sie hatten jeder seine Clique.

Waren sie oft da.

Sooft sie konnten.

Wie hieß der Rowdy noch mal.

Christian.

Christian und wie weiter. Ich frage, weil ich die Rowdys kannte. Ich hatte auch meine Clique. Kann sein, dass wir uns gekloppt haben, dein Cousin und ich. Wie war denn sein Nachname.

Gueyraud. Christian Gueyraud. Ein dunkler Typ. Eher gut aussehend.

Der Typ stockte, antwortete nicht.

Sagt Ihnen der Name etwas.

Ich glaube nicht.

Christian Gueyraud sagt Ihnen nichts, sind Sie sicher.

Nein.

Sie wirkten überrascht, als ich seinen Namen gesagt habe.

Ich habe etwas verwechselt.

Sind Sie sicher.

Ganz sicher.

Schade. Aber Sie haben ja meine Nummer. Falls Ihnen noch was einfällt.

Der Typ sagte Ja, aber Nel sah genau, dass er es vergessen konnte. Er dankte ihm, begann, seine Scheibe zu schließen. Bevor sie oben ankam, schien der Typ etwas zu bereuen. Er fragte, ob es für Mondello sei. Nel bejahte.

Gut, hatte der Typ gesagt. Ich habe ja Ihre Nummer.

Sie verabschiedeten sich. Diesmal fuhr Nel wirklich los. Im Rückspiegel sah er die Gestalt des Rasenmachers reglos mitten auf der Straße stehen. Er starrte dem Laster lange nach, wie um sich zu vergewissern, dass er auch wirklich wegfuhr.

Nel schaute auf sein Telefon, sah mehrere verpasste Anrufe: Matt. Hörte seine Nachricht ab.

Verdammt Nel warum hast du mir nie von deinem Cousin Fabien erzählt.

Matt erzählte kurz von seinem Treffen mit Toussaint. Schlug vor, sich am nächsten Tag im Café zu treffen, nachdem sie beide die Kinder in die Schule gebracht hätten.

Nel legte das Telefon auf den Beifahrersitz, ließ die Nachricht auf sich wirken, während die Landschaft an ihm vorbeizog. Er sah das Gesicht seines Cousins, des Stewards, vor sich. Sah Matts unermüdliche Gestalt jeden Montagabend beim Fußball. Seine Ausdauer. Seine Art zu kämpfen wie ein Löwe, ohne dabei den Humor zu verlieren, selbst fünf Minuten vor Schluss, selbst wenn seine Mannschaft schon fünf Tore Vorsprung hatte. Seine Wut auf sich selbst, wenn er ein Tor verschoss. Seine zum Protest erhobenen Arme, wenn er gefoult wurde, seine so langen Arme, dass seine Mitspieler lachend zu ihm sagten, hör auf, du machst allen Angst.

Nel versuchte, sich an diesen Gedanken zu gewöhnen: Matt auf der Spur eines seiner Cousins. Matt, der gleich am nächsten Morgen alles über Fabien würde wissen wollen. Und als Nächstes alles über Fabiens Eltern, über seinen Bruder Christian, und bald über Nels ganze Familie.

Er fragte sich, ob ihm das gefiel oder nicht. Ob er diese Recherchen wollte. Ob er sie als Gelegenheit nehmen konnte, seinerseits auch an seinen Cousin zurückzudenken, ihn besser kennenzulernen. Er wusste keine Antwort. Sah einfach nur Fabien vor sich, in seiner Stewarduniform, so wie er oft in seinen Gedanken auftauchte, ein auf irgendeinem Flughafen aufgenommenes Foto von ihm, zierlich, lächelnd. Dachte, er würde ihm wieder gegenwärtig werden, vielleicht gegenwärtiger denn je seit vielen Jahren. Ob er wollte oder nicht.

6

Sie gingen in ein ruhiges Café, etwas abseits von der Schule, Stammkundschaft, laufender Nachrichtensender auf dem Fernsehbildschirm, helle Veranda, viele unbesetzte Resopaltische. Sie wählten einen an der Fensterfront, in der Sonne. Setzten sich im Licht einander gegenüber.

Matt zeigte Nel Toussaints Nachricht vom Vorabend, ein paar Stunden nach ihrem Treffen. Er sprach darin von der Freude, die es ihm bereitet habe, von jenen Jahren zu reden. Auch von seiner Ungeduld, Nel wiederzusehen. Er benutzte dieses Wort: wiedersehen.

Matt holte tief Luft.

Also.

Was.

Dieser Fabien.

Nel lächelte, ließ etwas Zeit verstreichen.

Da war nicht nur er. Da war auch sein kleiner Bruder, Christian.

Matt nickte.

Als ich Toussaint gestern zugehört habe, habe ich gemerkt, dass es das ist, was mich mehr als alles andere berührt: die Lebensbahnen der einen und der anderen. Was sie erlebt haben. Ich fokussiere mich seit dem Anfang auf die Chu, aber was mir eigentlich gefällt an diesem Ort, das sind all die Leben, die sich dort begegnet sind. Die Wege, die sich dort gekreuzt haben.

Nel nahm ein Bündel Fotos aus einem Umschlag, legte sie leicht zögernd auf den Tisch.

Ich habe dir diese Bilder mitgebracht. Sie haben nicht viel mit den Abenden in der Chu zu tun, aber ich dachte, sie könnten dir Spaß machen. Nur damit du siehst, was sie für Typen waren.

Matt streckte die Hand nach dem Päckchen aus, nahm die Fotos, sah sie eins nach dem anderen an, zunächst ohne Nel irgendetwas zu fragen, er musterte die Gesichter, erriet, wer Fabien war, halb offenes weißes Hemd, Kabinenchefjacke, gebräunte Haut, strahlendes Lächeln.

Nel du bist unglaublich. Danke.

Nel erzählte von den Schichten seines Cousins bei der Lufthansa. Vom Reigen der Flugzeuge, die er jede Woche nahm, den Hauptstädten, die er besichtigte, den aus allen Ländern mitgebrachten Streichholzschachteln, beschriftet mit Hotelnamen in allen Sprachen. Von der Sanftheit seiner Stimme und seiner Bewegungen. Von der Leichtigkeit, mit der er über alles redete, ohne Angst, seine Gefühle zu zeigen, gegen alle gängigen Gebote der Männlichkeit. Fabien und seine Feste im Haus auf der Höhe, seine Freundesclique, seine Liebe zu Büchern und Schallplatten, seine Geliebten.

Als Steward verdiente man damals gut, meinte Matt.

Dann sah er sich ein Foto von Christian genauer an, dessen Gesicht wirkte getriebener, schwarze Strähnen hingen ihm ins Gesicht, in den Händen hielt er ein Insekt hinter Glas.

Was ist das für ein Schmetterling, den er da hält.

Das war sein Beruf: Schmetterlingsjäger. Er lebte in Madagaskar, zog mit meinem Onkel in den Wald, fing seltene Insekten.

Was machte er damit.

Er fing sie, das ist alles, was ich weiß.

War er Wissenschaftler?

Nein, da war sich Nel sicher.

Ein Foto zeigte die beiden Brüder noch als Kinder, in Shorts und Sandalen zwischen Lianen, unter ihren Füßen rote

Erde. Auf einem anderen war Christian allein, ein Glas in der Hand, vor einem Hintergrund von wuchernder Vegetation.

Da waren sie auf der Jagd.

In der ganzen Serie posierte er mit einem dicken, jovialen Mann, so ausdrucksvoll, wie Christian zurückhaltend wirkte.

Onkel André. Er war es, der die Expeditionen organisierte, der seinen Sohn überallhin mitnahm.

Auf allen Fotos nahm André den Vordergrund ein, ganz der Geschichtslehrer, der es gewohnt ist, sich in Szene zu setzen. Er lächelte, posierte, machte sich breit, wie vor den Jugendlichen aller Schulen, in denen er als Entwicklungshelfer gearbeitet hatte, in Marokko, in Kamerun, schließlich in Madagaskar, wo seine Kinder geboren wurden und wo er dann geblieben war. Die Familie reiste nur noch für die Sommerferien jedes Jahr nach Frankreich, von Anfang Juli bis Ende August, um die Verwandtschaft zu besuchen, um etwas Mutterlandluft zu schnuppern, ehe sie in die Tropen zurückkehrten.

Auf den meisten Aufnahmen stand Christian einen Schritt hinter seinem Vater und schaute dessen Faxen zu. Im Hintergrund sattgrüne Pflanzen, üppige Vegetation. Dorfbewohner umringten sie, beäugten jede ihrer Bewegungen, belauerten André wie einen weißen Hexer.

Auf einem Bild sah man Vater und Sohn auf dem bloßen Boden sitzen, inmitten von Fixativfläschchen, barfuß und mit freiem Oberkörper, nur mit weißen Shorts und Jeans-Hut bekleidet, durch im Wald aufgespannte blaue Plastikplanen vor der Sonne geschützt. Auf einem anderen saßen sie beide auf dem Bock eines von zwei Zebus gezogenen Karrens, mit Holzrädern so hoch wie der Rücken der Tiere, als wären sie geradewegs dem Mittelalter entsprungen.

Was ist das denn.

Rinderkarren.

Ist das ein Witz.

Für sie war das am praktischsten. Keine Straßen nötig.

Kein Pannenrisiko. Kein Benzinbedarf. Und genug Platz, um alles Nötige zu transportieren. Die Materialkisten. Die Zelte. Die zweihundert Kilo Reis, die sie während der zweimonatigen Expedition für die Mahlzeiten der kleinen Truppe brauchten, mit den Führern, die gleichzeitig als Dolmetscher dienten, den Köchen, den Jägern, die etwas Abwechslung in ihren Speiseplan bringen sollten, indem sie unterwegs das nötige Wild töteten, Affen, Grasnager, Stachelschweine, Warzenschweine.

Nel und Matt betrachteten Vater und Sohn, wie sie gleich Forschungsreisenden aus einem früheren Jahrhundert von den Dorfbewohnern umringt wurden, nichts ahnend von den Sorgen der übrigen Welt, gleichgültig gegenüber Kriegen, Ölkrisen, Börsenkrächen, weltübergreifenden Sportereignissen. Besessen von einer Beute, die allen anderen in diesen Breiten schnurzegal war.

Nel erzählte, was er über den Ablauf dieser Jagden wusste: André und Christian liefen mit ihrer Karawane in den Dörfern ein. Zeigten den zusammengelaufenen Bewohnern die bereits gefangenen Schmetterlinge. Ließen die Neugierigen die Schaukästen, die Fläschchen, die Nadeln ausgiebig bewundern, ließen die Kinder, die sich neben den zwei aus dem Nichts aufgetauchten Weißen fotografieren lassen wollten, auf die Karren steigen. Verteilten dann Gläser mit Messingdeckeln. Artikulierten das madagassische Wort für Schmetterling: *miovavao*. Deuteten nachdrücklich mit dem Finger auf den Wald und wiederholten in drängendem Ton: *anio izao,* »heute jetzt«, *miavavao anio izao,* »Schmetterlinge jetzt gleich«, als handele es sich um eine höchst wichtige Angelegenheit, als wären die Tätigkeiten, denen die Dorfbewohner eben noch nachgegangen waren, völlig bedeutungslos gegen diese neue Aufgabe. Die Männer und Frauen starrten sie anfangs mit weit aufgerissenen Augen an, lachten, weigerten sich, auch nur einen Schritt zu tun, um ihnen zu gehorchen.

Bis sie schließlich kapitulierten. Mit einem Ausdruck davongingen, als hielten sie sie für verrückt, ihre Gläser in der Hand, ratlos über diese Weißen und ihre unverständlichen Schrullen.

Beim ersten Mal hatten sie bis zum Abend gewartet, ohne dass irgendein Dorfbewohner zurückkam. Sie hatten sich Sorgen gemacht, sich gefragt, ob nicht ein Unglück geschehen war. Erst nach Einbruch der Dunkelheit tauchten die ersten Dorfbewohner wieder auf, das Glas noch nicht ganz, aber zu Dreivierteln vollgestopft. Die Schmetterlinge kreuz und quer gestapelt wie Sardellen, die Kometenfalter mit den Dickkopffaltern, die Bläulinge mit den Zünslern, die Sphinxmotten mit den Monarchen, die Flügel gebrochen, die Körper zerquetscht, als wären sie ohnehin dazu bestimmt, zu Brei zermalmt zu werden.

Sie hatten ihre Anweisungen präzisiert, verlangt, dass die Dorfbewohner jedes Glas nur für einen Fang verwendeten. Am nächsten Tag war ein Junge mit einem Behälter zurückgekommen, in dem eine schwer erkennbare gelborange Masse, groß wie eine Fledermaus, wild mit den Flügeln schlug. Das Glas war so beschlagen, dass Christian mehrere Sekunden gebraucht hatte, um das Insekt zu erkennen: Ein madagassischer Kometenfalter mit einem so langen Schweif, dass das Tier kaum in das Glas passte und sein Kopf in Abständen gegen den Metalldeckel prallte. Ein paar Tage später bekamen sie den ersten Regenbogenfalter. Dann den ersten Eulenfalter, der so sehr einem dürren Blatt glich, dass André und Christian zuerst gedacht hatten, das Glas sei bis auf ein paar trockene Zweige leer, und das Insekt erst ein Bein hatte heben müssen, bis sie es sahen, ein totes Blatt, trotz seiner Größe perfekt getarnt.

Nel hatte seine Cousins nie in Madagaskar besucht, aber er war als Kind dabei gewesen, als André im ersten Stock des Hauses in Arles sein Arbeitszimmer eingerichtet hatte. Er hatte gesehen, wie bei jeder Rückkehr von der Insel die Überseekoffer geöffnet wurden, wie die Wände sich jeden Sommer mit neuen Schränken bedeckten, wie die Schubladen sich jedes Mal mit neuen Insektenschaukästen füllten, wie die Luft des Raumes sich mit einem Geruch nach Äther, Naphthalin und kaum merklicher Verwesung sättigte. Mit seinem Onkel durfte er die Schubladen mit den Kugellagerschienen aufziehen, die Heerscharen von Insekten betrachten, die geometrisch auf Korktafeln angeordnet waren – zu Tausenden schliefen da mit Antennen und Spitzen gespickte Käfer, Tausendfüßler, Wanzen, Schmetterlinge in allen Größen und Farben, die Flügel ausgebreitet, der Körper mit einer Nadel durchbohrt.

Auf Andrés Schreibtisch lagen immer große Umschläge, mit Filzstift beschriftet und an ausländische Empfänger adressiert: Bombyx suraka für W. G. Koch, Universität Berlin. Catopsilia florella, zurück an Mendel, Naturhistorisches Museum in Krakau. Von Christian gefundene Ixorida, gut erhalten, für die Sammlung Renger-Spratzsch.

In den zwei Monaten seines Frankreichaufenthalts ging André fast jeden Tag in aller Frühe auf die Post, verschickte Päckchen und holte andere ab. Die Schmetterlinge wanderten von seinem Schreibtisch auf den seiner Korrespondenten, flogen quer durch Europa, tummelten sich bis nach Baltimore, wo einer der Kontakte des Onkels lebte, kamen zurück. Zogen noch Jahre nach ihrem Tod durch die Lüfte.

Matt legte die letzten Fotos zurück und sah Nel an. Sagte eine Weile nichts, als sammle er seine Gedanken.

Ich nehme an, damals arbeitete Fabien schon als Steward in Deutschland.

Nel nickte.

Soweit ich mich erinnere, zog zuerst Fabien weg. Dann Christian, als er mit seinen Eltern zurück nach Madagaskar ging.

Die Chu war also vorher.

Die Chu an jedem Wochenende, ja. Danach sind sie weiter hingegangen, wenn sie zurückkamen, sie haben mich sogar manchmal mitgenommen, aber es war nicht mehr das Gleiche.

Matt fragte, ob Nel Fotos aus jenen Jahren habe, aus der Schulzeit in Arles, der Zeit der wöchentlichen Ausflüge in den Pinienwald: *aus den Jahren ohne Eltern,* wie er sagte, die Formulierung fiel Nel auf. Matt berichtete, was Toussaint erzählt hatte: Fabien, der allein mit der alten Fine in Frankreich zurückgelassen wurde. Das Haus auf der Höhe, das zum Schlupfwinkel seiner Clique geworden war. Die langen Wintermonate ganz ohne Andrés und Réas Gegenwart.

Nel verneinte die Frage. Die einzigen Fotos, die er von seinen Cousins kannte, waren diejenigen, die sie als Kinder in Madagaskar zeigten. Dann die von André und Christian auf Insektenjagd, Vater und Sohn Jahre später wieder vereint. Ein oder zwei Porträts von Fabien in Uniform. Dazwischen fehlten die Bilder, da war ein Loch.

Was im Grunde völlig logisch ist, meinte Matt. Da die Fotos ja von deinem Onkel und deiner Tante gemacht wurden.

Es entstand eine Pause.

Komisch, an all das zurückzudenken, sagte Nel. Ich hatte mir nie so recht bewusstgemacht, wie merkwürdig das war, zwei Jungen so allein zu lassen.

Ich kann mir vorstellen, dass das Spuren hinterlässt, sagte Matt.

Nel zögerte.

Ich muss dir etwas gestehen.

Was denn.

Ich wollte auch mal einen Film über sie machen. Vor vielleicht zehn Jahren. Ich habe angefangen, Erinnerungen zusammenzusuchen, Fotos von ihnen zu sammeln. Ich habe mich erinnert, dass wir im Mas Super-8-Filme anschauten, die André gedreht hatte. Ich habe danach gesucht. Ich träumte von einem schönen Film über Christian und André auf Schmetterlingsjagd. Damals habe ich André besucht, ich habe angefangen, Gespräche mit ihm zu führen. Ich muss sie noch irgendwo haben.

Matt wartete einen Moment.

Und heute will ein Freund diesen Film an deiner Stelle machen.

Das meinte ich nicht. Und es ist sowieso nicht derselbe.

Ich kann Fabien und Christian vergessen.

Nein, sagte Nel.

Ich kann weitersuchen, andere wie sie finden, die in der gleichen Zeit jung waren, ähnliche Leben hatten. Das kann ich machen, ich schwörs dir, es stört mich nicht, ich verstehe dich.

Nein, mach deinen Film ruhig über sie. Ich glaube, ich freue mich darüber.

Es entstand eine Stille.

Matt fragte, ob es die Super-8-Filme noch gebe. Ob Nel sie wiedergefunden habe.

Wenn sie irgendwo sind, dann bei Tante Josette.

Glaubst du, wir könnten sie mal besuchen.

Nel sagte Ja.

Sie war eine der wenigen in der Familie, die Fabien nahestand.

Diese Woche, sagte Matt. Wir könnten sie diese Woche besuchen.

Aber du hast doch eine Baustelle, um die du dich kümmern musst.

Egal. Ich deichsle das irgendwie. Am Donnerstag kann ich. Am Donnerstag besuchen wir sie, wenn sie einverstanden ist.

Nel schaute Matt an und konnte ein Lächeln nicht unterdrücken. Dieser verfluchte sture englische Linksaußen, der genau wusste, was er wollte.

7

Am nächsten Tag fing Nel noch einmal bei null an. Er beschrieb Matt das erste Bild, das ihm von Fabien und Christian einfiel, ihre entgegengesetzten Charaktere, ihre klar abgegrenzten Freundeskreise. Fabien der Städter, der Musik und Mode liebte, geschmackvolle Inneneinrichtungen und seltene Objekte, erlesene Stoffe, extravagante Freundschaften, altitalienische und altniederländische Malerei, Schauerromane. Christian dagegen ungeschliffener, schwieriger. Verborgen hinter seinem schwarzen Haarschopf, der ihn hitzig, fast gewalttätig wirken ließ. Mit diesem Satz, den er lachend zu wiederholen pflegte, wenn er Arm in Arm mit seinem Kumpel Max herumlief, um die zwanzig, während er auf die siebzehn zuging.

Wir sind die Bösen Nel.

Verstehst du wir sind die Schrecken der Stadt.

Nel erzählte von den Juliwochen, in denen seine überarbeiteten Eltern ihn seinem Onkel und seiner Tante anvertrauten, die so locker waren wie seine eigenen Eltern streng.

Ich blieb manchmal eine Woche bei ihnen, manchmal zwei. Onkel André und Tante Réa waren da und sollten auf mich aufpassen. Tatsächlich ging es ihnen vollkommen am Hut vorbei, was wir trieben, sie ließen mich von morgens bis abends mit meinen Cousins herumhängen.

Er erzählte von den Apéros auf den Caféterrassen mit Christian und seinen Freunden, vom Vergnügen des jungen Nel, sich mit ihnen auf dem Boulevard des Lices herumzutreiben, von seinem Stolz, an ihrem Tisch einen Pfefferminzsirup zu trinken, während sie den Abend mit Pastis begannen und sich über den kleinen Cousin amüsierten, der an ihnen hing wie eine Klette. Mit dabei war Yves, wie Max Hilfsarbeiter auf der Baustelle von Fos-sur-Mer. Manchmal auch Yves' Bruder, Serge, genannt Gigi. Aber meistens waren sie nur zu zweit: Christian und Max. Unzertrennlich. Solidarisch noch bei den übelsten Streichen.

An den Nebentischen plätscherten die Unterhaltungen dahin, manchmal wurde es etwas lauter, die Stimmung war fröhlich, das Licht warm, die Luft noch für ein oder zwei Stunden mild. Christian und Max bereiteten den Abend vor, gingen die Prügeleien vom Vorabend durch, planten die nächsten für das kommende Wochenende. Ehe sie gingen, zogen sie ihre Stiefel zurecht, die sie für einen halben Monatslohn bei De la Luce in Montpellier gekauft hatten, mit schön harten Spitzen, damit sie richtig wehtaten an den Schienbeinen.

Los wir gehen das Malarte aufmischen.

Los wir nehmen das Auto und verpassen denen in Tarascon einen Denkzettel.

Nel sah sie aufstehen wie Cowboys, ins Auto steigen und schwören, dass sie ihm am nächsten Morgen alles erzählen würden. Er stellte sich vor, wie sie in der Bar von Tarascon aufkreuzten, wie Max großspurig eine Flasche bestellte, kaum dass er saß – nie bloß ein Glas, hatte er Nel eines Tages erklärt, ein Glas Whisky ist was für Weicheier hörst du, tu das niemals –, eine Flasche J&B, Barmann, und sobald die Flasche vor ihm stand, öffnete er sie und zerdrückte den Deckel demonstrativ in seiner Hand, damit die Dinge klar waren, er zerdrückte oder durchbohrte ihn mit seinem Taschenmesser, um zu zeigen, diese Flasche da wird niemand wieder zumachen, dieser Liter Feuerwasser wird jetzt getrunken. Sie blickten über die Tische um sich herum, suchten aus dem Augenwinkel ihre Gegner, schätzten sie ab, genossen das langsame Crescendo der Spannung im Raum.

Wo sind sie denn, die Wichser von Tarascon. Es heißt, ihr in Tarascon wärt Spezialisten in Sachen Handbetrieb, zeigt uns doch mal, wie ihr das macht Jungs, das interessiert uns.

Es gab die Clique von Trébon, die Clique von Griffeuille, die Clique von La Roquette, die Clique der Bar de la Bourse. Jede hatte ihr Revier, ihre Starschläger, ihre Ruhmesblätter.

Eines Samstagabends hatten Max und Christian Nel zu einem Fest nach Fourques mitgenommen, am anderen Ufer der Kleinen Rhone. Sie waren über die Brücke von Trinquetaille gegangen, dann den Kai entlang bis zur großen Biegung der Rhone, wo früher die römische Brücke stand. Von dort aus querfeldein, über den Deich bis zu der Eisenbrücke, wo sie im Sommer badeten.

Als sie angekommen waren, hatten sie gesehen, dass Paco Riveras da war. Paco Riveras war der größte Raufbold von Arles, sogar Nel kannte seinen Namen. Christian und Max hatten sich in der Bar mit dem schön sauberen Fliesenboden, den ordentlich aufgereihten Hockern umgesehen, hatten den Fernseher angeschaut, der friedlich in einer Ecke stand, den Kellner, der bei ihrem bloßen Anblick am Eingang beunruhigt wirkte. Nel hatte sie die Zahl der Typen ihnen gegenüber zählen sehen: vier, plus Paco Riveras. Zwei gegen fünf. Er hatte gesehen, dass die anderen ihnen die Wahl ließen, wieder zu gehen, bevor es zu spät war – angesichts des Ungleichgewichts das Mindeste, was sie tun konnten. Aber Max und Christian hatten keinen Rückzieher gemacht.

Paco Riveras verdammt. Sich mit Paco Riveras kloppen.

Sie hatten tief Luft geholt und sich auf die Typen gestürzt. Paco Riveras lachte.

Ihr seid ja krank, Jungs.

Er hatte sich mit ihnen zusammengetan, einfach zum Spaß. Aus einer Ecke der Bar hatte Nel zugesehen, wie sie zu dritt über die vier anderen herfielen. Wie sie sie verdroschen, bis die Polizei kam und sie alle miteinander auf die Wache mitnahm. Nel setzten sie am Haus auf der Höhe ab, nachdem sie Christian und Max für die Nacht eingebuchtet hatten.

Nel erinnerte sich an die Stimme von Onkel André, als er ihn am nächsten Morgen weckte.

Los aufstehen wir gehen sie abholen. Beeil dich Nel wir gehen.

Sie waren auf der Wache angekommen, hatten Christian und Max neben Paco Riveras sitzen sehen, stolz wie Oskar. Vor den Polizisten hatte André so getan, als würde er Christian den Kopf waschen, Max den Kopf waschen, hatte den lieben Gott gefragt, womit er ein solches Balg verdient habe. Dann hatten sie sich alle vier von Paco Riveras verabschiedet und waren zur Place du Forum gegangen. Es war Mittag, die Caféterrassen begannen sich zu füllen.

Ich geb eine Runde aus, hatte André gesagt, und sie hatten sich alle zusammen an einen Tisch gesetzt. Hatten eine gute Stunde lang getrunken und gelacht, wie um die Sache zu feiern. André beinahe stolz. Erheitert, einen solchen Sohn gezeugt zu haben, dessen Schädel hart genug war, um sich bei jeder Gelegenheit zu prügeln, um mit bloßen Fäusten einfach loszudreschen. Auf ehrliche Art. So wie Männer sich immer geprügelt hatten und sich noch in tausend Jahren prügeln würden.

Am folgenden Samstag war es von vorn losgegangen, und am nächsten erneut. André hatte angefangen, sich Sorgen zu machen. Réa und er hatten sich umgehört und beschlossen, Christian für zwei Wochen in ein Arbeitscamp im Norden Korsikas zu schicken, wo junge Leute wie er auf den rechten Weg zurückgeführt werden sollten. Eine harte Einrichtung, in der er zehn Stunden am Tag in der Gluthitze Terrassen für Olivenbäume anlegen sollte.

Christian hatte es geschafft, sich binnen vierundzwanzig

Stunden herausschmeißen zu lassen. Nicht nach einer Woche, erzählte Nel lachend. Auch nicht nach drei Tagen, in denen er Zeit gehabt hätte, eine anständige Kostprobe dessen zu geben, wozu er fähig war, nein: *einen Tag* nach seiner Ankunft. Er war an einem Samstag eingetroffen, und am Sonntag hatten die Leute von der Einrichtung angerufen und erklärt, sie könnten ihn nicht behalten, es täte ihnen sehr leid, aber solche wie ihn kannten sie auswendig, sie wollten es nicht mal versuchen.

Christian hatte sich in der Nacht mit einem Cutter über die Anschlüsse der Klos hergemacht. Hatte die Steingutschüsseln vollständig von ihrem Sockel gelöst. Am nächsten Morgen wollten die anderen pissen gehen. Und standen wie vom Donner gerührt vor den mitten im Hof aufgetürmten Toiletten. Schauten Christian an, der eine Stunde, nachdem es zum Frühstück geklingelt hatte, immer noch im Bett lag.

Verflucht wo kommt der denn her.

Sie hatten ihm eine Ovation bereitet. Ein Stammgast des Camps hatte vorgeschlagen, ihn zum Generalissimus zu wählen. Die Betreuer hatten sich ihn geschnappt und ins nächste Flugzeug gesetzt, zurück an den Absender.

Bevor er ins Auto gestiegen war, um ihn in Marignane abzuholen, hatte André Nel angeboten mitzukommen, damit er den Flughafen sah. Die Fahrt war schweigend verlaufen. Nel hatte durch das Fenster die Erdölraffinerien am Étang de Berre betrachtet, das mit fettigen Schlieren überzogene Wasser, die Einkaufszentren und Bürokomplexe, die sich am Ufer drängten, im Wechsel mit den riesigen zylindrischen Tanks. Die ersten Flugzeuge waren aufgetaucht, sie flogen nur ein paar Meter über dem Wasser, gefährlich tief über die Schornsteine der Raffinerien und die wenigen Pinien hinweg, die vom Industrialisierungsfieber verschont geblieben waren.

Nel hatte den Kontrollturm gesehen, der im Dunst der Hitze und der Erdöldämpfe flimmerte. André war von der Autobahn abgefahren, die Spuren, die zu den verschiedenen

Terminals führten, teilten sich vor ihnen, in der Ferne tauchte der große Kasten des Flughafens auf, flankiert von riesigen, mit Autos bedeckten Parkplätzen.

Eine Stunde später hatte sich in der Ankunftshalle die doppelte Glastür geöffnet. Christian war herausgekommen, hatte seinen Vater und Nel gesehen, ihnen fröhlich zugewinkt.

O Mann, was der gleich erleben wird, hatte Nel gedacht. Die Abreibung, die sein Alter ihm verpassen wird.

Es war ihm peinlich gewesen, da dabei sein zu müssen.

Aber André war lächelnd auf Christian zugegangen und hatte ihn in die Arme geschlossen. Hatte ihn gedrückt, mit aller Kraft gedrückt wie einen heimkehrenden Helden.

Echt wahr, als hätte er gerade das Abitur geschafft. Als hätte er gerade das Land gerettet oder wäre einem Gefängnis entflohen, das von den übelsten Schurken der Erde geführt wurde.

An diesem Morgen saßen Matt und Nel gut drei Stunden auf der Veranda und redeten, das Licht wanderte langsam durch das Café, die Stammgäste lösten einander am Tresen ab, auf dem Bildschirm folgten Quizsendungen und Clips auf die Nachrichten, dann das Mittagsmagazin.

Zwei alte Frauen hatten sich in ihre Nähe gesetzt, matt, wortkarg, erschöpfte Gesichter, die sich umschauten, während sie an ihrem Glas Rosé nippten, zerbrechliche Körper, die Haare der einen gebleicht, die der anderen schwarz gefärbt. Einmal war die eine mit zittrigen Beinen aufgestanden und in einer Wolke von Alkohol oder Müdigkeit zum Wirt hinübergegangen, um eine Bestellung zu nuscheln.

Der Wirt hatte die Ohren gespitzt, versucht, der alten Frau von den Lippen abzulesen, was sie wollte.

Sie hatte es einmal wiederholt, zweimal.

Der Wirt hatte sich vielmals entschuldigt, er verstand immer noch nicht. Schließlich hatte Matt gedolmetscht: Ein Schinkensandwich.

Tut mir leid, hatte der Wirt gesagt.

Aff'narsch, hatte die Frau versetzt. Blöder Aff'narsch.

Sie war an ihren Tisch zurückgegangen. Das Sandwich war gekommen. Der Anblick hatte Matts und Nels Hunger geweckt. Sie hatten um die Karte gebeten, zwei warme Sandwichs mit Entenwürsten und Pommes bestellt.

Nel erzählte von seinen Erinnerungen an die Chu mit Fabien und Christian. Er musste fünf- oder sechsmal in den Ferien dort gewesen sein, drei- oder viermal mit Fabien, wenn er aus Deutschland zurückkam, vielleicht zweimal mit Christian. Fabien redete mit dem Manadier und seinen Gästen, traf Freunde aus Paris und anderswo, kannte jedes Stück, das gespielt wurde, hatte sogar einige der Platten, die der DJ auflegte, selbst aus den USA oder England mitgebracht. Mit ihm tauchte Nel mitten in die Party ein, stand an der Hauptbar, im Scheinwerferlicht, wurde allen vorgestellt, von allen verwöhnt, bewacht, beschützt, Fabiens Freunde kümmerten sich um ihn, unterbrachen ihre Unterhaltungen, um sich ihm zuzuwenden, wenn sie merkten, dass er sich langweilte.

Christian dagegen verkehrte mit den Gardians, den Bedienungen, den Männern am Grill, den echten und falschen Gitanos, die Musik machten. Er traf andere junge Leute, die wie er herkamen, um herumzustolzieren, um den Mädchen aus Montpellier, Narbonne, manchmal sogar aus Toulouse nachzulaufen. Die Abende mit ihm waren in Nels Erinnerung dunkler, sie spielten sich eher am Rand der Tanzflächen, der hell erleuchteten Orte ab, er saß mit Yves und Max am Feuer, lauschte ihren Gesprächen über eine Whisky-Flasche hinweg, beobachtete die dunklen Flecken, die die Stiere auf der Weide bildeten. Hin und wieder ließ ihn Gigi oder ein anderer an seiner Zigarette ziehen, steckte ihm heimlich eine Dose Bier oder ein Glas mit einem Alkoholrest zu, natürlich durfte er probieren, wenn er Lust hatte, wen sollte das stören. Er erinnerte sich an eine Chu voller Schatten, fast eine Unterwasserwelt, eine Nach-vier-Uhr-morgens-Stimmung, ein Teil der Lichter schon aus, die Sterne zahllos am Himmel. Erinnerte sich, wie er auf der Heimfahrt Angst gehabt hatte, weil Gigi raste wie der Teufel. Wie er sich auf der Rückbank an ein unbekanntes Mädchen gedrückt hatte, das er über irgendjemanden aus der Clique kennengelernt hatte. Wie er geträumt hatte in ihrem Geruch nach Patschuli und dem Schweiß eines durchtanzten Abends, ein Achselgeruch, der ihn zuerst gestört und ihm dann allmählich gefallen hatte.

Matt fragte, ob die beiden Brüder manchmal zusammen hingingen.

Sie konnten sich dort über den Weg laufen, sagte Nel, aber nie absichtlich. Wenn es mal vorkam, war es ihnen sehr unangenehm.

Er erinnerte sich an einen Abend, an dem es den beiden Brüdern nicht gelungen war, einander zu meiden, und sie sich zufällig an der Bar getroffen hatten. Sie hatten sich gegrüßt, so herzlich sie konnten. Christians Freunde umarmten die von Fabien. Alle taten gut gelaunt, als würden sie sich freuen, sich zu sehen. Die Berührung zwischen den beiden Cliquen dauerte nur ein paar Augenblicke, trotz der Bemühungen von beiden Seiten, nicht zu wirken, als wollten sie voreinander fliehen. Dann hatte jeder der beiden Brüder sich wieder seinen Leuten zugewandt, und sie hatten bis zum Morgen nicht mehr miteinander geredet.

Er erzählte von dem Hass zwischen den beiden Brüdern. Erbittert. Tiefsitzend.

Christian hasste Fabien, sagte er, aber Fabien hasste Christian noch mehr. Als wäre an seinem jüngeren Bruder etwas, das ihn zur Weißglut brachte. Dieser Ruf, ein kleiner Gauner zu sein. Diese Popularität, die Christian sich einfach nur mit den Fäusten erwarb. Die Mädchen, die sich ihm an den Hals warfen. Die überentwickelte Männlichkeit, die auch ihn zu einer Art König machte. Ein wortkarger, verschlossener König. Ungehobelt neben dem Raffinement, nach dem Fabien und seine Freunde strebten. Aber doch ein König.

Vor Kurzem war Nel Max über den Weg gelaufen, dem engen Freund von Christian. Er hätte erwartet, dass er Fabien kritisieren, die Kluft zwischen den beiden Brüdern betonen würde. Gestehen, dass Christian und seine Freunde ihn im Grunde nicht besonders schätzten, diesen mondäneren großen Bruder. Aber Max hatte ihn erstaunt angeschaut.

Was meinst du denn, wie wir ihn wahrgenommen haben: als einen feinen Herrn. Einen Typen, der alles erreicht hatte, elegant, mit lauter schicken Bekannten, einem Traumberuf. Und bescheiden dazu. Immer freundlich, zugewandt. Wenn er da war, waren sogar die größten Maulhelden still, stellten Fragen, lauschten aufmerksam, wenn er von seinen Reisen erzählte. Was sollten wir denn über ihn denken. Neben ihm fühlten wir uns ganz klein, wir wussten ja, dass wir Loser waren.

Er hatte gelächelt und noch eine fußballerische Metapher hinzugesetzt, die Nel entzückte.

Der Typ spielte für Barcelona. Wir waren in der Nationalliga, er spielte in der Champions League.

Seinen Militärdienst hatte Christian bei den Fallschirmjägern gemacht. Er war mit einer Tätowierung auf dem Bizeps wiedergekommen, dem Titel seines Lieblingslieds: *Sympathy For The Devil.* Er hatte bei einem Elektriker angefangen, an seiner Seite den Beruf gelernt. Mit Max hatte er sich dann bei den Constructions métalliques de Provence anheuern lassen. Zusammen hatten sie sich weiter hin und wieder geprügelt, aber mit weniger Begeisterung als früher, überflügelt von Jüngeren, die motivierter, aggressiver waren.

Eines Morgens war die Stadt völlig verdattert aufgewacht. Auf der Titelseite aller regionalen Tageszeitungen war zu lesen gewesen: Überfall auf Juweliergeschäft in Arles. Zweihunderttausend Franc Beute. Alle waren in die Rue de la République gelaufen, um sich zu vergewissern, dass es wirklich stimmte, das Schaufenster lag in Scherben, die Hälfte der Klunker war weg.

Wir haben vielleicht eine Spur, verkündete vorsichtig der Kommissar im Artikel auf Seite zwei. Ich kann noch nichts sagen, um den Verlauf der Ermittlungen nicht zu stören, aber mehrere Indizien könnten uns schnell auf die Spur der Übeltäter bringen.

Am gleichen Tag waren Yvon und Jacky, zwei der besten Freunde von Christian, zur Mittagszeit im Wauxhall erschienen, aufgemotzt wie Zuhälter, in weißen Anzügen und nagelneuen Panamahüten, eingerollte Zeitungen unterm Arm.

Ich gebe einen aus, verkündete Yvon, der seinen Pastis noch tags zuvor auf Pump hatte trinken müssen. Doppelter Ricard für alle, auf gehts, und er genoss es, wie alle Blicke sich ihm zuwandten, wie die Gesichter lachten angesichts der schicken Klamotten, wie die kühnsten Kumpel ihn schon um einen Schein baten.

Am Abend hatte die Polizei bei Jacky eine Hausdurchsuchung gemacht und binnen drei Minuten das Geld und die Pistolen unter der Küchenspüle gefunden. Christian war kleinlaut bei Max aufgekreuzt.

Was ist los warum machst du so ein Gesicht.

Wie konnte ich nur so beknackt sein.

Wovon redest du.

Ich habe die Knarren für sie besorgt. Sie haben mir gesagt, sie hätten einen Plan, sie bräuchten Waffen. Ich wollte helfen.

Max hatte sein Glas gehoben.

Na dann Prost. Zwei Taugenichtsen wie Yvon und Jacky wolltest du helfen. Du bist einfach zu nett, Alter.

Er hatte sein Glas heruntergekippt, sich nachgeschenkt.

Wie lange ist die Sache her.

Zwei Tage.

Die werden nichts sagen, wirst sehen.

Eine Woche lang war Christian bei jedem Geräusch an der Tür zusammengefahren. Hatte Herzklopfen bekommen, wenn nur der Postbote klingelte. Die Polizei war nicht gekommen. Ein paar Monate später hatten Yvon und Jacky fünf Jahre aufgebrummt bekommen. Beim Prozess wurden sie mehrmals gefragt, woher die Waffen kämen.

Wenn ich Ihnen doch sage, dass sie meinem Vater gehörten.

Nagelneue Berettas, sind Sie da sicher. Mit albanischer Seriennummer.

Wenn ichs Ihnen doch sage.

Kurz darauf war Christian wieder nach Madagaskar gereist, immer öfter zu längeren Aufenthalten. André hatte ihn beauftragt, auch in anderen Gegenden Insekten zu fangen oder zu kaufen, in Mosambik, am Horn von Afrika, sogar in Lateinamerika. Christian hatte Max mehrmals vorgeschlagen, ihn zu begleiten.

Es ist alles bezahlt Alter, los. Wenn ich dir doch sage, dass mein Vater uns einlädt, dass es ihm hilft.

Aber Max hatte jedes Mal abgelehnt: Flugangst. Auch Nel hatte Christian einmal vorgeschlagen mitzukommen. Da waren es Nels Eltern gewesen, die sich querstellten.

Was meint denn Christian, was Nel mitten im Schuljahr in Kolumbien zu suchen haben sollte.

Matt kritzelte in sein Notizbuch, bis Nel verstummte.

Du wirst mir das alles noch mal erzählen müssen, Alter, tut mir leid. Vor der Kamera.

Nel nickte.

Ich habe mir überlegt, dass wir auch meine Eltern besuchen müssen. Du musst das Mas sehen. Damit du ermessen kannst, was das für uns für Außerirdische waren, diese beiden Cousins und ihre Eltern. Dieser Freiheitsrausch, den ich jedes Mal spürte, wenn ich im Sommer zu ihnen ging.

Er griff nach seiner leeren Kaffeetasse, versuchte den letzten, längst kalten schwarzen Tropfen daraus zu trinken.

In der Familie nannte man sie die Originale. Die Afrikaner. Namen, die gut zu ihnen passten und sie zum Lachen brachten. Aber ich hatte mein eigenes Bild: die Schmetterlinge. So nannte ich sie, ohne es irgendjemandem zu sagen. Die Geschichte meiner Familie war eine Geschichte von Schafen, von Schäfern von Generation zu Generation, eine Geschichte von Almtrieben, Lammzeiten, Sommerweiden, abzugrasenden Wiesenparzellen, auszumistenden Ställen, die Geschichte einer einzigen, ewigen Reise, wie ein Pendel, eingestellt zwischen der immergleichen Ebene und den immergleichen Bergen, Jahr für Jahr. Die Geschichte meiner Cousins dagegen eine Geschichte von Schmetterlingen.

8

Am folgenden Mittwoch holte Matt die vier Kinder mittags von der Schule ab und machte ihnen zu essen. Nel stieß gegen halb eins dazu, fand Matt und die drei Großen bei Nudeln mit Pesto am Tisch, der kleine Folco war schon fertig und schaufelte mit einem Bagger trockene Bohnen von einem Gefäß in ein anderes. Sie stiegen alle sechs in den Van, auf dem ein Werbeschriftzug für die Trockentoiletten von Mondello prangte, die beiden Väter vorn mit Carmen, Nels älterer Tochter, die drei anderen Kinder hinten.

Entlang der Straße wurden die Häuser immer seltener, die Stadt blieb hinter ihnen zurück. Bald war da nur noch die Ebene, hin und wieder in der Ferne eine Schäferei, die dicht über den Steinen kauerte, Le Grand Carton, Collongue, mit weit offen stehenden Toren, verschlafen, verlassen, diesen Geruch nach Wollschweiß verströmend, den Nel in- und auswendig kannte, etwas klebrig und zäh, eine fette, warme Ausdünstung, die einem den Atem verschlug.

Jetzt ist noch alles leer, aber in drei Wochen werden sie voll sein, sagte Nel und deutete auf die Ställe. Ende September sind die Schafe zurück, sie kommen von den Bergen herunter, jeden Tag kommen neue an. Bald werden es Zehntausende sein, die ganze Ebene wird von ihren Glocken widerhallen.

Matt fragte, ob Nel den Namen der Schäferei kenne, an der sie gerade vorbeikamen, etwas abseits von der Straße, kleiner als Collongue und Le Grand Carton. Nel schüttelte den Kopf.

Du kannst meinen Vater fragen. Er hat früher in allen gehütet.

Er sagte schlicht hüten, ohne Objekt, so wie die Schäfer es sagen. Einfach nur hüten. Jeder wusste schon, was.

Wenn ich daran denke, dass ich Joseph kennenlernen werde, sagte Matt. Das schüchtert mich ein.

Nel hatte ihm in groben Zügen das Leben seines Vaters geschildert, der seine ganze Kindheit und Jugend lang Schäfer gewesen war, wie vor ihm sein Vater Maurice. Maurice, Nels Großvater, hatte zwei Söhne gehabt, Joseph und Antoine. Er wollte, dass sie beide Schäfer wurden, hatte ihnen keine Wahl gelassen, es war ihm nicht einmal in den Sinn gekommen, dass es eine Wahl geben könnte, es erschien ihm einfach selbstverständlich, die Familie hatte eine Herde, und von dieser Herde lebten sie. Er würde eines Tages zu alt sein, sich um sie zu kümmern, also war es unabdingbar, dass seine beiden Söhne sich darauf vorbereiteten, an seiner Stelle für die tausend Schafe der Familie zu sorgen, dass sie sich von klein auf daran gewöhnten, ihnen beim Lammen zu helfen, sie auf die Weide zu führen, im Juni auf die Almen zu treiben, während der Sommermonate dort oben zu hüten, sie vor Epidemien, wilden Tieren, Abstürzen zu schützen.

Mit zwölf Jahren war Joseph von der Schule abgegangen, um Sommer wie Winter mit seinem Vater zu arbeiten, ohne anderen Lohn als sein Gedeck bei Tisch, meist ohne andere Gesellschaft als die der Schafe und der Hunde, ohne andere Zerstreuung im Sommer als die Einsamkeit der Hütten auf zweitausend Metern Höhe, als die Aufeinanderfolge der Weiden, die er die Tiere eine nach der anderen abgrasen ließ. Die Juniweide, die Juliweide, die Augustweide, die Septemberweide, jedes Jahr in der gleichen Reihenfolge, während die anderen jungen Leute seines Alters sich bei den Dorfbällen im Tal vergnügten. Wochenlang allein dort oben, ohne einen Menschen, mit dem er reden konnte. Nachts auf

Strohsäcken schlafend, die man nicht einmal einem Sträfling zugemutet hätte. Von Mädchen träumend, denen er unten begegnet war, sie auf dem Weg zum Fluss, braun gebrannt, lachend, mit straffer Haut, die Brüste kaum verborgen unter einem leichten Top, er nur vom Berg herabgestiegen, um ein Kiste Nudeln, eine Packung Batterien für seine Lampe zu kaufen, rußschwarz, ungewaschen, ungekämmt, bestenfalls mit einer irgendwie geheimnisvollen Aura, die sie stehen bleiben ließ, um ihn anzuschauen. Stolz schwellte er dann kaum merklich die Brust, ging scheinbar ruhigen Schrittes weiter, ohne sie eines Blickes zu würdigen, ohne sich auch nur anmerken zu lassen, dass er sie gesehen, ja dass er schon von ganz oben im Tal nur Augen für ihre Gestalten in der Ferne gehabt hatte, an nichts anderes mehr denken konnte als an den Moment, da sich ihre Wege unausweichlich kreuzen würden, da er sie auf dem von Farnen und Brombeergestrüpp gesäumten Pfad vor sich erblicken würde, zum Sterben begehrenswert. Den Moment, in dem er mit der Hand einen Gruß an sie richten würde, vielleicht ein Lächeln, das sie in einer unbekannten Sprache miteinander tuschelnd erwidern würden, während sie sich schon wieder auf ihren Weg machten, er auf seinen, der Graben zwischen den zwei Welten ohnehin zu groß, sein Erscheinen zu plötzlich, als dass ihre Neugier Zeit gehabt hätte, zu erwachen oder sich gar in Verlangen zu verwandeln. Sie gingen weiter in Richtung Fluss, er würde bald wieder auf den Berg steigen müssen, dort oben die Schafe und die Hunde der Crau wiederfinden, am Abend erneut auf seinem Strohsack einschlafen, noch mehr von Wunschbildern geplagt als in der Nacht zuvor, sie bis zum Morgen in Gedanken ausziehen, ihre Unterhosen wieder und wieder an ihren Schenkeln hinabgleiten lassen, ihre Beine spreizen, sein ganzes Gesicht in die Süße ihres Geschlechts versenken, es lange kosten, wie es in seinem Mund aufblühte, köstlich wie Beeren.

Mit zweiundzwanzig Jahren durfte er eine Reise machen, es war die erste seines Lebens, das erste Mal, dass er etwas anderes bestieg als ein Auto oder einen Viehtransporter. Mit Zehntausenden anderen wurde er in den Norden des unbekannten Afrikas verschifft, damit er um ein Land kämpfte, das ihm herzlich egal war. Zehn Jahre lang hatte er sich seine Jugend von einer Herde blökender Vierbeiner stehlen lassen, und zur Belohnung schickte man ihn in einen entlegenen Winkel dieses Algeriens, aus dem kein Soldat unversehrt zurückkam, um jeden Tag davor zu zittern, mit durchgeschnittener Kehle oder entmannt zu enden. Um sich jede Nacht selbst dabei zuzuschauen, wie er den Befehl gab, eine neue Fuhre von verängstigten Männern in einen Keller zu führen, und mithilfe von reichlich Schnaps genug Hass in sich schöpfte, um ihnen die rituelle Behandlung angedeihen zu lassen, die langsame Steigerung der Qualen, eine sadistischer als die andere. Welches Ungeheuer hatte sich die nur ausgedacht, in welcher perversen Region des menschlichen Hirns wurden sie in jedem Krieg und in jedem Land neu erfunden, da die gleichen Foltermethoden immer wiederkamen, da durch die Jahrhunderte und in allen Breiten immer mehr oder weniger das gleiche Repertoire an Grausamkeiten wieder auftauchte, lediglich um neue technische Möglichkeiten ergänzt, doch stets mit dem gleichen Ziel, den Schmerz zu steigern. Den Schrecken auf den Höhepunkt treiben, das Opfer so nah wie möglich an den Tod bringen, bis an den Rand, an den Punkt des maximalen Entsetzens, nur gerade nicht so weit, dass der Schmerz die Sprache verhinderte oder dass der Tod wünschenswert wurde, dann versuchen, auf diesem schmalen Grat zu bleiben, und fast immer scheitern. Am Ende versetzte man den einen Stromstoß zu viel, sah man den Gefolterten sich zusammenkrampfen und endgültig entkommen, dann überwältigte einen das Gefühl der Absurdität, musste man die vollkommene Sinnlosigkeit des zugefügten

Grauens erkennen, der nächtelangen Schreie, die fortan für immer da waren, unvergesslich, quälend.

Man hatte Joseph einer auf ihn zugeschnittenen Einheit zugewiesen: Er, der Schäfer, der es gewöhnt war, auf Augenhöhe mit seinen Hunden zu arbeiten, Tieren, die auf den kleinsten Pfiff hörten, auf das kleinste Handzeichen reagierten, die von klein auf als Mitarbeiter behandelt wurden, ohne unnötige Streicheleien, ohne übermäßige Zärtlichkeitsbekundungen, wurde der Hundestaffel zugeteilt. Was bedeutete, ihn an die vorderste Front zu schicken, als einen von denen, die als Aufklärer in die Dörfer vordrangen, die Häuser durchsuchten, sich als Erste dem Hass aussetzten, den Hinterhalten, den makabren Entdeckungen, den Gegenschlägen.

Vielleicht hatte Joseph das Glück gehabt, nicht dorthin geschickt zu werden, wo das Grauen am schlimmsten war. Vielleicht hatte er vom Schlimmsten nur aus den Erzählungen mancher seiner Kameraden erfahren. Jedenfalls hatte er, als er zurückkam, die gleiche Botschaft vermittelt bekommen wie alle anderen: dass man ihm für nichts dankte. Dass das, was er erlebt hatte, hier ebenso wenig wie dort als heroisch angesehen wurde, nicht einmal als nützlich. Dass er und seine Kameraden nicht erwarten durften, für all das je die geringste Anerkennung von wem auch immer zu bekommen.

Später war sein jüngerer Bruder Antoine ebenfalls einberufen worden, und da hatte Joseph etwas getan, das viel über seine Erinnerungen verriet. Er hatte sich seinen Bruder geschnappt und ihn an ein Bett gefesselt, hatte ihn geschlagen und ihm zwei Tage lang vom Krieg erzählt, bis er vor lauter Schiss ins Bett machte, jede Nacht bis zur Abreise – sodass der Arzt ihn bei der Musterung für untauglich erklären musste.

Bei seiner Rückkehr nach Frankreich hatte Joseph wieder angefangen, sich mit Antoine um die Herde der Familie zu kümmern, sie im Winter auf die Weiden zu führen, den

Sommer oben in den Bergen zu verbringen, ohne eine Menschenseele zu sehen, in der Furcht vor Gewittern und Hagel.

Mit über dreißig hatte ihm schließlich das Glück gelächelt. Hier, mitten in dieser Landschaft, sagte Nel lachend. Vielleicht sogar am Rand dieser Straße.

Joseph stand mit seinen Schafen am Straßenrand, als er Nicole begegnet war, einem Mädchen, das jeden Tag mit dem Solex nach Arles fuhr. Sie tauchte kurz vor neun in der Ferne auf, kam näher, ihr Handelsschülerinnenkleid sorgfältig unter die Oberschenkel geklemmt, die Beine bis zum Knie frei. Joseph grüßte sie, sah sie manchmal zurückwinken und dann ohne abzubremsen weiter Richtung Stadt fahren. Ringsum war plattes Land, die Steine glänzten in der Sonne, eine Wüste, in der sich weit und breit nichts anderes ereignete als die langsamen Bewegungen der Wollknäuel der Herden, das Bellen der Hunde.

Die Wochen waren verstrichen. Seltsamerweise hatten Josephs Schafe angefangen, ihm morgens immer öfter auszureißen, stets zur gleichen Stunde. Unweigerlich liefen sie, wenn die junge Frau heranknatterte, auf die Fahrbahn, versperrten die Straße, zwangen sie anzuhalten. Der Schäfer lief herbei, entschuldigte sich, verfluchte die elenden Viecher, die nur machten, was sie wollten, nutzte die Gelegenheit, um sich nach Neuigkeiten vom Mas ihrer Eltern zu erkundigen, einem schönen Anwesen bei Moulès mit hektarweise Crau-Heu, um sie zu fragen, ob das Gras gedeihe, ob sie eine gute Heuernte erwarteten.

Tausend Schafe brauchen eine Weile, um eine Straße zu überqueren. Die junge Frau blieb solange stehen. Sie wurde nicht ungeduldig, im Gegenteil, sie stieg manchmal ab, um Joseph zu helfen, die Schafe schneller hinüberzutreiben. Eines Tages hatte er ihr von Welpen erzählt, die seine Hündin geworfen hatte, hatte ihr angeboten, einen für sie aufzuheben. Sie war ihm bis zu dem Brunnen gefolgt, neben dem der Wurf sich befand. Ein paar Monate später hatte der unscheinbare Joseph Nicole, die Tochter des Mas, geheiratet. Eine Traumszene aus der Schäferdichtung, aber nicht wirklich.

Genug.

Genug von diesem Leben, das mich umbringt.

Sobald die Ehe geschlossen war, hatte Joseph die Herde sitzen gelassen, seinen Vater und seinen Bruder sitzen gelassen, den erstbesten Job angenommen, der sich ihm bot, war Kellner geworden, dann Fernfahrer, egal was, nur nicht dieses Hundeleben. Er schlief drei Nächte in der Woche am Rand der Autobahnen zwischen Frankreich und Spanien, bekam Sehnsucht nach seinen heimischen Landstraßen, nach dem Mistral und fast sogar nach den Schafen, kehrte zurück ins Mas von Nicoles Eltern, fing im Maurerhandwerk an, machte darin langsam, aber sicher seinen Weg, während er zugleich seinen Schwiegereltern weiter bei der Verwaltung und Bewirtschaftung des Mas half, sie nach und nach ablöste, sie am Ende neben seinen Baustellen her überall ersetzte und jeden Tag die Arbeit von zwei Männern erledigte.

Nel war zur Welt gekommen, und anders als Maurice hatte Joseph nicht versucht, ihm die Liebe zu den Schafen einzuimpfen, sondern ihm im Gegenteil streng verboten, das geringste Werkzeug oder landwirtschaftliche Gerät anzurühren.

Nein mein Sohn du wirst nicht Schäfer werden.

Nein du wirst nicht zu dieser Figur werden, die man in den provenzalischen Krippen neben den Zigeuner stellt.

Am liebsten hätte er ihn verprügelt, wenn er ihn bei der Heuernte mit einer Gabel in der Hand erwischte. Stürzte herbei und riss ihm das Gerät aus der Hand, als könnte er sich daran anstecken. Als wäre der Schäfer- oder Maurerberuf ein hochinfektiöser Virus.

Lass das.

Rühr das nicht an so macht man das sowieso nicht.

Lass das hörst du Dreck und Matsch sind meine Sache die

waren immer für mich reserviert und ich will mich bis zum Schluss allein darum kümmern, ich bin bereit mein Leben lang Dreck und Matsch zu fressen, Hauptsache du mein Sohn hast nie mehr etwas damit zu schaffen.

Zu allem bereit, um ihn zu schützen, sogar dazu, ihm den schärfsten Spott ins Gesicht zu schleudern. Ihm jedes Selbstbewusstsein, jedes Selbstvertrauen, jeden Schneid zu nehmen. Ihn zu demütigen, wie an jenem Tag, an dem Nel aus der Schule kam und Joseph den Traktor vor ihm anhielt, um ihn ans Steuer des Massey Ferguson des Hofes zu lassen, hinunterkletterte und sagte, steig ein.

Steig schon ein los ich schau dir zu.

Nel kletterte auf den Sitz, legte die Hände aufs Lenkrad. Drückte ganz leicht aufs Gas. Hörte unter dem ungeduldigen Blick seines Vaters den Motor aufheulen.

Worauf wartest du fahr los.

Er drückte wieder im Leerlauf aufs Gas, ließ den Motor erneut aufheulen. Joseph war völlig fassungslos.

Was machst du los schalt in den ersten Gang.

Nel erstarrte, wagte sich nicht mehr zu rühren.

Ich weiß nicht wie man in den ersten Gang schaltet, Papa.

Du weiß nicht wie man in den ersten Gang schaltet willst du mich verarschen.

Nein.

Du bist bald fünfzehn und weißt nicht wie man den ersten Gang eines Traktors einlegt. Dann steig ab. Steig ab Herrgott noch mal beeil dich. Hast du gehört steig ab.

Er schob ihn zornig zur Seite und stieg selbst wieder ein, legte mit einem wütenden Ruck den Gang ein und fuhr davon, ohne sich noch einmal umzudrehen. Ließ ihn mit hängenden Armen vor der Scheune stehen.

Vielleicht bin ich letztlich deshalb Fotograf geworden, meinte Nel und betrachtete die Ebene, die weiter an den Fenstern des

Vans vorbeizog. Weil mir dieser Umstand immer und immer wieder unter die Nase gerieben wurde, bis ich ihn vollkommen verinnerlicht hatte: meine hoffnungslose Unfähigkeit. Meine Unzulänglichkeit in allen praktischen Belangen. Ich war schließlich so sehr davon überzeugt, zu nichts gut zu sein, dass mir nur noch das blieb: schauen. Ewig den anderen beim Tun zuschauen. Mich an diese Rolle des Zuschauers halten, die einzige, die man mir gelassen hat in einer Welt, in der niemand je lange untätig blieb, was paradoxerweise meine Chance wurde. Einer der Einzigen in dieser Situation zu sein, umgeben von Männern und Frauen, die von morgens bis abends beschäftigt waren, mit Arbeiten, Ernten, Einbringen, Pflügen, Hacken, ohne eine freie Sekunde, ich letztlich als Einziger untätig, als Einziger müßig genug, um diese Rolle des Betrachters zu übernehmen, bis ich sie schließlich zu meiner Spezialität machte, zu etwas Sinnvollem. Ich wurde für alle der Betrachter, der Fotograf, das vertraute Auge, das die Aufgabe hatte, ihr Leben einzufangen, ihre Tätigkeiten zu verzeichnen, für sie, die zu beschäftigt waren, einen Blick auf ihre Welt zu richten. Und schaffte es über diesen Umweg, mir darin einen Platz zu sichern.

Die Wiesen rechts und links der Straße waren überschwemmt. Dazwischen verliefen Bewässerungskanäle, unterteilten die Felder, führten das Wasser überall da hin, wo die Schleusen es erlaubten. Sie verließen die Landstraße, bogen nach rechts in einen Feldweg ein. In der Ferne tauchte das Mas auf, mit seinem Ziegeldach und seiner großen Linde.

Hier las mich der Schulbus immer auf, sagte Nel, ich sage auflesen, weil das der gängige Begriff war, er las uns auf, als wären wir Äpfel oder Wäscheballen, die in die Wäscherei gebracht werden, meinte er lachend, morgens und abends wurden wir herumgekarrt, er erinnerte sich auch nicht, viel lebhafter gewesen zu sein als ein Wäscheballen, er hatte in der

Schule geschlafen wie ein Wäscheballen, abends im Bus gelegen wie ein Wäscheballen.

So weit er zurückdenken konnte, waren es Jahre der Müdigkeit gewesen, die er damit zugebracht hatte, so gut wie möglich zu verbergen, wie er im Unterricht gähnte, wie er gegen den Schlaf ankämpfte, bis der gefürchtete Satz erklang, von sehr weit her, kaum hörbar, doch so oft wiederholt, dass er am Ende immer zu ihm vordrang und ihn zwang, überstürzt aus den Tiefen aufzutauchen, in denen er versunken war.

Nel wie ich sehe interessieren Sie sich sehr für den Unterricht.

Nel ich hoffe Ihre Mitschüler und ich stören Sie nicht allzu sehr.

Im Laufe der Wochen hatte der Ton des Lehrers sich geändert, eine barmherzige Seele musste ihm von seinen stundenlangen Schulbusfahrten erzählt haben, diesen mildernden Umstand zu seiner Verteidigung vorgebracht haben, jedenfalls war der Lehrer nachsichtiger geworden, hatte angefangen, sanft mit ihm zu reden, ganz als habe er es nun mit einem Sozialfall zu tun, erinnerte sich Nel damals traurig gedacht zu haben, hin- und hergerissen zwischen Erleichterung und der ratlosen Erkenntnis, dass man ihn bemitleidete.

Nur Mut Nel ich weiß es ist schwer.

In all den Jahren war Nel immer der Erste gewesen, der aufgelesen, der Letzte, der wieder abgesetzt wurde.

Er zeigte auf die genaue Stelle, an der er jahrelang jeden Morgen um Punkt 6:25 Uhr auf den Bus gewartet hatte, im Winter noch im Stockdunkeln, in der beißenden Kälte, die Hände in den Manteltaschen vergraben. Um 6:30 Uhr oder 6:31 Uhr kam der Bus an, Nel sah seine Scheinwerfer zwischen den Bäumen hindurchgleiten, die Gestalt des Fahrers hinter der Windschutzscheibe aufscheinen, vom schwachen Licht im Bus beleuchtet. Die dunkle Masse des Fahrzeugs kam zum Stillstand, die Tür ging auf, Nel stieg ein, im Radio lief France Info, der Fahrer und er schwiegen, während sie die Nachrichten hörten, sie wussten, noch zehn Minuten würden sie allein im Bus sein, und keiner von ihnen redete ein Wort, sie hielten einfach die Augen offen, schauten zu, wie ringsum die Felder und Hügel wiedererstanden, wie der Tag anbrach.

Sie parkten neben einem großen landwirtschaftlichen Fahrzeug, das Matt sofort erkannte: Es war der Massey Ferguson mit dem heiklen ersten Gang. Hinten in der Scheune erkannten sie die Gestalt von Joseph, der sich unter der offenen Motorhaube einer alten Ente zu schaffen machte. Er hatte den Van ankommen sehen, unterbrach seine Reparatur, um sie zu empfangen, beugte sich vor, um seine Enkelinnen zu umarmen.

Matt grüßte ihn, etwas verlegen, weil er schon so viel über sein Leben wusste, viel mehr, als Joseph ahnen konnte. Im täglichen Leben begegnet einem niemand auf diese Weise, mit einer solchen Vorhut von Geschichten. Er entdeckte einen zupackenden Mann, kräftiger Händedruck, aufrechte Haltung trotz des Alters und der Berufe, die er ausgeübt hatte, zerfurchtes Gesicht, noch nicht ganz weißes Haar, blaue Augen, mit denen er einen zum Gruß direkt anschaute. Man spürte, dass er geschäftig, tatkräftig war. Seine Art, die Menschen zu mustern, ließ ihn etwas ungehobelt, etwas wild wirken, wie ein Einsiedler, den man in seiner Einsamkeit störte.

Deine Mutter ist nicht da, sie ist den ganzen Tag in Nîmes.

Schade, dann wirst du Nicole nicht sehen, sagte Nel zu Matt.

Joseph rückte drei Stühle und den Gartentisch in die Sonne, in die Mitte des Hofs. Bot Matt und Nel einen Kaffee an, ging in die Küche, um ihn aufzusetzen. Kam fünf Minuten später mit Tassen und einer dampfenden Kaffeekanne zurück.

Schön haben Sie es hier, meinte Matt.

Es ist eine Menge Arbeit.

Kann ich mir denken. So ein großes Anwesen.

Hinter dem Mas erklangen die Stimmen der Kinder, man hörte sie spielen. Matt ließ seinen Blick über den Rasen schweifen, die frisch gestrichenen Fensterläden, die gefluteten Wiesen etwas weiter unten.

Das Gras steht hoch.

Ja, es war ein gutes Jahr. Wir hatten schon zwei Schnitte im Juni und im Juli-August. Am Sonntag machen wir uns an die letzte Mahd.

Matt fragte, ob das Heu ausreichte, um die Schafe zu ernähren.

Dieses Heu verfüttern wir nicht an die Herde, wo denken Sie hin, sagte Joseph und lachte, das verkaufen wir. Es geht an Gestüte in der Normandie, bis in die Champagne, bis nach Deutschland sogar.

Matt biss sich auf die Lippen – das wusste er eigentlich. Die mit rot-weißem Pressengarn gebündelten Heuballen. Das AOC-Schutzsiegel. Das begehrte Heu, das sogar Sterneköche verwendeten. Mit Crau-Heu geräuchertes Hähnchen. In Heu gegartes Lamm. Tauben-Confit auf einem Bett aus Crau-Gras.

Die Schafe lieben es, sagte Joseph, um ihm doch ein bisschen recht zu geben. Sie sollten sie sehen, wenn sie nach der Mahd ein paar Resthalme finden.

Es entstand eine Pause.

Matt will einen Film über Christian und Fabien machen, sagte Nel.

Christian und Fabien, deine Cousins?

Nicht wirklich über sie, sagte Matt. Über die Chu.

Die Chu das Nachtlokal.

Ja die Chu. Ich weiß, dass Nel ein paarmal dort war, Sie vielleicht auch.

Joseph schüttelte den Kopf.
Ich sicher nicht.
Sie hatten wohl keine Zeit.
Keine Zeit und keine Lust.
Die Chu als Spiegel einer Zeit, sagte Nel. Als bevorzugter Beobachtungsposten der Siebziger- und Achtzigerjahre in der Gegend. Die Geschichte der Chu anhand der Schicksale von ein paar Männern und Frauen von damals.
Darunter Fabien und Christian.
Genau.
Sie schwiegen alle drei.
Ich habe davon nicht so viel mitgekriegt, meinte der auf Maurer umgesattelte frühere Schäfer. Aber sie gingen dorthin, das stimmt. Vor allem bevor Fabien nach Deutschland zog.
Auch danach noch, sagte Nel. Fabien, wenn er im Sommer hier Ferien machte. Christian, wenn er aus Madagaskar zurückkam.
Ja aber weniger.
Sie gingen hin, sie haben mich ja mitgenommen.
Ja aber doch weniger als vorher.
Joseph hatte bei den letzten Worten die Stimme erhoben. Dann verstummte er, als brauche er Zeit, um die Neuigkeit zu verdauen, um sich an die Idee zu gewöhnen, dass ein solcher Film eines Tages existieren würde, dass Christian und Fabien darin vorkämen.
Einen Film zu machen braucht Zeit, sagte Matt leise. Es kostet Geld, man muss die Mittel dafür auftreiben, man ist nie sicher, ob man sie findet.
Die Chu war eine Institution in der Gegend, sagte Joseph. Da verkehrte die feine Gesellschaft.
Er wandte sich Nel zu.
Warst du mit ihm bei Josette.
Wir besuchen sie morgen.

Josette wird Ihnen am besten von Fabien und Christian erzählen können. Sie stand ihnen nahe.

Er zögerte.

Christian hat manchmal Mist gebaut. Eine ganze Menge Mist.

Nel hat mir etwas davon erzählt. Vielleicht nicht alles. Aber zumindest einiges. Mist im Geschmack der Zeit.

Das stimmt, sagte Joseph. Nur schade, dass sie nicht mehr da sind, um dir das alles zu erzählen.

Matt bemerkte, dass Joseph zum Du übergegangen war. Er ließ einen Moment verstreichen.

Andererseits ist es auch interessant.

Was.

Dass sie beide nicht mehr da sind.

Matt räusperte sich. Nel und Joseph schauten ihn an.

Es ist bezeichnend, meine ich. Auch das gehört zu dieser Zeit.

Die Schreie der Kinder kamen näher. Sie blieben eine Minute um den Tisch herum, tranken ein Glas Wasser und stoben wieder davon wie ein Schwarm Stare, um sich etwas weiter am Rand der gefluteten Wiesen wieder zu versammeln.

Möchte jemand mehr Kaffee. Ich kann noch einen kochen.

Nel und Matt blickten um sich herum. Der Hof war sauber, nirgendwo das kleinste Unkraut, nicht einmal ein vergessenes Büschel Löwenzahn oder wilde Rauke am Fuß des Mäuerchens.

Ich habe gerade alles gespritzt. Zwei ganze Tage habe ich dafür gebraucht.

Beim Spritzen kennen Sie anscheinend keinen Spaß.

Nein, meinte Joseph lächelnd. Ich hasse Spaß.

Sie lachten. Matt war froh, dass Joseph mit ihnen lachte. Der frühere Schäfer zögerte.

Ich war früher auch mal beim Kino. Ich habe in einem Film mitgespielt.

Matt schaute ihn an.

Ach ja?

Das hat Nel Ihnen wohl nicht gesagt, meinte Joseph lächelnd.

Nein, rief Matt. In was für einer Sorte Film haben Sie denn mitgespielt.

Fürs Fernsehen. Über die Schäfer der Crau.

Sie waren Schauspieler, sagte Matt begeistert.

Joseph hatte sich auf seinem Stuhl etwas aufgerichtet.

Nicht nur Schauspieler: Hauptdarsteller.

Matt schaute mit einem entzückten Lächeln zu Nel hinüber.

Dein Vater war Schauspieler und du erzählst mir nichts davon.

Darsteller in einem Dokumentarfilm, meinte Nel halbherzig.

Na und, sagte Matt. Was ändert das. Ich kann Sie mir gut als Schauspieler vorstellen.

Ich war gut. Das sagten damals alle.

Joseph erzählte von dem Regisseur, der gekommen war, um ihn und seinen Bruder während eines Schaftriebs zu filmen. Von der Doku, die spätabends auf einem Regionalsender gelaufen war: *Schäfer der Crau – die letzten Cowboys.* Von dem bleibenden Ruhm, den die Rolle ihm beschert hatte, gekoppelt mit einem Spitznamen, den er auf der Alm nicht mehr losgeworden war: John Wayne.

Hab ich nicht das gleiche Lächeln wie John Wayne?

Matt hatte ihm mit dem größten Ernst der Welt ins Gesicht geschaut.

Ist ja irre. Und wie Sie sein Lächeln haben. Sie sind John Waynes Doppelgänger.

Sie lachten.

Schade dass dein Film kein Western wird.

Das kann sich noch ändern.

Joseph zog eine imaginäre Pistole aus der Tasche und richtete sie blitzschnell und mit einer furchterregenden Grimasse auf Matt.

Was willst du Cowboy. Was willst du von John.

Sie unterhielten sich noch ein paar Minuten weiter, dann bat Joseph Nel und Matt, ihn zu entschuldigen.

Die Ente ruft nach mir, ihr seid mir doch nicht böse, wenn ich zu ihr zurückkehre.

Nel und Matt standen auf, gingen zur Scheune hinüber.

Echt nett, dein Vater. Du hattest mir nicht gesagt, dass er so nett ist.

Natürlich ist er nett, sagte Nel, glücklich, dass sein Vater sich von dieser Seite gezeigt hatte. Lustig, dass du ihn gefragt hast, ob er in die Chu ging. Mein Vater in der Chu. Auf die Idee wäre ich nie gekommen. Er, der Musik immer gehasst hat, jede Musik aber vor allem die seiner Jugend, die, die er hätte kennen müssen, wenn er wie die anderen jungen Leute seines Alters am Wochenende auf den Dorffesten getanzt hätte, wenn er mit Mädchen ausgegangen wäre, mit einer Clique am Strand gewesen wäre.

Nel erzählte von einem Morgen, an dem er friedlich auf seinem Bett gelegen und den Ghettoblaster voll aufgedreht hatte, als Joseph wütend in sein Zimmer hereingeplatzt war.

Du stellst das jetzt leiser.

Es war Sonntag, jeder ging seinen Beschäftigungen nach, und Joseph, der die ganze Woche gearbeitet hatte, hatte sich auch an diesem Morgen seine Kelle geschnappt, um ein eingestürztes Mäuerchen wieder hochzuziehen. Nel hatte ihn nicht kommen hören. Die Tür war mit einem Schlag aufgeflogen, und Joseph hatte mit hochrotem Kopf dagestanden.

Du stellst das jetzt leiser verflucht.

Nel hatte gerade noch Zeit gehabt, sich in eine Ecke zu drücken. Joseph hatte das nagelneue Gerät hoch über den

Kopf gehoben und mit aller Kraft gegen die Wand geschleudert. Dann hatten sie beide reglos zugeschaut, wie die schwarzen Plastiksplitter made in Hongkong durchs ganze Zimmer flogen. Wie die dicken Batterien aus ihrem Fach sprangen und über den Boden rollten, bis sie an einer Fußleiste zum Stillstand kamen.

Joseph hatte Nel unter den Achseln gepackt, ihn aufs Bett gesetzt.

Wie oft habe ich dir gesagt du sollst leiser stellen.

Er war hinausgegangen, hatte die Tür hinter sich geschlossen und sich schweigend wieder an seine Mauer gemacht.

Er hasste es, wenn gefeiert wurde, sagte Nel. Er hasste die Jugend. Er hasste junge Leute, nicht nur manche, sondern generell alle jungen Leute, die Idee der Jugend an sich, die Jugend mit ihren Gammlerfrisuren, ihrer dreisten Trägheit, ihrer aus allen Poren schwitzenden Blödheit. Er hasste sie fast ebenso sehr wie die Schafe, die ihm die seine gestohlen hatten, fast so sehr wie die gesamte Natur und dazu alle, die sie liebten, vor allem die, die es laut sagten, die »Zurück zur Natur« wollten.

Aussteiger, diese Spinner. Leben im Einklang mit der Natur, den Scheiß können sie anderen andrehen.

Er hasste sogar das Gras, bis hin zur Idee von Gras und allem, was man gießen, in Ordnung halten, pflegen musste. Er genoss es jedes Frühjahr, eine doppelte Dosis Roundup zu verspritzen. Dieses Massaker war für ihn wie ein Ventil, eine diskrete, aber systematische, unbarmherzige Rache, eine Revanche für Jahrzehnte der Frustration. Nimm das, verfluchtes Gras. Elendes Gras, du sollst leiden. Als wären es diese armen Pflanzen, die ihn all die Jahre am Leben gehindert hatten.

Sie entfernten sich langsam vom Mas, sahen das schmucklose, aber stabile Gebäude hinter den Platanen der Allee zurückbleiben. Sie kamen an einem zugewucherten Weg vorbei, der durch die Felder lief. Hier war eines schönen Tages ein junges deutsches Radfahrerpaar aufgetaucht, erzählte Nel, an einem Nachmittag im Juli oder August, mit Zelt und Schlafsack in den Satteltaschen, braun gebrannt, nackte Arme, umgeben vom Nimbus der Tausenden von Kilometern, die sie durch die bloße Kraft ihrer Waden zurückgelegt hatten. Nel war sofort losgelaufen, um den beiden blonden Göttern etwas zu trinken zu holen, wie die Knappen in den Ritterromanen, die er gelesen hatte. Er war mit zwei Gläsern frischer Limonade zurückgekommen, hatte seine Großmutter an der Küchentür vorgefunden, wie sie die Fremden ihre Frage wiederholen ließ, *planter la tente quelque part pour la nuit,* irgendwo das Zelt aufbauen für die Nacht, hatte der junge Deutsche gesagt, so gut er konnte, aber Nels Großmutter hatte ihn noch einmal gebeten zu wiederholen, der Deutsche musste es erneut versuchen, *un petit quelque part pour la tente si ne vous dérange pas,* ein kleines Irgendwo für das Zelt, wenn Sie nicht stört, wobei er aufs Geratewohl auf ein Fleckchen unterhalb des Hauses deutete, *si ne vous dérange pas bien sûr,* wenn Sie nicht stört natürlich, und angesichts der Begriffsstutzigkeit der Großmutter hatte Nel mit seinen gerade mal neun Jahren beschlossen, die Sache in die Hand zu nehmen, er hatte ihnen zur Antwort die beiden Gläser entgegengestreckt, natürlich waren sie willkommen, natürlich waren zwei Helden ihres Formats hier wie zu Hause, was denn sonst, zwei Abenteurer von so weit her.

Die Deutschen hatten die Gläser genommen, sich bei ihm bedankt.

Leider ist das unmöglich.

Die Stimme der Großmutter über Nels Schulter.

Tut mir leid es ist unmöglich, in einem festen, endgültigen, tiefernsten Ton, der Nel erstaunt hatte, er hatte sich fragend zu seiner Großmutter umgedreht, in der Erwartung, sie einen Grund vorbringen zu hören, an den er nicht gedacht hatte.

Es ist unmöglich wir fluten die Wiesen für das Heu, und

Nel hatte angesichts der Ungeheuerlichkeit der Lüge einen roten Kopf bekommen, er wäre am liebsten im Boden versunken, es ist unmöglich wir fluten, als wäre die zwei Wochen später geplante Flutung der Wiesen schon an diesem Abend eine tödliche Gefahr für das ganze Gelände, als bereite sich jeder Quadratmeter des Mas schon jetzt auf eine Überschwemmung vor, der zu entkommen nicht einmal die alte Großmutter sicher sein konnte. Es wird überall Wasser sein verstehen Sie es ist gefährlich, in einem schon beinahe unheimlichen Ton, als warne sie sie vor einer Gefahr, die sie sich nicht einmal vorstellen konnten, gefährlich verstehen Sie gefährlich, woraufhin der Deutsche große Augen gemacht und genickt hatte. Wahrscheinlich stellte er sich eine Überschwemmung vor, die so unmittelbar bevorstand, dass es sicherer war, auf der Stelle abzuhauen, was er und seine Gefährtin dann auch taten, sie machten sich vom Acker, ohne sich noch einmal umzudrehen, ob sie sich hatten täuschen lassen oder nicht, ob sie die Scheinheiligkeit meiner Großmutter geschluckt oder vielmehr durchschaut und als das erkannt hatten, was sie war, ein fest verankerter alter antideutscher Reflex seitens einer alten Dame, die nach all den Jahren den Akzent von der anderen Rheinseite immer noch nicht hören konnte, ohne sich zu verkrampfen.

Nel erinnerte sich an seine Scham, er hatte sich gesagt, so was ist also meine Familie, ich bin das Kind dieses Ortes, an dem man Helden anlügt, die Meinen sind diese Leute, die sich nie dafür interessiert haben, was jenseits der Berge liegt, und die sich verschanzen, wenn man zu ihnen kommt. Er hatte vor allem das gespürt, was ihm auch heute entgegenschlug, was auch Matt ins Auge sprang, als er den Ort entdeckte: seine ungeheure Abgeschiedenheit. Die Enge dieses Lebensraums, in dessen Grenzen sich Nels Kindheit und Jugend abgespielt hatten, abgeschnitten vom Rest der Welt, sogar von Arles, sogar von Raphèle mit seinen höchstens vierhundert Einwohnern. Gleichsam gefangen zwischen diesen Feldern und Wiesen. An dieses Mas gefesselt, ob er es wollte oder nicht, wie seine Ahnen vor ihm an die Herde der Familie.

Kein Wunder, dass die Reisen von Fabien und Christian dich zum Träumen gebracht haben. Dass die Ausflüge mit ihnen dich geprägt haben.

Nel war größer geworden, die beiden Cousins waren wieder in die Ferne gereist, das Haus auf der Höhe stand erneut zehn Monate im Jahr leer. Zu seinem fünfzehnten Geburtstag hatten Joseph und Nicole eingewilligt, ihm ein gebrauchtes Mofa zu schenken, ein hellblaues Modell, das sie einem alten Maghrebiner aus dem Dorf abkauften, der nach dreißig Jahren unterbezahlter Schufterei in den Gewächshäusern und Gemüsefeldern der Gegend in Rente gegangen war. Sie hatten an dieses Geschenk nur eine Bedingung geknüpft: dass Nel versprach, sich damit nicht auf die geteerte Straße zu wagen, die am Ende der Allee anfing, zweihundert Meter vom Hof entfernt. Mit anderen Worten: dass sein Bewegungsraum sich kein Stück vergrößerte. Dass er weiter wie ein Hund angekettet blieb, sein Aktionsradius gleich null.

Also hatte er angefangen, jeden Tag, wenn er aus der Schule kam, um das Mas herum im Kreis zu fahren. Verzweifelt in einer Staubwolke im Kreis zu fahren, stundenlang, bis zum letzten Tropfen Benzin, bis es stockdunkel war. Und er musste den Spott seiner Schulfreunde einstecken.

Na wo ist es denn. Wann zeigst du uns denn mal dein Mofa, von dem du schon so lange redest.

Er kam nach Hause und reagierte sich am Gasgriff ab, kreiste und staubte wie nie. Nicole und die Großmutter schauten ab und zu durchs Fenster zu ihm hinaus, sagten, der Junge ist aber nervös, wird er am Ende nicht ganz stumpfsinnig werden von diesem ewigen Im-Kreis-Gefahre.

Aber in manchen Nächten hatte er angefangen, sie zu

überlisten. Er wartete, bis seine Eltern im Bett waren, tat, als gehe er auch schlafen. Wenn er sicher war, dass alle schliefen, öffnete er seine Läden, stieg aus dem Fenster, holte sein Mofa, schob es bis zur Straße und noch weiter, bis er mindestens einen Kilometer zwischen sich und das Mas gebracht hatte. Am Himmel standen hell der Mond, die zahllosen Sterne. Zu seinen Füßen glänzte der Teer. Er hörte die Grillen, die Frösche in den Teichen, manchmal den Schrei einer Eule. Wenn er die dunkle Gestalt des Mas weit genug hinter sich gelassen hatte, kickte er das Mofa an, beschleunigte langsam und entfernte sich, ohne Licht. Zwei Stunden lang kurvte er durch die Nacht, die frische Luft strich ihm übers Gesicht, rechts und links der Straße zogen die silbrigen Flächen der Wiesen vorüber. Dann schob er das Mofa das letzte Stück zurück nach Hause, stieg durchs Fenster wieder ein, ließ sich auf sein Bett fallen, erschöpft, klamm vor Kälte. Berauscht vom Gefühl der Freiheit.

9

Josette war eine energische kleine Frau mit lebhaften Augen hinter ihrer runden Brille. Jahrelang hatten sich um sie herum Onkel und Tanten, Brüder und Schwestern, Cousins, Neffen, Nichten, Großcousins getummelt. Die Wände hatten vom Echo vieler Stimmen widergehallt, der Kamin hatte bei Geburtstagen und Taufen Dutzende Körper gewärmt, die sich vor dem Feuer drängten. Und dann waren sie einer nach dem anderen gegangen, die Neffen und Nichten waren groß geworden, zum Studieren weggezogen, hatten ihr eigenes Leben gelebt. Josette war allein geblieben und hatte Geschmack daran gefunden, brachte jeden Tag Stunden mit Lesen zu, arbeitete sich durch die Papiere, die ihre Eltern und Großeltern auf dem Dachboden hinterlassen hatten, spielte für die ganze Familie die Rolle der Archivarin, der Historikerin, der Genealogin.

Sie empfing Nel und Matt mit einer Umarmung, hocherfreut, dass auch sie sich für diese ganze Vergangenheit interessierten. Blickte lächelnd hoch, um Matt anzuschauen.

Sie sind das also, der sich für Christian und Fabien interessiert.

Das bin ich. Sagen wir, ich interessiere mich für diese Jahre. Die Jahre, in denen sie gefeiert haben. Sie und andere.

Josette hatte ihn voller Entzücken angeschaut, ungeduldig loszulegen.

Ich liebte Fabien, sagte sie und rieb sich die Hände, als wäre Fabien nicht schon lange tot, als sprächen sie über einen lieben Freund, den sie bald wiedersehen würde. Ich hing sehr an ihm.

An Fabien also mehr als an Christian, meinte Matt mit gespielter Empörung.

Josette lächelte.

Wissen Sie, in meinem Alter ist einem alles egal, da kann man sagen, was man denkt.

Das kann man doch in jedem Alter, meinen Sie nicht?

Ja, aber ich sehe, dass die Jungen viel weniger mutig sind als die Alten. Liegt das an der Zeit, in der sie leben. Oder am Alter.

Um sie zu besuchen, waren sie eine gute halbe Stunde nach Süden Richtung Mas-Thibert gefahren, dann nach links in einen Feldweg eingebogen, der durch die Reisfelder führte, und bei einem Haus angekommen, das noch abgeschiedener lag als das von Nels Eltern, hatten das Auto im Schatten einer großen Platane geparkt. Beim Eintreten hatten sie die Frische der Mauern gespürt, den Bienenwachsduft der Möbel gerochen, die von den Jahren polierten alten Tonfliesen auf dem Boden bemerkt.

Sie setzten sich mit einer Tasse Tee an den Tisch. Matt fragte, ob er seine Kamera einschalten dürfe. Josette sagte mit einem nachsichtigen Lächeln Ja, wie zu einem kleinen Jungen, der nach seinem Flummi verlangt. Matt baute das Stativ auf, stellte das Bild ein, knipste eine Lampe an, um die Beleuchtung zu verbessern. Setzte sich vor der nunmehr laufenden Kamera dazu.

Josette hatte ihren Besuch vorbereitet und Bilder herausgesucht. Fotos des Mas aus der Zeit, als Fabien und Christian im Sommer zum Spielen kamen. Fotos von André als Kind, von André und Réa auf ihrer fernen Insel mit den noch kleinen Jungen, von André und Réa, als sie älter waren, zurück in Frankreich, an ihrem Küchentisch im Haus auf der Höhe, als Christian und Fabien schon tot waren.

Sie hatte vor allem ein großes Blatt Papier von der Wand genommen, das über und über mit winzigen Namen, Verzweigungen, Daten bedeckt war: der Familienstammbaum, den zu erstellen sie fast ein Jahr gebraucht hatte, während dem sie Nachforschungen angestellt, Papiere, Fotos, Geburts- und Sterbeurkunden ausgegraben hatte. Der Stammbaum zeigte sieben Generationen, mit seinen Ästen und Unterästen, Zweigen und Unterzweigen, alle von einem Mann ausgehend, der einen Vornamen aus einer anderen Zeit trug, mit einem irgendwie griechischen oder kretischen Beiklang, Hilarion der Urahn, Hilarion der Erste, der Schäfer aus dem Vercors, der zwei Jahrhunderte zuvor mit seinen Schafen heruntergezogen war in die Ebene, ins Herz der Crau, in der er sich niedergelassen hatte und die seine Nachfahren nicht wieder verlassen hatten, eingepflanzt zwischen Steinen und Wind, an die riesige Weite gebunden, unfähig, sich von ihr wegzubewegen.

Hilarion der Stamm, aus dem diese starken Äste hervorgewachsen waren, die sich jetzt nach allen Seiten verzweigten, die ihre vielfältigen Arme in den Himmel streckten, sieben Kinder, dreiundzwanzig Enkel, dreiundsechzig Urenkel, und um sie alle darstellen zu können, hatte Josette mehrmals anstückeln müssen, das Papier war immer zu schmal, die Vornamen zu zahlreich, manche gefolgt von einem kleinen Kreuz und einem schon weit zurückliegenden Todestag, die anderen nur mit einer offenen Klammer, darin ein manchmal ganz frisches Geburtsdatum, das eine unbestimmte Zahl von Lebensjahren eröffnete und das schicksalhafte Datum offen ließ, an dem sich die Klammer wieder schließen würde.

Der mit schwarzer Tinte gezeichnete Baum entfaltete sich, seine Verzweigungen, sein Laubwerk, seine Wipfel koloriert mit großen Pastellkreidestrichen, fast immer rosa oder rot. *Viel eher ein Herz als ein Baum,* dachte Nel unwillkürlich, er meinte eine Anatomietafel vor sich zu haben, zu sehen, wie das Blut durch die Venen und Arterien lief, in der großen Pumpe des Herzens ankam, mit kräftigen Stößen bis in die

Extremitäten des Kapillarsystems verteilt wurde und noch die feinsten Gefäße erreichte.

Matt beugte sich über den Baum, um die Namen von Christian und Fabien zu suchen. Josette setzte ihre Brille auf, musterte ebenfalls das Dickicht von Schriftzeichen und Verzweigungen. Ihr Finger hielt auf halber Höhe inne, nicht weit vom rechten Rand des Blattes.

Nel hatte sie seine ganze Kindheit lang seine *Cousins* genannt, hatte immer gesagt, immer gedacht *ich gehe zu meinen Cousins*, völlig selbstverständlich, ohne sich zu fragen, Cousins welchen Grades, durch welches Verwandtschaftsspiel.

Erst an diesem Tag bemerkte er, dass der Ast der Cousins gar nicht so nah bei seinem eigenen lag. Er entdeckte, was für einen seltsamen Auswuchs er an dem Baum bildete, wie ein später, unerwarteter Trieb, ganz anders als der Ast seiner eigenen Eltern, der voller Saft und Kraft aus dem Stamm entsprang.

An diesem Tag erfuhr er von seinem Ahnen Alphonse und dem späten Wiedererwachen seiner Begierde, mit über siebzig Jahren, angesichts der Reize eines jungen Dienstmädchens aus Vallabrègues, das mit knapp dreißig schon Witwe war. Die Aufregung im Haus in jenen Wochen, in denen die Verbindung allmählich offiziell geworden war, da der Patriarch und das junge Dienstmädchen sich nicht mal mehr die Mühe machten, sich zu verstecken. Dann die allgemeine Fassungslosigkeit, als eines schönen Tages verkündet wurde, dass die kleine Fine schwanger war mit einem Kind, das Alphonse anzuerkennen gedachte, fünfzig Jahre nach seinen anderen Söhnen, die schon Großväter waren, und zwar ganz gleich, was der Rest der Familie davon halten mochte, hatte er gesagt, ganz gleich auch, was seine arme Ehefrau davon halten mochte, die mit den anderen am Sonntagstisch saß.

Ich sage es euch gleich er ist mein Sohn und wird als solcher behandelt werden.

Ein eisiger Hauch wehte über die beiden Hähnchengerippe, die noch auf dem Tisch standen.

Dass es für alle klar ist das ist mein Kind und Joséphine und ich werden es nach besten Kräften großziehen, wobei er *Joséphine und ich* mit einer solchen Selbstverständlichkeit heraustrompetete, dass der ganzen Gesellschaft die Luft wegblieb und eine Gabel auf einen Teller fiel.

Wenn jemand einen Einwand vorzubringen hat ist jetzt der Moment dafür, und dann hatte der alte Alphonse gewartet, gut dreißig Sekunden verstreichen lassen, nacheinander die Gesichter seiner fünf Söhne gemustert, um sich zu vergewissern, dass keiner muckste, einen Blick zu seiner alten Ehefrau geworfen, die vor Scham den Blick auf ihren Teller senkte.

Bestens niemand hat einen Einwand.

Der ganze Tisch war fassungslos, Alphonse' Söhne mit ihren Schnurrbärten auf Halbmast, ihren schlaffen Wangen fanden nicht die Kraft, dem alten Patriarchen in der Lebenskrise die Stirn zu bieten.

Ist das Hähnchen gut.

Habe ich genug Sahne und Estragon drangegeben.

Joséphine zeigte sich unerschüttert, fragte nach dem Hähnchen, dem alle gerade kräftig zugesprochen hatten, um am Ende noch mit auf die Gabel gespießten Brotstücken die restliche Sahnesauce in der Platte aufzutunken.

Ist das Hähnchen gut ich hätte gern Komplimente, das sagte sie in scherzhaftem Ton, mit der Frechheit, die schon immer ihren Charme ausgemacht hatte, alle Blicke waren auf sie gerichtet, die Söhne und Enkel von Alphonse konnten nicht anders, als sie mit den Augen zu verschlingen, sie aufzufressen wie ihr Hähnchen, sie sich mit dem alten Alphonse im Bett vorzustellen und ihn zu beneiden, zu denken, der Sauhund.

Das Hähnchen ist gut Joséphine.

Das Kompliment kam von der alten Marthe. Ausgerechnet aus dem Mund der abgesetzten, besiegten Ehefrau, der sogar das genommen worden war, die Zubereitung des Sonntagshähnchens, die Aufmerksamkeit ihrer Söhne, die wie ihr Vater im Bann der neuen Favoritin standen, die an jeder ihrer Bewegungen, ihrer Worte hingen.

Das Hähnchen ist gut Joséphine, als eine Art, das Gesicht zu wahren, zumindest diese Größe zu zeigen, was sie nicht daran hinderte, das Los zu erleiden, das jeder von diesem Moment an erwartete. Langsam, aber sicher ins Abseits gedrängt, langsam, aber sicher durch Joséphine ersetzt zu werden, nicht nur in Alphonse' Bett, sondern in all seinen Wünschen, in seinen Geschenkideen, seinen Zärtlichkeitsbekundungen, seinen Gedanken, bald sogar in denen seiner Söhne und des ganzen Hauses, das zu sehr mit dem alltäglichen Lauf des Lebens beschäftigt war, um sich weiter um eine alte Oma in ihrem Sessel zu sorgen, in einer Ecke vergessen, mit zugezogenen Vorhängen, damit ihr die Augen nicht wehtaten, dazu fast taub.

Ein knappes Jahr war vergangen, dann hatte sie schließlich getan, was folgerichtig war, was alle Welt von ihr erwartete, sie war gestorben, sang- und klanglos, schnell und gut, einen für die anderen sanften Tod, rasch und ohne zu stören.

Bei der Beerdigung hatte Alphonse edle Worte für sie gefunden, aus denen durchaus Dankbarkeit sprach für die fünf Jahrzehnte, die sie an seiner Seite gelebt hatte. Am Kirchenausgang hatte man gesehen, wie er Fines Arm nahm, mit ihr den Kinderwagen schob, in dem ein anderthalb Monate alter Säugling schlief, und niemand hatte sich darüber aufgeregt, Fine war nach allgemeiner Auffassung eine hingebungsvolle Mutter, sie kümmerte sich vorbildlich um den Kleinen.

Ohnehin war Alphonse der Verblichenen bald gefolgt. Sechs Monate später war auch er gestorben und hatte seinen Kindern und Enkelkindern die Sorge für Fine und den

Kleinen hinterlassen. Als könne er, nachdem dieser letzte Spross ausgetrieben war, abtreten.

Auf einem kurz vor dem Krieg aufgenommenen Foto sah man sie alle zusammen, wie sie um die noch junge Fine posierten: Alphonse' fünf Söhne, fast im Rentenalter, alle an die sechzig, weißes Haar, altersrunder Bauch, und zu ihren Füßen ein kleiner Junge, der gerade mal laufen konnte, allerhöchstens drei Jahre alt, der aussah, als spiele er während der Aufnahme zufällig zu Füßen seiner Großväter.

Onkel André, sagte Nel verblüfft, ohne den Blick von dem Bild abwenden zu können.

Onkel André und seine fünf Halbbrüder, ja. So unglaublich es erscheinen mag.

Der kleine André war herangewachsen, war dem Mas entflohen, so bald er konnte, war Geschichtslehrer geworden, hatte irgendwo südlich des Äquators Réa kennengelernt, mit ihr erst Fabien bekommen, dann Christian.

In dem Baum mit den zahllosen Verzweigungen war der Ast etwas abseits von den anderen eingezeichnet, ein zögerlicher Stumpf, etwas verschämt, als wäre er in letzter Minute nachgetragen worden. Ebenso sehr wie seine Position am Rand fiel sein fast sofortiger Abbruch ins Auge. Kaum begründet, war die Reihe schon zu Ende. Während die anderen Äste gediehen, sich verzweigten, immer üppiger wurden – aus dem Ast eines der sechzigjährigen Großväter ging eine Enkelin hervor, die später Nels Mutter wurde –, teilte sich der Zweig nach André in zwei und hörte dann auf, abgeschlossen durch die rituellen Kreuze hinter den Vornamen von Fabien und Christian.

Als zahlten die beiden Brüder für Alphonse und seine widernatürliche Verbindung. Als fordere der Himmel zwei Generationen später Wiedergutmachung.

Verfaulter Ast, ich säge dich ab.

Stumpf, der nie hätte sein sollen, ich trenne dich ab.

Josette erzählte von Andrés Briefen mit den bunten Briefmarken, von den dicken Sendungen von weit her, den cremefarbenen Umschlägen mit abgerundeten Ecken, die sie sofort erkannte, wenn sie im Briefkasten lagen. Darin fanden sich immer Überraschungen, Fotos von gefangenen Insekten, manchmal echte Schmetterlinge, Monarchen, deren Flügel das Briefpapier zart tönten, Gelblinge, die selbst nach monatelanger Reise noch unglaublich leuchteten.

André der Afrikaner, der Exzentriker, der Spinner, auf den Fotos immer mit Hut, immer mit offenem Hemd. André und Réa, die Abenteurer der Familie, sagte Josette, die bei jeder Heimkehr ungeduldig erwartet und gefeiert wurden. Gleich am ersten Abend wurde ihr Haus gestürmt und blieb tagelang von Gästen belagert, im Garten feierte man Wiedersehen, die Insektenschaukästen wurden ausgepackt, es gab Rum-Verkostungen aus Flaschen, die André aus einer Holzkiste angelte und ans Licht hob, um die Flüssigkeit voll unbekannter Früchte bewundern zu lassen, ehe er sie servierte, es gab Erzählungen von Fabiens letzter Krabbenjagd, von der letzten Goliath-Heuschrecke, die Christian, der Dreikäsehoch, mit einem Stock aufgespießt hatte.

Nel wird Ihnen sicher von den Filmvorführungen erzählt haben, die André organisierte, sagte Josette zu Matt, noch bevor sie dazu kamen, sie nach den Filmrollen zu fragen. Er wird Ihnen erzählt haben, was er für Filme machte. Ich wusste nicht mehr, wo das alles hingekommen war, aber Bernard, der mir im Garten hilft, ist auf den Dachboden gestiegen. Er hat sie wiedergefunden. Alles ist da.

Sie zeigte auf einen Karton unter der Treppe, genoss die Reaktion auf die Neuigkeit, die sich auf Nels und Matts Gesicht abzeichnete. Sie schaute in Richtung Kamera, wandte sich dann Matt zu.

Wollen wir das alles jetzt auspacken oder soll ich lieber weitererzählen.

Erzählen Sie weiter.

Das unbekümmerte Leben war gut zehn Jahre so weitergegangen. Fabien und Christian waren immer öfter allein losgezogen, hatten im französischen Viertel von Antananarivo ein immer freieres Leben geführt, ein Leben, das in Frankreich völlig unmöglich gewesen wäre, sagte Josette. Das gaben André und Réa selbst zu, die sie noch vor sich sah, wie sie mit einer Spur Besorgnis davon erzählten, ein Leben voller Streifzüge, jeden Tag nach der Schule trieben sie sich stundenlang wer weiß wo herum, verbrachten ganze Nachmittage auf dem Tennisplatz oder im Schwimmbad der Entente Sportive, des Clubs für die Europäer und Honoratioren der Stadt, Wochenenden am Strand, Nächte bei den Eltern der einen oder anderen.

André und Réa hatten angefangen, sich über die Rückkehr Sorgen zu machen, sich zu fragen, ob sie alle vier dazu in der Lage sein würden, ob sie nach all den Jahren in den Tropen die Kälte wieder ertragen könnten, die geregelteren Tagesabläufe, das teurere Leben. Bald wären Fabien und Christian im Alter, ins Collège zu gehen, und sollte man da das Risiko eingehen, sie weiter barfuß herumstromern zu lassen, war das nicht zu gefährlich, blieb man davon nicht für immer gezeichnet, unfähig, sich an etwas anderes zu gewöhnen.

Auch ich war beunruhigt, meinte Josette, ich machte mir jedes Mal Sorgen, wenn ich sie sah, einer so aufsässig, so frech wie der andere, ständig stritten sie, gaben den Erwachsenen patzige Antworten, verschwanden manchmal einfach stundenlang im Garten, sie waren den anderen Kindern ihres Alters vom Köpfchen und von den Muskeln her überlegen, zwanzig Mal durchtriebener und bei allen Spielen im Freien geübter, einfach reifer.

Im Mas wurde die alte Fine langsam zerbrechlich. Einen nach dem anderen hatte sie Andrés fünf Halbbrüder begraben, und sie selbst war nun in einem ehrwürdigen Alter, ihr

Bein tat ihr weh, sie bewegte sich von Tag zu Tag mühsamer und weniger, die Hindernisse wurden immer zahlreicher, jeder Gang eine Gefahr.

Eines Tages war sie hingefallen, und das war der Auslöser gewesen, André und Réa hatten beschlossen heimzukehren, sie hatten ein Haus in der Nähe der Arena gefunden und Fine zu sich genommen. Das war der Anfang des Lebens auf der Höhe gewesen, zuerst alle fünf zusammen, ihren neuen Vorsätzen gemäß, die alte Großmutter zum ersten Mal seit Langem wieder mit ihrem Sohn vereint, und zum allerersten Mal umgeben von ihrer Schwiegertochter und ihren Enkeln.

Das war gut drei Monate so gegangen, fast vier, sagte Josette und musste noch nach all den Jahren unwillkürlich lächeln. Bis André und Réa schließlich kapitulierten, feststellten, dass Christian und Fabien sich zwar mühelos an ihr neues Leben anpassten, sie selbst jedoch dem Schock nicht gewachsen waren, dass für sie die Rückkehr zu einem geregelten Leben zu hart war. Dass sie seit ihrer Rückkehr vor Wehmut vergingen, verdrießlich, nostalgisch waren. Dass sie von nichts anderem träumten, als wieder aufzubrechen.

Sie hatten etwas gewartet, hatten über die beste Art nachgedacht, ihre Koffer wieder zu packen, darüber, wie viel sie mitnehmen sollten, hatten die Reife ihrer beiden Jungen abgeschätzt, befunden, dass Fabien eine vielversprechende Ausgeglichenheit aufwies und sich recht gut mit Fine verstand, dass Christian hingegen wohl noch zu jung war, dass es mit neun Jahren doch etwas früh war, um ohne Eltern auszukommen, worin wir, Verwandte und Freunde, sie auch nachdrücklich bestärkten.

Also waren sie mit Christian wieder abgereist und hatten Fabien bei Fine gelassen, oder vielmehr umgekehrt, sagte Josette, sie vertrauten Fine dem zwölfjährigen Fabien an, der fortan über sie wachte, für sie einkaufte, ihr den Tee an den Sessel brachte, auf dem sie den ganzen Tag in der Diele saß, die Beine altersschwer, die Züge erschlafft, die früher reizende Fülle verwandelt in matronenhafte Beleibtheit. Sie war schön gewesen, hatte alle Blicke auf sich gezogen, die Männer in Bann geschlagen. Ich selbst habe sie noch so erlebt, sie hatte sich gut gehalten, war mit bald sechzig noch so bezaubernd, dass sich die Männer nach uns umdrehten, wenn ich sie ins Café von Mas-Thibert begleitete. Jeder Vorwand war ihnen recht, um sie anzusprechen, sie fragten sie, ob ich ihre Tochter sei, luden sie auf ein Glas am Tresen ein, was sie freundlich schimpfend annahm, schenkten mir ein Eis oder einen Liebesapfel. Jetzt thronte sie in der Diele wie eine Statue, von morgens bis abends zwischen den Armlehnen desselben Sessels, eine Riesin, die früher das Bett des alten Alphonse geteilt hatte und jetzt mit diesem kleinen Fabien zusammenlebte, der gerade erst ins Collège gekommen war und mit dem sie ein kaum weniger erstaunliches Paar bildete als das des kleinen Dienstmädchens mit dem alten Patriarchen von damals.

Und von einem Tag auf den anderen war von André und Réa nichts geblieben als die Post, die lang brauchte für ihre Reise über die Meere, nichts als der große Plastikapparat, auf dessen metallisches Klingeln Fabien jede Woche zu warten begonnen hatte, stets am Freitagabend, stets um 20 Uhr, jedenfalls in seiner und seiner Großmutter Welt, 21 Uhr in der Welt seiner Eltern und Christians, der schon im Bett lag, wenn André und Réa sich um das Telefon drängten und die Nummer wählten, die mit zwei Nullen und zwei Dreien begann. Nichts als diese paar wöchentlichen Minuten eines abgehackten Austauschs, verlangsamt durch den Sekundenbruchteil, den jeder Satz brauchte, um ans andere Ende der Leitung zu gelangen, gleich einem Beweis der überwundenen Distanz, eine sehr konkrete Erinnerung an die zehntausend Kilometer, die jeder in Fabiens Mund gebildete Laut zurücklegen musste, ehe er das Ohr seiner Mutter erreichte, das sich dort in der Ferne an die Muschel eines von der Feuchtigkeit zerfressenen Hörers drückte, in einer Abendstimmung, die Fabien sich mühelos vorstellen konnte, heiße, schwüle Luft, hallende Betonwände, vor Feuchtigkeit rutschiger Fliesenboden, Zimmerpflanzen mit glänzenden, fleischigen Blättern, Möbel aus nach Terpentin duftendem rotem Holz, Insekten, die gegen die Fensterfronten prallten, dahinter ein Garten mit in Finsternis getauchten Bäumen.

Und in Réas Stimme jeden Freitagabend die gleiche schmerzliche Mischung von Zärtlichkeit und Selbstbeherrschung, vor lauter Angst, dass das Telefonat sich länger ausdehnen könnte, als vernünftig war, dass es sich in ein echtes Gespräch verwandeln könnte, mit echten Erzählungen statt bloßer rascher Versicherungen ihrer Liebe, wie sie sie jedes Mal austauschten. Statt der immergleichen, überschwänglichen Glückwünsche, wir sind stolz auf dich Fabien bravo mein Schatz dass du so tapfer bist Papa und ich drücken dich ganz fest, Sätze, die der Unterhaltung rasch ein Ende setzten, die sie fast aus Aberglaube abkürzten, als wäre es schon ein Wunder, sich über Tausende von Kilometern hinweg sprechen zu können, als dürfe man es nicht übertreiben.

Schon nach einer Minute wurde Andrés Stimme unruhig, Fabien konnte hören, wie er Réa drängte, wie er in einem Ton, der freundlich klingen sollte, wiederholte: gut jetzt, gut jetzt, als spreche er mit einem kleinen Mädchen, das gern über die Stränge schlug und dies dann als Erste bedauerte, gut jetzt, und Réas Redefluss beschleunigte sich, wurde abgehackter, nach jedem Satz, den Fabien sprach, sagte Réa ja, ja mein Schatz, natürlich mein Schatz, bis sie irgendwann anfing, nach jedem Satz das Wort gut zu sagen, gut mein Schatz wie ich sehe ist alles in Ordnung, selbst wenn er gerade gesagt hatte, dass sie ihm fürchterlich fehlte, gut mein Liebling ich bin froh zu hören dass es dir gut geht. Und sie erinnerte Fabien daran, dass die Minuten davonliefen, sie wiederholte, dass sie ihn von ganzem Herzen liebte, ihren großen tapferen Jungen, dass sie ihn umarmte, dass sie sie beide umarmte, Oma und ihn, sie sagte ein letztes Mal gut, zog es in die Länge, guuuut bis bald mein Liebling bis nächste Woche, und Fabien wusste, dass es zu Ende war, er spürte, wie sein Herz sich zusammenkrampfte, er wusste, in weniger als zehn Sekunden würde das Gespräch abbrechen.

Wir lieben dich Fabien sei schön brav Oma ist alt bis bald mein kleiner Liebling also dann, und Réa legte den Hörer am anderen Ende wieder auf den Apparat, es war zu Ende, das Haus wurde wieder leer, Fabien vergrub seinen Kopf im Kleid von Fine, die in ihrem Sessel saß, er drückte sich an sie, in ihren Geruch nach alter Butter, warf seinen Kopf mit dem feinen Haar zwischen Fines Hände, damit sie ihn rubbelten, ihn trösteten, ihn wuschen.

Sie nannte ihn mein Sandläufer, wie die zarten kleinen Eidechsen, deren Schwanz in der Hand abbricht, wenn man sie fängt, sagte Josette. Mein hübscher Sandläufer, als spreche sie zu einer dieser Eidechsen, die am Nachmittag zwischen den in der Sonne brütenden Steinen vorbeihuschten, manchmal reglos in der prallen Hitze auf einer Mauerkante lagen, mit glänzenden Schuppen, bebenden Flanken.

Mein hübscher Sandläufer komm her und gib Oma ein Küsschen, als wäre ihr vorherrschendes Gefühl, wenn sie ihn sah, Anbetung und Entzücken angesichts seiner Jugend. Als gebe ihr das hohe Alter und die Todesnähe das Recht, auf alles Übrige zu pfeifen und nur noch dieses Wunder zu sehen: dass Fabien lebte, dass das Leben jeden Tag in ihm aufstieg wie in den Pflanzenstängeln und Baumstämmen, dass seine Kraft sich mehrte, sein Geist sich schärfte, seine Augen nie müde wurden zu lernen, dass immer eigensinnige, fröhliche junge Leute wie er nachwuchsen, um die Alten zu ersetzen, die abtraten.

Komm her mein Kind komm und gib der Oma, die nicht mehr aufstehen kann, ein Küsschen.

Du fehlst uns mein Schatz wir drücken dich, und dann vergingen noch einmal sechs Monate, bis André und Réa zurückkamen, sechs Monate, in denen manchmal ein Brief eintraf von der Insel weit unten im Süden Afrikas, meist schon einen Monat alt, vor Feuchtigkeit gewellt, jedes Mal mit Briefmarken verziert, deren Motive Fabien an sein früheres Leben erinnerten, Tag- und Nachtfalter, Affen, Schlangen, Wasserfälle, Orchideen, Musikinstrumente.

Viele Küsschen von uns dreien mein Schatz wir denken fest an dich, und so war Fabien all die Jahre lang allein herangewachsen, die anderen Kinder hatten eine Mutter und einen Vater, er nicht, die anderen Kinder wurden nach der Schule von jemandem erwartet, der sich um ihre Hausaufgaben kümmerte, der sich darum sorgte, ob sie einen guten Tag gehabt hatten, er nicht.

Er musste von morgens bis abends allein zurechtkommen, sagte Josette, und im Schnelldurchlauf heranreifen. Lernen, sich nur auf sich selbst zu verlassen, nur auf seinen eigenen Willen zu zählen, ihn als seine einzige Waffe unablässig zu schärfen, zu härten, anzuspitzen. Auch auf andere zuzugehen, sie zu gewinnen, zu verführen, in sein Reich zu locken, sie um sich herum zu halten, in seinem Netz, selbst ohne es zu wollen, diese Verführungskraft war ihm zur zweiten Natur geworden. Fabien war in der Lage, egal wen auf der Straße anzusprechen, sich mit dem erstbesten Passanten anzufreunden.

In all diesen Jahren hatte er sie oft besucht, erzählte Josette, allein oder mit Freunden, einfach um etwas Zeit mit ihr zu verbringen oder weil sie bei irgendetwas Hilfe brauchte, eine Fernsehantenne installieren, Fensterläden streichen, einen Baum beschneiden. Sie erzählte, wie nett, wie aufmerksam er war. Wie er oft anrief, um sich nach ihr zu erkundigen, wie er ihr Blumen brachte. Wie er sich ihr anvertraute, ihr seine Liebesgeschichten erzählte, sie um Rat fragte.

Ein netter Junge. Herrisch, aber nett. Der es verstand, sich um einen zu kümmern. Der es auch verstand zu bekommen, was er wollte. Aber mit so viel Aufmerksamkeit, so viel echter Liebenswürdigkeit, mit einer so aufrichtigen Sorge um einen, dass man immer mit Freuden Ja sagte. Ein unglaublich intelligenter Junge, im Grunde. Fast zu sehr. Der mit fünfzehn schon alles spürte, was in den Leuten um ihn herum vorging, in ihnen lesen konnte, ihren Kummer und ihre Freuden erraten, sogar die Reaktionen der Erwachsenen konnte er vorhersagen.

Sehr bald hatte Fabien angefangen, sie ins Haus auf der Höhe einzuladen. Sie hatte das blaue Zimmer entdeckt mit seinem Reigen von Jugendlichen, den ständigen Festen, dem süßen Rausch, der Musik. Sie hatte Javier, Sanzio, Michel, Régine, Florence und Suzanne kennengelernt, später auch Toussaint, den sie nicht Toussaint, sondern François nannte.

Einfach bei seinem Vornamen: François. Weil sie ihn immer unter diesem Namen gekannt hatte. Weil es François war, den sie kannte, und nicht Toussaint, nicht der bewunderte, berühmte Designer, der ihr vollkommen egal war.

Sie hatte sie alle heranwachsen, heranreifen sehen, hatte amüsiert und wohlwollend die Entwicklung ihrer Extravaganzen, ihrer Eigenwilligkeiten verfolgt, die Zunahme ihrer maßlosen Arroganz, ihrer zu früh geschärften Intelligenz, ihre ersten Lieben, ihre ersten Niederlagen, ihre ersten Selbstmordgedanken.

Sie waren schon alle ein bisschen verrückt, meinte sie. Elternlose Kinder. Wilde, unmäßige Kinder, erschreckend vor Intelligenz, Kühnheit, vor Verachtung aller Gefahren, auch wenn sie völlig unfähig waren, auch nur eine zu überwinden. Unglaublich junge Menschen, die jeden Moment abzustürzen drohten. Zugleich frühreif und völlig ahnungslos, was das Leben anging, das muss man schon sagen. Sie waren überzeugt, alles zu wissen, und wussten doch nichts. Sie waren unfähig, sich etwas zu essen zu machen, unfähig, sich ein bisschen Geld zu verdienen, das blaue Zimmer lag Tag und Nacht im Dunkeln, Vorhänge zugezogen, kleine Lampen in den Ecken, Kerzen in den Aschenbechern, Theaterkarten und Fotos von Baudelaire an den Wänden.

Eines Nachts war die alte Fine schließlich gestorben. Sie war im Schlaf dahingegangen, ohne einen Laut, mit einem Ausdruck tiefen Friedens auf dem Gesicht, als sie sie am Morgen gefunden hatten, bequem in ihre Kissen gebettet. Fine das kleine Dienstmädchen von einst. Fine die hübsche Witwe aus Vallabrègues, die es mit dreißig wie niemand sonst verstanden hatte, sich vom Leben zu holen, was sie wollte, wie böse Zungen sagten.

Fabien und Josette hatten versucht, André und Réa zu erreichen, die gerade im Norden der Insel unterwegs waren, zwei Tagesreisen auf Holperpisten von Antananarivo entfernt. Sie hatten die Nachricht in einem Hotelzimmer in Diego Suarez erhalten, der Tag der Beerdigung war schon zu nah, das nächste Flugzeug ging erst eine Woche später.

Also hatten Fabien und seine Freunde die Dinge in die Hand genommen. Sie hatten Fine ihr schönstes Kleid angezogen, bevor sie in den Sarg gelegt wurde, hatten ihr einen riesigen Strauß weiße Rosen auf die Brust gelegt, von François aus dem Garten des Richters geklaut. Während der Messe hatten sich die zufällig anwesenden Neugierigen über die Dutzenden von Jugendlichen in den Kirchenbänken gewundert, hatten sich gefragt, wer diese Neunzigjährige, die man da begrub, wohl gewesen sein mochte, dass sich so viele Kinder von ihr verabschiedeten.

Der Gottesdienst hatte kaum begonnen, als Sanzio aufgestanden und zum Altar gegangen war, sich vor alle Leute hingestellt hatte mit seiner Inbrunst eines venezianischen Knaben, mit seinem Teint, blasser denn je unter den blonden

Locken. Seine Kinderstimme hatte sich unter der Kuppel erhoben, erst zitternd, dann immer sicherer, ihre Schleifen durch die Luft gezogen und alle Anwesenden zu Tränen gerührt. Michel hatte Flöte gespielt, Fabien einen Text gelesen. Als die Messe zu Ende war, waren die Kinder aufgestanden, um zum Sarg zu gehen und ihn hochzuheben. Sie hatte ihn auf die Schultern genommen und hinausgetragen, ohne jede Hilfe eines Erwachsenen, Fine wurde bis zum Schluss von ihren Kindern geleitet. Das Begräbnis einer Königin.

Fabien hatte Josette weiter besucht, war sogar noch öfter gekommen als vorher. Er war in ein schwierigeres Alter eingetreten. Josette hatte seine Eifersucht entdeckt. Er selbst tat nur, wozu er Lust hatte, konnte jedoch seitens derer, die er liebte, nicht die geringste Leichtfertigkeit vertragen. Er verlangte totale, ausschließliche Treue, wie von allen seinen Freunden, die ihn zugleich anbeteten und fürchteten. Er herrschte über sie, sagte Josette, es gibt kein anderes Wort dafür. Er war es so sehr gewöhnt, die anderen in der Hand zu haben, dass er es nicht ertragen konnte, wenn er vernachlässigt wurde.

Aus dieser Zeit stammten die Notizbücher, die viel über sein damaliges Leben verrieten, seines und das der ganzen Clique um ihn herum. Mit grünem Samt gebundene Büchlein, erzählte Josette, in die er sein Tagebuch schrieb, ein buntes Durcheinander von Dingen, die er Angst hatte zu vergessen, Listen von Büchern, die er lesen, Platten, die er auftreiben, Städten, die er besuchen wollte, Beschreibungen von angenehmen oder unangenehmen Momenten, Beobachtungen, Gedanken, Schwüre.

Diese Notizbücher hatte Nel auch gesehen. André hatte sie ihm ein paar Tage nach Fabiens Tod gezeigt, eines Morgens, als Nel ihn besucht und im Wohnzimmer vor dem Kamin vorgefunden hatte, wie er am Feuer Papiere sortierte.

Nel du bist es komm her. Sieh mal was ich gefunden habe.

Er hatte ihm ein Notizbuch mit vollgeschriebenen Seiten hingehalten.

Lies.

Die Handschrift war groß und rund, auf den ersten Blick wiedererkennbar.

Was ist das.

Lies du wirst sehen.

Nel hatte gelesen.

Ich schwöre mein Leben lang elegant und frei zu sein.

Fabiens Stimme war sofort erkennbar, als erklinge sie noch aus dem Grab weiter, um seinem hohen Anspruch Gehör zu verschaffen.

Ich schwöre mein Leben lang elegant und frei zu sein, offen für den Augenblick für die Schönheit für die Poesie, meinen Freunden und denen die ich liebe treu, gezeichnet Fabien, gezeichnet Régine, gezeichnet François, gezeichnet Sanzio, gezeichnet Florence und Suzanne, gezeichnet Michel, gezeichnet Javier.

André war ans Feuer getreten, das Notizbuch in der Hand.

Du wirst es doch nicht verbrennen.

Was soll ich sonst damit machen.

Das kannst du nicht.

Was willst du damit machen man kann es doch nicht behalten. Da sind alle seine Geheimnisse drin.

Nel hatte das Notizbuch wieder in die Hand genommen, seine Augen über die Seiten schweifen lassen. Hier und da war er auf Quittungen über den Kauf von Halstüchern und Mänteln gestoßen, auf Buchtitel, Traumnotizen, Berichte über Verabredungen, Briefentwürfe. Fabien war nicht von der prüden Sorte. Er nannte die Dinge unverblümt beim Namen.

Nun gib schon her. Fabien hätte nicht gewollt, dass man das liest.

Nel hatte gedacht, im Gegenteil. Fabien wäre es völlig egal gewesen, ob man sein Tagebuch las oder nicht. Aber er hatte

André nicht widersprechen wollen. Hatte ihn das Notizbuch sanft zwischen die brennenden Holzscheite legen lassen. In den Flammen hatten die Seiten sich gebogen, der Samt war schwarz geworden. Das Feuer wanderte zunächst um den Block herum, züngelte über den Umschlag, hatte Mühe, sich in die Dichte der Seiten hineinzufressen. Dann hatte das Notizbuch sich leicht geöffnet, und das Papier war sekundenschnell in Flammen aufgegangen.

Und dann war das Abitur gekommen, erzählte Josette. Die einen waren durchgefallen, waren dageblieben, um die letzte Klasse zu wiederholen oder irgendeinen Job zu finden. Die anderen waren weggezogen, um irgendwo zu studieren, Medizin in Montpellier, Geisteswissenschaften in Aix. Die Clique hatte sich getrennt, Fabien war nach Montpellier gegangen, hatte angefangen, als Kellner zu arbeiten, und es dann durch den Zufall einer Annonce und bestandenem Eignungstest geschafft, die Stelle bei der Lufthansa zu bekommen, hatte das Leben als Steward entdeckt, die Rotationen über die Hauptstädte der ganzen Welt, die Intensität der kurzen Aufenthalte, der flüchtigen Begegnungen, der Bars. Er war aufgestiegen, nach Frankfurt umgezogen, wo die Fluggesellschaft ihren Sitz hatte, war nur noch im Urlaub auf die Höhe zurückgekommen, hatte während eines New-York-Aufenthalts Étienne kennengelernt, Steward wie er selbst, der sein Lebensgefährte geworden war.

Matt fragte Josette, ob sie Étienne oft gesehen habe. Sie nickte.

Ist das alles, fragte Matt.

Was soll ich dazu sagen. Er war ein reizender Bursche. Er war sehr in Fabien verliebt. Wenn ich sie zusammen sah, habe ich mich für sie gefreut.

Wie heißt noch mal dieser Ausdruck in eurer Sprache. Um den heißen Brei herumreden, oder.

Josette lachte.

Hilf mir Nel. Dein Freund ist schrecklich.

Nel schaute sie beide an, erstaunt über ihre Vertrautheit, über die Leichtigkeit, mit welcher der Trockenklo bauende Engländer dieses gute Einvernehmen mit seiner Tante hergestellt hatte.

Natürlich bin ich schrecklich, meinte Matt. Sie haben doch wohl nicht geglaubt, dass die Sache ein Honiglecken werden würde.

Ich mochte Étienne, das ist kein Um-den-heißen-Brei-Reden. Es ist nur so, dass ich mit ihm ein bisschen weniger Spaß hatte. Er war sehr nett, sehr sanft. Aber wie soll ich sagen – vielleicht etwas schlichter. Diskreter, bescheidener als Fabien. Das war überhaupt nicht unangenehm. Aber man spürte, dass Fabien ihm überlegen war. Dass er Einfluss auf ihn hatte.

Es piepte. Matt drehte sich nach der Kamera um.

Sehen Sie, sogar die Kamera dankt Ihnen.

Er bat Josette, ihn zu entschuldigen.

Ich muss nur die Speicherkarte wechseln, geht ganz schnell.

Er erledigte es, setzte sich wieder.

Und Christian, fragte er übergangslos, denn er dachte jetzt nicht mehr an die Chu, an seinen Film, er wollte nur noch die Wege der beiden Brüder bis zu ihrem jeweiligen Ende verstehen, alles über sie erfahren – vielleicht spürte er undeutlich, dass er, wenn er ihr Leben eingehender erforschte, bald wieder bei seinem ursprünglichen Projekt landen würde, von einer Zeit zu erzählen, etwas von der Sorglosigkeit, von der Nach-mir-die-Sintflut-Haltung jener Jahre zu erhaschen.

Der arme Christian, sagte Josette traurig vor sich hin.

Wieso der Arme.

Der Arme, das ist das erste Wort, das mir jedes Mal einfällt, wenn ich an ihn denke, ich kanns nichts ändern. Er hat kein Glück gehabt, der Arme. Weniger begünstigt, weniger begabt, weniger brillant. Seht doch: Wie immer wird er vernachlässigt. Ich jedenfalls hätte ihn beinahe vergessen.

Sie machte eine Pause, als suche sie nach den richtigen Worten.

Christian war schwierig. Ein schwieriger Junge, ich weiß nicht, wie ich es anders sagen soll. Ein Kind, das nie seinen Platz gefunden hat.

Sie hielt inne, als bereite es ihr Kummer, an Fabiens jüngeren Bruder zurückzudenken, als finde sie es zu grausam, ihn noch weiter zu belasten, da, wo er jetzt war.

Sie erzählte, wie Christian, als er noch klein war, einmal im Garten jagen wollte. Er hatte Rebhühner gesehen, sich Alphonse' altes Luftgewehr geschnappt, um auf sie Jagd zu machen. Josette hatte Nein gesagt.

Nein Christian du bist erst dreizehn. Mit dreizehn jagt man keine Rebhühner. Und schon gar nicht in meinem Garten.

Er hatte nicht lockergelassen, das Gewehr heimlich mit in die Garage genommen und angefangen, es zu laden. Sie war böse geworden, hatte ihm gesagt, es sei ihr völlig egal, was er auf seiner Insel machte und ob er dort schon Rebhühner oder sogar Rehe geschossen habe, hier bei ihr sei es so: In ihrem Garten jage kein Kind, basta. Und auch nicht in der Umgebung des Mas, wo Spaziergänger, Radfahrer, Autos vorbeikämen.

Christian hatte mit aller Kraft die Zähne zusammengebissen, gedroht, sämtliche Fensterscheiben des Hauses mit der Axt zu zerschlagen. Sie hatte geantwortet, das solle er nur versuchen, dann würde er schon sehen. Er war in die Werkstatt gerannt, mit der Holzfälleraxt wiedergekommen, war zitternd vor einem Fenster stehen geblieben und hatte die Axt hochgehoben, um es zu zerschmettern, hatte es sich anders überlegt, war türenschlagend in den Garten gerannt und hatte angefangen, mit aller Kraft auf eine Gruppe von jungen Eichen einzuschlagen, ein wahres Massaker.

Josette war hinausgegangen und hatte ihm gesagt, sie verbiete ihm auch, die Eichen niederzumetzeln. Er hatte gebrüllt vor Wut, die Axt weggeschleudert und sich im Auto eingeschlossen. Da war er eine Stunde geblieben, zwei, drei, er weigerte sich, zum Abendessen zu kommen. Am nächsten Morgen hatte sie ihn auf der Rückbank liegend vorgefunden, die Türen immer noch verriegelt, er war die ganze Nacht ohne zu essen, ohne sich zu erleichtern da dringeblieben, hatte sich mit seinem Mantel und seinem Schal zugedeckt und war im Geruch nach altem Plastik und Feuchtigkeit eingeschlafen.

Ein dünnhäutiger Bengel, der sofort auf hundertachtzig war.

Josette erzählte von Christians Rückkehr nach Frankreich, vier Jahre nach seinem Bruder. Von seiner qualvollen Zeit im Collège, wie sie alle jüngeren Geschwister durchmachen müssen, denen ein brillanter großer Bruder vorangegangen ist, zu Vergleichen verurteilt, gezwungen, den Kelch des Überdrusses an diesem großen Bruder, der immer überall schon da war, bis zur Neige auszutrinken. Im Haus auf der Höhe war es dasselbe gewesen: Der Platz war schon besetzt. Fabiens Freunde hatten sich in allen Etagen eingenistet. Zu jeder Tageszeit dort wie zu Hause. In allen Regalen Fabiens Bücher. Fabiens Kleider. Fabiens Deko.

Um zu existieren, hatte er genommen, was für ihn übrig war: die Stadt, die Straßen. Er war nach der zehnten Klasse von der Schule abgegangen, hatte als Hilfsarbeiter auf den Baustellen der Gegend angefangen. Hatte begonnen, den kleinen Gauner zu spielen, und war dann wirklich auf die schiefe Bahn geraten, meinte Josette ohne nähere Erläuterungen.

Nel nannte das Übel beim Namen: Drogen.

Josette nickte.

Matt fragte, was für Drogen Christian nahm.

Heroin, sagte Nel. LSD. Tabletten. Alles, was er fand.

Josette seufzte, als wolle sie das Gespräch beenden, als würde es die Gemeinheit des Schicksals noch steigern, wenn man davon erzählte.

Matt spürte, dass sie traurig war, dass die Unterhaltung für sie schwierig wurde. Er fragte sich, ob er es dabei belassen und sie in Ruhe lassen sollte. Aber da sprang Nel ein.

Sogar ich habe es manchmal gesehen. Fabien war schon weggezogen, auf der Höhe waren nur noch André und Réa, die auf mich aufpassten. Meine Eltern lieferten mich da ab. Christian war jetzt mit diesem etwas älteren Mädchen zusammen.

Isabelle, sagte Josette.

Isabelle, genau.

Sie ist auch schon lange gestorben. Zwei Jahre nach Christian. Wie die meisten anderen.

Nel erzählte, was er wusste: Wie Isabelle nach Paris gezogen war und das Zeug eines Sommers von dort mitgebracht hatte. Wie Christian dann auch langsam hineingeschlittert war. Wie sie sich beide allmählich vom Rest der Clique abgesondert hatten. Wie Christian immer mehr Stunden am Tag allein geblieben war, um vor sich hin zu dämmern. Wie Max und die anderen sich daran gewöhnten, ihren Apéro ohne ihn zu trinken.

Ist Christian heute nicht da.

Nel war zufällig auf einer Caféterrasse auf sie gestoßen.

Nein er ist zu Hause, er ist nicht gut drauf.

Und das immer öfter. Nel hatte zuerst nichts verstanden. Bis er Max eines Tages direkt in die Augen geschaut und gefragt hatte, was denn mit Christian los sei.

Dein Cousin baut Scheiße.

Was heißt das, er baut Scheiße.

Seit er mit diesem Mädchen zusammen ist, baut er Scheiße. Er dreht voll ab. Wir anderen, wir saufen, ich will nicht sagen dass wir nicht saufen, das wäre gelogen, wir saufen, klar, beim Pastis hauen wir rein. Aber was er sich reinzieht, das ist was anderes, das Zeug rühren wir nicht an, das ist nichts für uns.

Als Max *das Zeug* sagte, hatte er seine Ellenbeuge berührt, um zu zeigen, wo die Nadel einstach.

Da hatte Nel angefangen zu sehen. Zu bemerken, was er in Wirklichkeit schon seit Wochen vor Augen hatte. Christian und Isabelle, die sich immer mehr abschotteten, ihre Magerkeit, die Ringe unter den Augen. Eines Tages hatte er sie auf einer Caféterrasse auf der Place du Forum mit einer Spritze überrascht, wie sie sich in aller Ruhe einen Schuss setzten. Den Löffel und die Spritze vor sich auf dem Tisch. Vor allen Leuten. Sie wussten überhaupt nicht mehr, was sie taten.

Eines Juliabends hatte er Max zu Isabelle begleitet, wo Christian wohnte. In einem der vielen Häuser von Isabelles Eltern, mit Blick auf den Boulevard des Lices, oberhalb des Parks, mit einer Dachterrasse, von der man bis zu den Alyscamps sehen konnte. Isabelle war gerade in eine Pariser Entzugsklinik eingewiesen worden, Christian seit einer Woche allein. Im Laufe des Abends war Max plötzlich in Panik geraten.

Er geht nicht dran der Idiot. Ich rufe ihn an aber er reagiert nicht.

Sie waren zu ihm gerannt. Hatten ihn auf der Terrasse gefunden, oben auf dem Dach, unter den Sternen. Er saß auf dem Geländer, beide Füße über dem Abgrund baumelnd.

Christian was machst du da.

Lasst mich in Ruhe rührt mich nicht an.

Sie hatten ihn an den Schultern gepackt, wollten ihn nach hinten ziehen.

Lasst mich los ich will fliegen.

So heulte er den Mond an, als hätte er nur die Arme auszubreiten brauchen, um sich in den Himmel über der Stadt aufzuschwingen.

Lasst mich los sag ich euch ich will fliegen, schon mit

Tränen der Ohnmacht in den Augen, die Hände von Max und Nel auf seinen Schultern, im Wissen, dass er es nicht schaffen würde, dass seine Freunde ihn daran hindern würden.

Sie waren wortlos bei ihm stehen geblieben, Christian war vom Geländer gestiegen und hatte leise geweint, in die Blätter der Bäume geschaut, die sich sachte im Wind bewegten, zugehört, wie sie nur ein paar Meter von seinem Gesicht entfernt raschelten, wie ein Kind, die blauen Blätter in der Nacht, die ruhigen Sterne über den Blättern, der verlassene Boulevard unter ihnen. Sie hatten gewartet, bis er einschlief, hatten über ihn gewacht, bis die Wirkung des Heroins nachließ, waren ihrerseits eingeschlafen, dicht neben ihm, um sicher zu sein, dass sie bei seiner ersten Bewegung aufwachen würden. Aber er hatte sich nicht gerührt, war noch regloser dagelegen als sie, noch erschöpfter, und hatte bis in den frühen Nachmittag geschlafen, nur ab und zu von Schüttelfrost gepackt.

Binnen ein paar Monaten hatte er jeden Appetit verloren, nur noch hin und wieder ein Stück Pizza zu sich genommen, war nur noch durch die Stadt gelaufen, um den nächsten Schuss aufzutreiben, totenbleich und abgezehrt, bereit, sich mit dem erstbesten chemischen Dreck, dem erstbesten dreißig Mal verschnittenen Stoff das Hirn wegzublasen. Bald war er nur noch ein Schatten seiner selbst gewesen, ein Typ, mit dem Nel und Max und die anderen kaum noch drei Worte wechseln konnten, ganz in seine Welt zurückgezogen, beim kleinsten Widerspruch ausrastend.

Im August waren seine Eltern endlich zurückgekommen. Hatten ihn in diesem Zustand vorgefunden, abgezehrt, verstört. André musste den Tatsachen endlich ins Auge blicken. Musste aufhören, Christian immer als sein Ebenbild zu sehen, begeisterungsfähig wie er selbst, robust wie er selbst, mit einem wohlgeordneten Geist ausgestattet wie er selbst, ein künftiger großer Insektenforscher wie er selbst.

Sie hatten ihn aufgelesen, waren zu dritt wieder abgereist. Hatten ihr Leben dort wiederaufgenommen, ein inzwischen einigermaßen angeschlagenes Trio – André mühte sich von morgens bis abends ab, um Christian zu beschäftigen, ihn aufzuwecken, die früher unerschöpfliche Neugier dieses Sohnes wiederzubeleben, der jetzt so ausgelaugt war, dass er ihn nur auf jeden dritten Weg begleiten konnte, hin und wieder auf eine Fahrt zu einem Lieferanten, wobei er nicht einmal die Kraft fand auszusteigen, sondern lieber im Jeep wartete. Als wären alle Kometenfalter in seinen Augen verblasst. Als hätte diese ganze Schmetterlingsjagerei für ihn jeden Sinn verloren und wäre nur noch das, was sie war, eine Marotte seines Vaters, eine Obsession, mit der André ihn eine Zeit lang hatte anstecken können, sicher im Bestreben, ihm zu helfen, ihm einen Rahmen und einen Halt zu geben. Doch tatsächlich hatte er ihm nur diese Krankheit angehängt, die für ihn von Anfang an ein Fluch war, all die romantischen Träume von Entdeckungen, von Abenteuern, von einem außergewöhnlichen Schicksal.

Christian war nur noch sporadisch nach Frankreich zurückgekommen. Um ihn auf andere Gedanken zu bringen, hatte André ihn nach Indonesien, nach Argentinien, nach Kolumbien geschickt, um Insekten zu kaufen, hatte sich gefreut zu sehen, dass er wieder in der Lage war, fast einen Monat allein in Manila, in Kuala Lumpur, in Montevideo zu bleiben, dass er wieder glücklich war zu reisen, wieder *lebendig* war, wie André und Réa mit vorübergehender Erleichterung gedacht hatten. Denn sie ahnten nichts von den Dealern, die ihm überall auflauerten, die Opfer wie ihn schon von Weitem witterten, die diese noch drei Jahre nach dem gelungensten Entzug aufspürten, deren Schwachstelle sofort errieten und mit all ihrem Geschick ausnutzten.

Der arme Christian, sagte Josette nach einer Weile noch einmal, und diesmal brachte Matt es nicht übers Herz, ihr zu widersprechen, er merkte, dass er genauso dachte wie sie. Er spürte, dass sie und Nel traurig waren.

Danke, dass Sie mir das alles erzählen. Ich kann mir vorstellen, dass es schwer ist.

Josette schüttelte den Kopf.

Wenigstens erinnern wir uns so ein bisschen an die beiden. Ich bin froh, an sie zurückzudenken.

Und man erfährt Dinge, meinte Nel. Josette hatte mir nie auch nur die Hälfte dessen gesagt, was sie gerade erzählt hat. Ich bin schrecklich gekränkt.

Josette zuckte lächelnd mit den Schultern.

Du hast mich nie gefragt.

Wir haben oft über Fabien und Christian geredet.

Nie. Wir haben uns nie wirklich Zeit dafür genommen.

Nel mochte nicht widersprechen. Matt spürte jedoch, dass er von dem Vorwurf verletzt war.

Es ist die Kamera, sagte Matt, das ändert alles. Beim nächsten Mal musst du mit einer Kamera kommen, Nel.

Sie gingen vor die Tür, um etwas Luft zu schnappen. Draußen raschelten die Blätter der Platane leise im Wind. Ein helles Geräusch. Man ahnte, dass manche von ihnen rissig waren, braun, gebacken wie Papier, das man ins Feuer wirft. Bald würden die ersten herabfallen und den Boden bedecken.

10

Auf der Rückfahrt war Nel schweigsam. Sie nahmen wieder die Straße von Mas-Thibert nach Arles, fuhren die Rhone entlang, betrachteten wortlos die Millionen Liter braunen Wassers, die der Fluss mit sich führte, die kolossale Strömung, die marmorierte, von Strudeln und Lichtreflexen gezeichnete Oberfläche, die wie kleine Zweige im Strom treibenden Stämme.

Du bist geschickt, sagte Nel zu Matt.

Wie, geschickt.

Du verstehst es, Leute zum Reden zu bringen.

Weil sie mir wohlgesinnt sind. Dank dir. Weil sie dir vertrauen.

Es ist auch deine Art. Es könnte binnen Minuten vorbei sein, wenn kein Funke überspränge.

Mit Josette ist ein Funke übergesprungen.

Mit meinem Vater auch.

Nels Ton war fast vorwurfsvoll. Matt spürte, dass er behutsam sein musste.

Das wird nicht jedes Mal so laufen.

Ich darf doch sagen, dass du geschickt bist.

Danke.

Auf der anderen Seite des Flusses ragte eine große rote Säule aus der Strömung, bis oben hin graduiert, um den Wasserstand zu messen.

Ich nerve dich, meinte Matt nach einer Weile.

Nel antwortete nicht.

Ich versuche mir vorzustellen, was ich denken würde, wenn

ein zwei Meter großer Engländer bei mir zu Hause auftauchen würde und sich bis ins letzte Detail das Leben meiner Familie erzählen ließe.

Kein zwei Meter großer Engländer. Ein zwei Meter dreißig großer Ami, um das Verhältnis zu wahren.

Sie lachten. Dann war Nel wieder ernst geworden.

Ich bin froh, dass wir das alles machen. Ich finde es gut. Ich muss mich nur daran gewöhnen.

Sie fuhren an einem stillgelegten alten Getreidesilo vorbei, zu ihrer Linken ließen sie eine frühere Weinkellerei hinter sich, deren Umriss sich im Gegenlicht abzeichnete, bizarr, riesig, gleich dem Panzer eines Insekts, das zum Überleben zu groß gewesen war und von dem nur noch die leere Hülle blieb.

Weißt du, was ich mir gesagt habe, als ich euch vorhin zuhörte: dass wir auf seltsame Weise dazu bestimmt waren, alle drei an einem schönen Septembermorgen an diesem Tisch zu sitzen. Ich, um euch den Schmerz zuzufügen, euch an all das zu erinnern. Ihr, um es zu akzeptieren. Euch ganz und gar hineinzubegeben, rückhaltlos, einfach für die laufende Kamera eines Typen, den du letztes Jahr um die gleiche Zeit nicht einmal kanntest. Auf seltsame Weise dazu bestimmt oder auch nicht, habe ich mir gesagt. Vielleicht ist es ganz normal. Vielleicht brauchen wir das alle. Vielleicht bereichert es uns in gewisser Weise, das Leben derer, die nicht mehr da sind, näher zu betrachten, es vor unseren Augen noch einmal aufzurollen, uns dessen Einzelheiten anzuschauen, uns zu fragen, was sie erlebt haben, in welchen Momenten sie glücklich waren, wann unglücklich, wann wieder glücklich. Was sie gedacht haben, bevor sie starben.

Nel blieb still.

Das hat mich von Anfang an beeindruckt, sagte Matt: Die Leute, auf die wir zugehen, könnten sehr wohl ablehnen. Könnten sagen, dass sie keine Lust haben. Dass sie das indiskret finden. Dass man die Vergangenheit ruhen lassen sollte. Aber im Gegenteil, sie öffnen uns ihre Tür ganz weit.

Du denkst an Toussaint.

Ich denke an alle. An Toussaint, natürlich. Ich schreibe ihm, drei Tage später ist er da. Ich denke auch an dich. Schau doch, wie viel Zeit du all dem widmest. Die Treffen, die du arrangierst. Wofür machst du das. Was suchst du bei dieser Sache. Und was suche ich. Was geht mich das Leben deiner Cousins an.

Sie haben alle geprägt, die sie kannten, sagte Nel. Sie haben mich geprägt.

Fabien hat alle geprägt.

Christian auch. Ihrer beider Ende hat uns geprägt.

Siehst du, du sagst es auch: ihr Ende. Was suchen wir denn alle in dieser Geschichte. Ist es ihr Leben oder ihr Tod, was uns solchen Eindruck macht. Wenn sie mit achtzig sanft entschlafen wären, würde ihr Leben uns dann genauso fesseln. Das frage ich mich. Ist es nicht immer ein bisschen der eigene Tod, den man vorbereitet, wenn man das Leben von anderen neu liest. Dienen uns die Geschichten nicht vor allem dazu: uns einen Spiegel vorzuhalten. Uns zu erlauben, im Leben von Menschen umherzuwandeln, die nicht mehr da sind und deren ganzes Leben vor unseren Augen daliegt, mit seinen Höhen und Tiefen, seinen guten Zeiten und seinen Durststrecken, bis zum Ende. Zu verstehen versuchen, was sie gesucht haben. Was sie durchgemacht haben. Wo sie Erfolg hatten. Wo sie gescheitert sind. Das alles ohne je aufzuhören, an uns zu denken, an uns Lebende. Daran, was sie uns lehren können. Was ihr Leben uns an Ratschlägen einflüstern kann.

Nel blickte auf die Straße vor sich.

Du willst mir gerade erklären, dass du mir nichts schuldig bist. Dass ich vor allem für mich selbst hier bin.

Genau.

Bald soll ich dir wohl auch noch danken.

Das kannst du. Ich hoffe, dass du mir dankst.

Nel lächelte.

Ich will dir etwas sagen, das dir recht gibt. Ich denke noch heute fast jeden Tag an Fabien. Jedes Mal in meinem Leben, wenn ich mich verloren fühle, jedes Mal, wenn ich vor einer schwierigen Entscheidung stehe, ist er es, den ich an meinen Tisch einlade. Fabien ist es, den ich in Gedanken nach seiner Meinung frage. Ich stelle mir vor, dass ich ihm gegenüber am Wohnzimmertisch sitze, und frage ihn, was er an meiner Stelle tun würde, ich versuche zu hören, was er antwortet, und das hilft mir. Es gibt nur zwei Menschen, an die ich mich auf diese Weise wende, wegen ihrer Gelassenheit, wegen des Friedens, den sie mir geben, wegen ihrer Weisheit als Tote oder im Gegenteil als Lebende, als wirklich Lebende in meinem Inneren, bis heute: Maurice, mein Großvater, der Schäfer war und gestorben ist, als ich fünfzehn war. Und Fabien.

Sie schwiegen. Erblickten eine Reihe von Hütten unterhalb der Straße, am Rhone-Ufer, unter den Linden und Weiden, die den Fluss säumten – Puppenhäuser, nur ein paar Zentimeter über dem Wasser, den ganzen Winter verlassen, die Plastikboote umgedreht, die Süßwasserkanister mit Stricken festgebunden, die Türschwellen mit trockenem Laub verstopft. Fast unsichtbare Hütten, verborgen in der Uferböschung, ganz nah, doch von der Straße her kaum zu erkennen.

Es beschäftigt mich noch eine andere Frage, setzte Matt wieder an. In Bezug auf all diese Jagden. Haben sie denn wenigstens welche entdeckt.

Was entdeckt.

Schmetterlinge. Ich meine, haben sie welche entdeckt, die noch niemand kannte.

Nel musste feststellen, dass er es nicht wusste.

Ich bin immer davon ausgegangen, aber du hast recht. Wenn sie welche entdeckt haben, habe ich sie jedenfalls nie gesehen.

Mir scheint, eher nicht.

Er erzählte von seinen Buchkäufen der letzten Woche. *Die Schmetterlinge Afrikas,* mit zweihundert Seiten Bildtafeln und Registern. Dann einen vierhundertsechsundneunzig Seiten dicken Band, herausgegeben vom Naturhistorischen Museum in Paris, *Schmetterlinge und Raupen Madagaskars,* mit einer vollständigen Liste aller bekannten Arten im Anhang, gegliedert nach Ordnung, Unterordnung, Familie, Unterfamilie. Jedes Mal gefolgt vom Namen des Ersten, der sie beschrieben hatte. Matt hatte es Nel noch nicht erzählt, aber er hatte das Register Seite um Seite vergeblich durchforstet. Er hatte Namen gefunden, die für viele Entdeckungen standen, Viette Ende der 1950er-Jahre, wieder Viette Ende der Achtziger, dann Gibeaux, dann Guillermet Ende der Neunziger. Kein einziges Mal war er auf den Namen Gueyraud gestoßen.

Auf dem Sitz neben ihm verdaute Nel die Information.

Bist du enttäuscht.

Nein. Warum sollte ich enttäuscht sein. Ich hatte immer geglaubt, sie hätten welche entdeckt, aber vielleicht auch nicht. Was ändert das schon.

Du hast recht was ändert das schon.

Sie schwiegen. Dachten wahrscheinlich beide dasselbe: dass es alles änderte.

Kurz vor einer Kurve sahen sie am Straßenrand einen Mann in blauem Overall mit einer Motorsense, der sie heranwinkte. Sie hielten, um ihn mitzunehmen.

Ich muss zur Tour d'Aling, sagte der Typ.

Wo ist denn die Tour d'Aling.

Kennst du die Tour d'Aling nicht, meinte Matt. Kurz vor Arles, auf der linken Seite. Die frühere Reisplantage. Stimmt doch, oder. Mit der riesigen alten Lagerhalle und den verlassenen Gebäudeflügeln davor.

Ja genau, sagte der Typ.

Ich dachte, die Tour d'Aling sei geschlossen.

Ist sie auch. Aber wir haben da unser Büro. Das Büro der Gesellschaft zum Schutz der Natur gegen Schädlinge. Das Scharka-Virus der Obstbäume. Die Goldgelbe Vergilbung der Weinreben. Der Platanenkrebs. Die Biberratten.

Die Biberratten.

Die Biberratten fressen alles, die sind furchtbar. Manchmal sind die Grundbesitzer am Ende, dann rufen sie uns an, damit wir sie ihnen vom Hals schaffen.

Was heißt das.

Fangjagd.

Fangjagd mit Fallen?

Womit denn sonst.

Und wenn man sie gefangen hat.

Was meinen Sie wohl. Wir fangen sie nicht, um sie zu züchten. Und Sie, wie kommt es, dass Sie die Tour d'Aling kennen.

Ich hab mich hier in der Ecke mal nach Drehorten umgesehen.

Der Typ sah die Kamera und das Stativ hinten im Wagen.

Sie machen Filme.

Genau. In Aling müsste man einen Western drehen. Mit den Geisterhäusern, den kaputten Fenstern. Den rostigen alten Autos. Den Pflanzen, die im ganzen Hof wuchern.

Haben Sie schon mal Western gedreht.

Matt lächelte und schüttelte den Kopf.

Leider nicht. Aber vielleicht drehen er und ich eines Tages einen.

Der Typ wandte sich an Nel.

Machen Sie auch Filme.

Nein. Fotos.

Westernfotos, sagte Matt.

Ach was. Hören Sie nicht auf ihn.

Doch doch. Mit einem Hubsteiger fotografiert er von oben die Ebene. Die Ebene, so weit das Auge reicht. Es fehlen nur die Cowboys.

Der Typ merkte plötzlich auf.

Bilder von der Crau. Panoramaaufnahmen. Sehr große Formate, von einem Kran aus fotografiert.

Genau.

Dann hab ich Ihre Fotos gesehen. Mein Kollege hat Ihr Buch. Sie haben vor ein paar Jahren die Herde seines Bruders fotografiert.

Wie heißt denn sein Bruder.

Armand.

Armand wie weiter.

Armand Barrême.

Klar, sagte Nel. Den kenne ich gut. Armand. In der Nähe von Moulès.

Ihre Fotos sind gut, sagte der Typ. Kompliment.

Matt schaute Nel mit einem stolzen Lächeln an.

Was für ein Star.

Lokalstar, meinte Nel lachend.

Wir sind gleich da, sagte der Typ.

Sie erblickten in der Ferne den massigen Umriss der früheren Lagerhalle, bauchig wie ein umgekipptes Fass in der Ebene, doppelt so hoch wie alle Platanen ringsum. Sie bogen links ein, unter die Bäume der holprigen langen Allee. Der Wagen hüpfte über die Buckel und Spurrinnen, näherte sich dem verlassenen Anwesen – zerbrochene Scheiben, kaputte Holztore, alte Traktoren und landwirtschaftliche Maschinen, die seit Jahren stillstanden, Autowracks.

Sie parkten vor dem Silo, stiegen aus, hörten, wie das Knallen der Autotüren zwischen den heruntergekommenen Fassaden widerhallte. Standen ein paar Sekunden da, betrachteten die riesige Halle, den Wildwuchs überall, die von Schilf durchbohrten Autogerippe, die herabhängenden Fensterläden an den Gebäuden, die nach Art einer Hacienda den Hof umschlossen.

Früher lebten hier vielleicht fünfzig Arbeiter mit ihren

Familien, sagte der Typ. Es war eines der größte Mas der Gegend.

Und jetzt sind nur noch Sie da.

Und auch das nur tagsüber. Bis vor zwei Jahren lebte der Eigentümer noch hier. In dem Haus da drüben, mit den Klappläden. Aber er ist letztes Jahr gestorben.

Der Typ bedankte sich, zeigte ihnen die Tür des Büros der Gesellschaft zum Schutz der Natur, falls sie eines Tages etwas bräuchten, und verschwand in einer Werkstatt.

Komm, sagte Matt und zog Nel am Arm. Ich will dir etwas zeigen.

Die Umgebung des Mas lag brach, überall wucherten Gräser. Aus da und dort nachwachsendem Weizen und Roggen konnte man schließen, dass da früher Felder gestanden hatten.

Das muss hier von Hasen und anderen Viechern nur so wimmeln.

Sie fuhren die Allee wieder hoch und nahmen einen kleinen Weg nach links, direkt auf die Rhone zu. Stiegen in der prallen Sonne inmitten ehemaliger Felder aus.

Wohin gehen wir.

Wirst du sehen, Überraschung.

Nel fühlte sich plötzlich müde. Nicht seine Beine, er selbst. Erschöpft von Matt und seiner Art, immer alles auszureizen.

Wir müssen die Kinder abholen Matt.

Was redest du denn da es ist nicht mal drei wir haben Zeit. Ich will dir nur den Fluss zeigen. Du wirst sehen wie schön das Ufer da ist.

Bist du sicher dass es nicht weit ist.

Höchstens zehn Minuten.

Sie machten sich auf den Weg.

Du nervst.

Sie gingen vielleicht fünfhundert Meter unter der prallen Sonne. Erreichten ein Salatfeld mit schnurgeraden Reihen, dann eine Erdaufschüttung, an deren Verstärkung ein paar

Bulldozer arbeiteten. Der Deich, der gerade erhöht wurde, um für künftige Hochwasser besser gerüstet zu sein.

Die Sonne knallte auf die Scheiben der Maschinen. Der Fluss war da, ein paar Meter weiter, von Bäumen und einem Schutzwall von Brombeergestrüpp verborgen.

Du willst doch wohl nicht da durch, das ist ein Witz.

Schau hier sind noch die Spuren vom letzten Mal, als ich da war.

Im Dornengestrüpp war ein Durchgang zu erkennen. Kein richtiger Weg, aber eine Lücke, wo die Pflanzen niedergetrampelt und nur noch kniehoch waren.

Ich gehe vor, los komm.

Matt ging voran, hob die Beine bei jedem Schritt, um die Ranken herunterzutreten und mit seinem Gewicht platt zu drücken. Nel spürte, wie die Dornen ihn durch die Jeans hindurch zerkratzten. Er verfluchte Matt.

Schließlich lag das Wasser vor ihnen, zu ihren Füßen. Der gigantische, unaufhaltsame Strom der Rhone. Ihre trügerisch ruhige Strömung. Ihre Strudel, die harmlos aussahen, aber mächtig waren. Millionen Kubikmeter Wasser, die Hunderte Kilometer von den Bergen hinabgeströmt waren und nun fast am Ziel waren, das Meer nur noch eine knappe Stunde entfernt, der Fluss voller Ungeduld.

Wir gehen baden, sagte Matt, während gerade ein Baumstamm vorbeitrieb wie ein Strohhalm.

Wie bitte.

Wir gehen baden, Mann, los. Das wird uns erfrischen.

Er zog sich aus, ohne Nels Antwort abzuwarten. Schnellte mit einem kühnen Sprung über das Wasser, der lange weiße Körper gespannt wie ein Bogen, um so weit wie möglich vom Ufer einzutauchen. Verschwand wie ein Pfeil in den braunen Fluten. Blieb mehrere Sekunden unsichtbar, in denen Nel ihn vergeblich unter der Wasseroberfläche auszumachen suchte. Dann tauchte sein Kopf tropfensprühend wieder auf, gut zehn Meter vom Ufer entfernt, er spuckte Wasser, strahlte.

Es ist kalt. Verdammt ist das kalt.

Er fing an, gegen den Strom zu schwimmen, um nicht abzutreiben. Kraulte mit aller Kraft, um etwas oberhalb der Stelle anzukommen, wo Nel stand.

Komm, schrie er. Los komm, Mann.

Nein.

Komm schon, du wirst doch nicht kneifen.

Entnervt zog Nel sich schließlich auch aus. Er sprang ebenfalls mit einem Kopfsprung ins Wasser, nicht so weit wie Matt. Spürte, wie die Kälte ihn mit einem Schlag packte, ihm die Schläfen und den Schädel zusammenpresste. Begann sofort zu kraulen, mit aller Kraft gegen die Strömung zu kraulen, um ihr standzuhalten.

Nel.

Matts Stimme kaum hörbar im Getöse des Wassers.

Nel was machst du denn.

Er spürte, dass er abtrieb, dass die Strömung ihn trotz all seiner Anstrengungen mitriss. Er schaute zum Ufer, stellte fest, dass er es nicht mal schaffte, auf der Stelle zu bleiben, dass er mit jeder Sekunde weiter zurückfiel. Er fühlte Panik in sich aufsteigen. Fing an, wild mit Armen und Beinen zu schlagen, um ans Ufer zu gelangen. Klammerte sich an die ersten Wurzeln, gegen die er stieß, zog sich daran irgendwie aus dem Wasser, verletzte sich dabei die Hände, schürfte sich ein Knie auf. Er nahm sich nicht einmal Zeit, wieder zu Atem zu kommen, ging sofort zu der Stelle zurück, wo sie hineingesprungen waren. Zog sich hastig wieder an und lief durch das Brombeergestrüpp davon, ohne Matt auch nur anzusehen.

Der Engländer fand ihn ein paar Minuten später im Auto wieder, außer Atem, bibbernd, kleinlaut.

Nel zeigte auf die Uhr.

Scheiße die Kinder, sagte Matt.

II

Sie legten die letzten Kilometer ohne ein Wort zurück, keiner von ihnen wollte das Schweigen brechen.

Sie parkten in zweiter Reihe. Rannten zum bereits geöffneten Schultor.

Ein paar Minuten vergingen, die ihnen Zeit ließen anzukommen, wieder in ihre väterliche Rolle und Gedankenwelt zu schlüpfen. Sie grüßten andere Eltern, unterhielten sich mit einer Mutter, die für den folgenden Samstag die Geburtstagsfeier ihres Sohnes plante. Um sie herum waren die gleichen vertrauten Gesichter wie jeden Tag um diese Uhrzeit, die gleichen Straßen, die sie in- und auswendig kannten, mit ihren Fassaden, die bescheidener waren als die des Stadtzentrums, dem zigfach ausgebesserten Asphalt. Nel hatte das Gefühl, eine Rolle zu spielen, und das auch noch schlecht, mit einer verräterischen Zerstreutheit.

Eine Minute später kamen die Kinder heraus, völlig überdreht.

Kann Iris bei uns schlafen Papa.

Bitte Papa kann ich bei Victor schlafen.

Matt schaute Nel an, um zu sehen, ob er einverstanden war. Gemeinsam sagten sie Ja. Die Kinder machten Luftsprünge.

Warum seid ihr denn nass, fragte Carmen Nel.

Wir sind nicht nass.

Doch schau dir deine Haare an.

Wir haben gebadet, sagte Matt.

Wart ihr im Schwimmbad.

Nicht im Schwimmbad.

Am Strand?

Fast. Wir haben in der Rhone gebadet.

Carmen zog eine angeekelte Grimasse.

Ist nicht wahr.

Doch. Aber einmal und nie wieder. Es ist nicht angenehm.

Victor zog an Matts Jacke.

Gehen wir Papa komm. Iris und ich haben Hunger.

Ist gut Kinder, sagte Matt, wir gehen. Er schaute zu Nel hinüber, um sich zu verabschieden. Spürte, dass sein Gesicht verschlossen blieb. Dass er ihm Iris nur ungern überließ.

Zurück zu Hause setzte Nel Carmen an ihre Hausaufgaben.

Setzte sich selbst im Raum nebenan an seinen Computer. Öffnete auf dem Desktop den Ordner »Schur Escoffier«: fünfhundertvierundzwanzig Bilder von allen Phasen des Vorgangs, vom ersten Ansetzen des Schermessers am Bauch bis zum letzten, mit dem das ganze Vlies vollends von dem fast nackten Tier gelöst wird. Dazwischen durchliefen die Vierbeiner alle Positionen, lagen mal auf einer Flanke, mal auf der anderen, streckten alle viere in die Luft, von den Scherern hin und her gewuchtet, reglos plötzlich zwischen ihren zu kräftigen Händen, ihren zu mächtigen Pranken, um die kleinste Hoffnung auf Flucht zu erlauben. Die gleichen Tiere, die eben noch unmöglich einzufangen gewesen waren, die mit aller Macht mit den Beinen schlugen, waren jetzt besiegt, ergeben, ließen sich alles gefallen, ohne sich zu regen. Auf mehreren Aufnahmen sahen sie wie tot aus, lagen in ihrer Wolle, als wäre es ihre Haut, die man ihnen gerade abgezogen hatte.

Nel machte sich daran, die besten Fotos auszuwählen, um sie zu bearbeiten.

Das Telefon vibrierte: Matt. Nel sah den Namen blinken, konnte sich nicht entschließen dranzugehen.

Er fragte sich, warum Matt wohl anrief. Ob er sich entschuldigen wollte.

Das Summen hörte auf, Nel machte sich wieder an die Arbeit. Aber zwei Sekunden später ging es wieder los.

Eine Sekunde lang durchfuhr Nel Besorgnis. Er dachte an die Kinder, hatte Angst, es könnte etwas passiert sein.

Hallo Matt.

Nel rat mal was.

Matts Ton war alles andere als besorgt. Eher erregt, fröhlich.

Sag schon.

Ich war gerade im Internet. Sie haben es doch geschafft.

Wer denn.

André und Christian. Setz dich an deinen Computer. Gib Schmetterlinge und gueyraudi in Google ein.

Schmetterlinge gueyraud, wiederholte Nel, während er tippte.

Nein. Nicht einfach gueyraud, sondern gueyraudi. Mit einem i, wie im Lateinischen. Im Genitiv, wie alle Entdeckernamen.

Nel tat, was Matt ihm sagte. Er sah Dutzende von Schmetterlingen erscheinen, aufgenommen mit geöffneten Flügeln, die meisten auf weißem Grund. Er klickte auf das Foto eines Nachtfalters mit zart gemusterten Flügeln in Beige und Schwarz. Stellte fest, dass der Falter seine eigene Wikipedia-Seite hatte. Fühlte sein Herz klopfen, als er den Namen las: *Bocchoris gueyraudi*. Der Bocchoris von Gueyraud.

Am anderen Ende der Leitung hatte Matt Mühe, seine Erregung zu bezähmen.

Was sagst du dazu. Darauf war ich vorher nicht gekommen. Ich suchte immer unter dem Namen Gueyraud, ohne etwas zu finden. Aber das ist noch nicht alles: Jetzt gib mal Insekten und gueyraudi ein.

Diesmal erschien ein ganzes Heer von Käfern, manche metallisch blau, smaragdgrün, safrangelb. Andere zweifarbig, in Purpur und Grün, Orange und Perlmutt. Nel sichtete alle, die den Namen von André und Christian trugen. Entdeckte den schönsten von allen, schwarzer Rücken und Bauch, auf denen große goldene Flecken leuchteten: *Ixorida gueyraudi*. Fand auch eine weniger spektakuläre Art, deren Foto zwei Exemplare nebeneinander zeigte, das erste glänzend, poliert wie ein Schmuckstück, das zweite im Gegenteil matt, fast stumpf, reizlos. *Protaetia gueyraudi*, Männchen und Weibchen, Indonesien, Sulawesi, lautete die Bildunterschrift. Die beiden Insekten lagen Seite an Seite wie zwei Zwillinge, identisch in Größe und Form, doch der bloße Unterschied im Glanz genügte, um den einen prachtvoll wirken zu lassen, den anderen ganz gewöhnlich. Nel prüfte nach: Es war nicht das Männchen, das bei den *Protaetia gueyraudi* die Attribute der Schönheit besaß, wie bei vielen Tieren. Es war das Weibchen.

Er dachte an seine beiden Cousins, an Josette und an ihre Traurigkeit an diesem Morgen. Ob sie von Christians Insekten wusste. Ob sie oder irgendjemand aus der Familie je mit André und Christian das Glück geteilt hatte, das es für sie gewesen sein musste, diese Insekten zu entdecken. Ob sich überhaupt je irgendjemand dafür interessiert hatte – jemand anderes als dieser verfluchte Matt.

Dann hatte er sich wieder ans Sortieren seiner Fotos gemacht. Hatte sich beeilt, damit fertig zu werden, damit die blökenden Schafe von seinem Bildschirm verschwanden.

12

Am nächsten Morgen brachte Matt Iris und Victor zur Schule. Blieb ein paar Minuten vor dem Tor stehen und wartete auf Nel und Carmen. Aber es war Marie, die Carmen absetzte. Sie lächelte, als sie Matt sah.

Nel hat mir von eurem Rhone-Bad erzählt. So ein Blödsinn. Ihr spinnt ja.

Matt lächelte.

Nel ist aber nicht etwa krank.

Nein, er hat Arbeit. Fotos zu bearbeiten, er ist in Verzug. Er hat mir gesagt, er müsse damit vorankommen.

Sie lachte.

Ein ganzer Tag, ohne dass ihr euch seht, mein Gott. Das wird euch ganz komisch vorkommen. Wirst du es aushalten?

Ich weiß nicht.

Ich muss los, bin spät dran.

Sie stieg wieder ins Auto, verschwand um die Ecke.

Matt ging zurück nach Hause, fand Malika und Folco noch am Frühstückstisch. Neben ihren Forschungen über das konstantinische Zeitalter und ihren Kunstgeschichtskursen in Nîmes machte Malika, um etwas dazuzuverdienen, Stadtführungen. Eine anspruchsvolle Entdeckungstour durch das antike Arles für Touristen, die es nicht abschreckte, vier Stunden lang durch die steinernen Hinterlassenschaften der Römer zu wandeln. Sie wunderte sich, Matt so früh zurückkommen zu sehen.

Solltest du nicht mit Nel arbeiten.

Er ist mit einem Auftrag in Verzug.

Und er hat dir nicht Bescheid gesagt.

Matt zuckte mit den Schultern.

Was machst du dann stattdessen.

Keine Ahnung. Ich habe den anderen gesagt, dass ich mir den Vormittag freinehme. Aber vielleicht gehe ich dann doch, Arbeit gibt es genug.

Malika drehte sich nach dem kleinen Folco um, der hoch konzentriert mit einer Zackenschere ein paar Papierblätter zermetzelte. Vergewisserte sich, dass er nicht zuhörte.

Du wirst vor allem dableiben, um mit deiner Frau zu schlafen.

Yes, meinte Matt lächelnd. Hat meine Frau heute keine Führung.

Keine Führung keinen Kurs. Auch keinen Artikel zu schreiben. Nichts.

Sie zeigte auf Folco.

Sie wird diesen Zwerg in die Krippe bringen, dann gehört sie dir.

Das ist ein gutes Programm. Bravo.

Er stand auf, nahm sie in die Arme. Begann sie sanft zu küssen. Sie sagte ihm ins Ohr, was sie mit ihm vorhatte, wie und in welcher Reihenfolge, dass ihm das Blut in Wallung geriet. Der kleine Folco schaute auf und lachte darüber, dass seine Eltern sich Geheimnisse ins Ohr flüsterten. Er stieg von seinem Hocker und schmiegte sich an ihre Beine. Matt hob ihn hoch, um ihn an sie zu drücken. Malika streifte ihren Mantel über, zog Folco die Jacke an und ging mit ihm hinaus.

Ich bin in fünf Minuten wieder da. Wenn du nicht weißt, was du machen sollst, kannst du uns Tee kochen.

Matt setzte den Wasserkessel auf, schaute seine Mails durch, fand eine Nachricht von Toussaint, der ankündigte, dass er vor der Feria noch einmal in Arles vorbeikäme, und vorschlug, dann gleich mit dem Interview anzufangen.

Matt schrieb eine begeisterte Mail zurück. Wollte Nel anrufen, um es ihm zu erzählen. Vergeblich.

Malika kam zurück. Sagte ihm, er solle schleunigst seinen Computer ausmachen, wenn er nicht den heißesten Sex seines Lebens verpassen wolle.

Ins Bett Mondello los los.

Matt dachte an das Hochschnellen der Geburtenrate nach dem großen Blackout in New York. Er umarmte Malika, die schon nackt war. Sagte ihr, sie würden vögeln wie alle New Yorker zusammen während des großen Blackouts.

Malika sah ihn schief an.

Was ist das denn für eine komische Idee. Ist Nel dein Strom, der ausgefallen ist? Dein von einem Kurzschluss lahmgelegtes Kraftwerk?

Am Nachmittag fuhr sie nach Nîmes, um ihren Kurs abzuhalten. Matt stieg auf sein Fahrrad und fuhr ins nördliche Gewerbegebiet, um im Büro vorbeizuschauen. Er fand die Räume leer vor, die anderen waren bei einem Treffen mit einem Stadtrat von Port-Saint-Louis, um einen Vertrag abzuschließen. Er saß zwei Stunden allein an seinem Schreibtisch und beantwortete liegen gebliebene Mails. Und wartete darauf, dass sein Telefon klingelte. Gegen fünf kam Franck zurück, sein Partner. Seufzte erleichtert auf, als er ihn sah.

Da bist du ja. Wir haben uns schon Sorgen gemacht. Ich hoffe, du kommst voran mit dem Film.

Matt verzog das Gesicht.

Nicht besonders. Ich trete auf der Stelle.

Scheiße, meinte Franck.

Wieso Scheiße.

Hier ist gerade Land unter. Ich hoffe, du bist bald wieder dabei.

Das wird noch eine Weile dauern, tut mir leid.

In einem gereizten, für Matt ungewöhnlichen Ton.

Am nächsten Morgen machte er sich früh auf den Weg zu einer Reparatur in der Nähe von Fréjus. Ein Lüftungsproblem, verstopfte Behälter, das versprach heiter zu werden. Solche Zwischenfälle waren sehr selten, und bisher hatten Franck und er immer ausgeknobelt, wer ranmusste, gebetet, darum herumzukommen. Aber diesmal hatte Matt die Sache selbst übernehmen wollen.

Die Kabine befand sich in einem kleinen Dorf direkt am Meer. Das Rathaus war gerade vom Front National übernommen worden, die Place du 19-Mars-1962 umbenannt in Place du Commandant-Hélie-Denoix-de-Saint-Marc, der Vorplatz des Kindergartens mit der versprochenen Überwachungskamera ausgestattet worden – alles, was Matt liebte. Als er bei der Anlage ankam, brauchte er sie nicht lange zu untersuchen.

Puh. Was ist denn hier los. Ich habe noch nie eine von unseren Kabinen derart stinken sehen.

Das ist seit einer Woche so.

Seit einer Woche, und da rufen Sie mich jetzt erst.

Vor allem war der Geruch nicht normal. Es roch nach den Feststoffen, nicht gerade angenehm, aber vertraut. Aber da war noch etwas anderes dabei. Ein wesentlich stärkerer und unangenehmerer Geruch, den Matt mit aufsteigender Übelkeit wiedererkannte.

Da ist ein Aas drin. Ein totes Tier, keine Frage.

Er zog einen Mundschutz an und machte sich daran, das Lüftungsrohr abzumontieren. Mit einer Schaufel holte er den Block der getrockneten Feststoffe heraus, das meiste zerfiel schon zu Staub, nur die zuletzt hinzugekommenen hatten noch etwas Gewicht auf der Schaufel. Als er am unteren Lüftungsgitter ankam, stieß er auf etwas Hartes.

Was ist das denn.

Matt dachte zuerst an eine Ratte. Er kratzte etwas herum, sah, dass es groß und lang war. Größer und länger als die riesigste Ratte. Eine Biberratte? Er klopfte etwas darauf herum. Es war ganz trocken. Eine mit Schuppen bedeckte Haut.

Was zum Teufel ist das denn. Wollen Sie mir nicht mal helfen.

Der städtische Angestellte, der in drei Meter Abstand stehen geblieben war, stieg auf die Leiter, um ihm zu helfen, beugte sich mit ihm über den Lüftungsschacht. Mit der Schaufel versuchte Matt, das tote Tier anzuheben. Der Kadaver rührte sich kaum. Zusammen drückten sie ihn gegen die Wand und versuchten, ihn daran hochzuschieben. Der Kadaver bewegte sich etwas und fiel dann mit seinem vollen Gewicht wieder herunter. Beim dritten Versuch schafften sie es schließlich, ihn bis nach oben zu hieven. Ihn über den Rand auf den Strand kippen zu lassen.

Das Ding fiel wie ein Sack herab, kam mit einem dumpfen Geräusch auf, die Füße und der Schwanz breiteten sich schlaff im Sand aus. Es sah aus wie ein kleines Krokodil.

Ein Waran.

Sagte der städtische Angestellte ohne Zögern.

Wie kommt denn ein Waran hierher. Gibt es in der Gegend so was öfter.

Freds Waran.

Er zeigte auf ein Haus auf der anderen Seite der Nationalstraße.

Dieser Dödel hat mir gesagt, sein Waran wäre abgehauen. Ist schon einen guten Monat her.

Matt schaute unter die Kabine, wo der Lüftungsschacht anfing.

Das Mistvieh. Hat sich einfach einen Tunnel gebuddelt, um reinzukommen. Was ist da wohl passiert. Ob es stecken geblieben ist. Oder ob es Rattengift gefressen hat, bevor es da verreckt ist.

Maul und Bauch der Echse waren vollkommen platt, als wären sie leer. Sie war trocken wie ein altes Stück Leder, das jemand im Sand vergessen hatte. Stank dennoch weiter wie die Pest.

So eine Scheiße. Ich lasse Sie das Vieh Ihrem Kumpel zurückbringen.

Matt räumte den Lüftungszugang vollends frei, montierte das Rohr wieder an. Rannte ein paar Dutzend Meter über den Strand und stürzte sich in die Wellen, um sich die Hände und die Augen zu waschen. Die Sonne stand hoch, das Licht war gleißend. Er blieb gut zehn Minuten im Meer, genoss das Prickeln des Salzes auf seiner Haut, die Frische der Wellen, die ihm ins Gesicht schlugen und ihn von allem Schmutz des Morgens rein wuschen.

Er schwamm zurück ans Ufer, trocknete sich ab. Schnappte sein Telefon, um eine Nachricht zu tippen: Entfernung eines toten Warans aus dem Lüftungsschacht einer Kabine. Dann Entleerung eines guten Kubikmeters Feststoffe made in Fréjus. Jetzt Meerbad. Antworte, Alter. Du nervst. Die Fluten des Mittelmeers sind wesentlich angenehmer als die der Rhone.

Er wartete gespannt auf eine Antwort. Vergeblich.

Als er nach Hause kam, fand er in seinem Briefkasten ein Päckchen: zwei Bücher, die Toussaint ihm schickte. Das erste war eine weitgehend autobiografische freie Erzählung. Das zweite handelte von seinem Werk, seiner künstlerischen Welt, seinen Einflüssen: *François Toussaint, A French Tale*. Er wollte Nel anrufen, um ihm von der Überraschung zu erzählen. Dann ließ er es doch bleiben. Beim Aufschlagen der Bücher hatte er bemerkt, dass die Bücher ihm gewidmet waren. Toussaint erwähnte Nel natürlich. Schrieb in einer der Widmungen von seiner Ungeduld, ihn wiederzusehen. Aber die Nachricht war an ihn, Matt, gerichtet. Für Matt, zum Andenken an eine Begegnung, die unsere. Und an alle Geburtstage Fabiens, für immer lebendig.

Er drehte den Umschlag um, um sich zu vergewissern, dass der Designer keinen Brief dazugelegt hatte. Da fielen ein paar Fotos zu Boden. Bilder von Fabien und Toussaint aus der Zeit im Haus auf der Höhe, noch ganz jung, mal allein, mal mit der Clique, Michel, Sanzio, Régine. Mindestens vierzig Jahre alte Fotos. Matt entdeckte ihre damaligen Gesichter und Aufmachungen, Schlaghosen bei fast allen, eng anliegende Oberteile, lange Haare. Toussaint auf manchen Bildern fast weiblich, in die Kamera lachend, auf anderen gespielt böse, schwarzer Schnurrbart, finstere Verbrechermiene, herausfordernder Blick. Fabien von einer Schönheit à la Jean-Pierre Léaud, fast immer ein Lächeln auf den Lippen, auf manchen Fotos auch ernst, beim Abrasieren eines Dreitagebarts oder in einer verschneiten Landschaft, den Mantel um sich raffend. Südländischer auf anderen, offenes Hemd über der leicht behaarten Brust, gebräunte Haut am Strand – unzweifelhaft ein Kind des Südens, trotz all seiner Bemühungen, sich einem von jeder geografischen Zugehörigkeit freien Ideal anzunähern.

Unter den Bildern, die Matt aufhob, waren auch zwei vergilbte Postkarten, die berühmte italienische Gemälde zeigten. Eine peruginische Kreuzigung aus dem Quattrocento. Ein Detail aus Botticellis *Frühling*.

Und was für ein Frühling!, stand in der großen, runden Schrift auf der Rückseite. Ja, ich bin in Florenz, überglücklich. Der Zauber ist größer denn je. Nur meine Lieben fehlen mir. So nett und so schön die Italiener auch sein mögen, sie sind wie die Briten, sie werden mir nie genügen. Ich denke so fest an dich und sehne den Tag in den kommenden Ferien herbei, an dem wir uns wiedersehen werden. Fabien.

13

Na los Knallkopf, geh ran. Du bist sauer auf mich, das verstehe ich. Aber ich merke etwas, woran ich am Anfang nicht einmal gedacht habe: Ich bin auch sauer auf dich. Wütend sogar. Bevor ich mit dir über das alles geredet habe, wusste ich, was ich für einen Film machen wollte, in meinem Kopf war alles klar. Und jetzt bin ich total durcheinander. Mache ich einen Film über die Chu? Mache ich einen Film über deine Cousins? Ich habe keine Ahnung mehr, und das ist deine Schuld. Los, ruf mich an.

Matt legte das Telefon wieder hin, versuchte, seine Gedanken zu ordnen. Überlegte, was ihm inzwischen wichtiger war, die Geschichte der Diskothek im Pinienwald oder der Lebensweg von Fabien und Christian. Um sich zu beruhigen, sagte er sich, dass beide Wege zum gleichen, seit dem Anfang unveränderten Ziel führten: die Geschichte einer Zeit zu erzählen. Einen neuen Blick auf diese gewisse Freiheit der Achtzigerjahre zu werfen, auf diese fröhliche Nach-mir-die-Sintflut-Haltung, die damals viele Männer und viele Frauen geprägt hatte, auf Gedeih und Verderb, meilenweit von dem gegenwärtigen Gesundheitswahn entfernt. Hatte es einen Sinn, einen Film über Fabien und Christian zu machen. Zu erzählen, wie zwei Menschen ihr Leben verbrannt hatten. Etwas wie Märtyrer oder Stellvertreter aus ihnen zu machen – Helden ihrer Zeit, auf ihre Art, die eine Wahrheit jener Jahre verkörperten.

Er dachte, das treffe auf jeden Mann und jede Frau zu. Das Leben jedes Einzelnen, wenn man es aufmerksam genug betrachtete, erzählte unweigerlich von der Zeit, in der er gelebt hatte. Veranschaulichte die Hoffnungen und Ängste, die seine Zeitgenossen gehabt hatten, ihre Art zu lieben, zu feiern, Kinder zu bekommen, den Tod zu fürchten. Ihre Art, draufgängerisch oder vorsichtig zu sein, großzügig oder egoistisch, sorglos oder ängstlich, Drückeberger oder Streber, beständig oder flatterhaft, fröhlich oder trübsinnig, begeistert oder desillusioniert.

Das war es, was er zutiefst wünschte: das Leben eines zufälligen Einzelnen herausgreifen und es bis in seine geheimsten Winkel betrachten, bis in seine feinsten Verzweigungen. Alles von ihm wissen. Seine kleinsten Schattenbereiche erforschen. In seinen Irrungen und Schwankungen die Farbe einer Zeit wiederfinden, ihre Fragen, ihre Hoffnungen, ihre Zweifel. Er erschauerte beim Gedanken an die unendliche Zahl von möglichen Filmen, alle gleichermaßen schön und kraftvoll, wenn sie nur mit vollem Einsatz gemacht würden. Fühlte sich zugleich glücklich und erschlagen von der Masse der Geschichten, die zu schreiben, zu erzählen wären. Von dieser Überfülle von Leben, von der nur ein winziger Bruchteil je erzählt werden würde.

Er sah, dass sein Telefon klingelte. Dass Nels Name auf dem Display erschien.

Matt ich bin es.

Hast du meine Nachricht bekommen.

Natürlich habe ich sie bekommen. Ich habe sie alle bekommen.

Nels Stimme war ruhig. Ohne Groll oder Zorn. Einfach ruhig.

Ich bin nicht sauer Matt. Keine Sorge. Ich bin nur müde. Ich brauche eine Pause. Ich bereite mich auf meine Prüfungen nächste Woche vor.

Da fiel es Matt wieder ein: die seit gut zwei Monaten

vorgesehenen Auswahlprüfungen für eine Stelle als Fotograf beim CNRS, dem nationalen Zentrum für wissenschaftliche Forschung.

An welchem Tag finden die statt.

Die schriftliche am Dienstag, die mündliche am Mittwoch.

Autsch. Ich werde an dich denken.

Nel fragte, ob Matt vorankomme, ob er Josette noch einmal besucht habe.

Ich gehe am Wochenende hin. Und heute treffe ich mich mit Toussaint.

Matt sagte das in munterem Ton, in der Hoffnung, dass Nel mitkommen wollen würde. Aber er war nicht darauf angesprungen.

Grüß ihn von mir. Sag ihm, es tut mir leid. Es ist Pech. Es wird auch noch ein drittes Mal geben.

Er kommt nächste Woche zur Feria wieder.

Siehst du.

Matt legte wieder auf, fühlte sich allein.

Das war der Unterschied zwischen Nel und ihm. Matt mochte es, wenn die Dinge ausgesprochen wurden, wenn Vorwürfe herausbrachen, auch wenn es dabei mal laut wurde. Er suchte die Auseinandersetzung. Forderte sie heraus, provozierte sie, und sei es nur, um den Kontakt wiederherzustellen. Nel dagegen stand aufseiten der Geduld, des Abstands. Er vertraute auf die Zeit. Hütete sich vor zu schnell ausgesprochenen Worten. Vor zu hastigen Entscheidungen. Der Mutigere von ihnen beiden, der, dem die Einsamkeit am wenigsten zu schaffen machte, war letztlich Nel.

Matt hatte sich an einem ruhigen Ort mit Toussaint verabredet. In einem Hotel, das einen sinnvollen Rahmen abgab, um ihn zu filmen: Toussaint hatte die Bar, die Sessel, die Tapeten entworfen. Matt fand ihn bei einem Glas Wein. Sagte ihm sofort, wie sehr er sich über die Bücher und die Fotos gefreut hatte. Sie waren sich darüber einig, dass es unmöglich wäre, die Erzählungen vom letzten Mal zu wiederholen, sie mit der gleichen Unbefangenheit, der gleichen Frische wiederaufzunehmen.

Ich habe die Fotos und die Postkarten mitgebracht, sagte Matt. Ich dachte, wir könnten von ihnen ausgehen.

Er warf die Kamera an, bat Toussaint, die Fotos durchzuschauen und beim ersten haltzumachen, von dem er gern reden würde. Der Designer spielte mit, suchte ohne Zögern ein Strandfoto aus: Fabien, Sanzio und er, Arm in Arm in Spätnachmittagslicht, barfuß im Sand, im Hintergrund der Felsendamm von Saintes-Maries-de-la-Mer.

Das war an einem Sonntag im Juli. Gegen Ende des Monats. Nur ein paar Tage bis zum August. Das weiß ich noch genau: Es war an dem Sonntag, an dem wir den Sarden aufgelesen haben. Auf dem Rückweg vom Strand. Fabiens berühmter Sarde.

Er erzählte von der Erscheinung des jungen Mannes am Straßenrand, das lange schwarze Zigeunerhaar, die braunen Schultern, der nackte Oberkörper unter einer Ziegenfellweste, Messer am Gürtel. Von Fabiens Vollbremsung, als er ihn gesehen hatte. Der Sarde war zu ihnen ins Auto gestiegen, hatte angefangen, in seiner Sprache mit ihnen zu reden, ihnen irgendwie verständlich gemacht, dass er aus Cagliari komme, drei Nächte am Strand geschlafen habe, am Morgen in einem Mas ein Huhn gestohlen habe. Sie hatten gefragt, wo das Huhn hingekommen sei. Er hatte gelacht und auf seine Tasche gezeigt, den Reißverschluss etwas aufgezogen, um ihnen das ängstliche Auge des Vogels zu zeigen. Am Abend hatte er dem Tier in der Badewanne die Gurgel durchgeschnitten, aus Leber und Magen eine Füllung mit Pinienkernen und Rosinen zubereitet, Koriander und Knoblauch dazu, und das Ganze in den Ofen geschoben. Sie hatten das beste Hähnchen ihres Lebens gegessen. Fabien erklärte den Sarden zum Gast auf Lebenszeit im Haus auf der Höhe, fragte ihn, was er mit dem Messer an seinem Gürtel mache, ob er es nur für Hähnchen benütze oder ob er viele Leute damit umgebracht habe. Worauf der Sarde wortlos antwortete, indem er sein Messer an der Spitze ergriff und blitzartig gegen die Tür schleuderte, ein paar Zentimeter nur neben Régine, die fast in Ohnmacht fiel.

Der Sarde war nicht nur ein guter Messerwerfer und ein erstklassiger Koch, er war auch schön wie ein Gott, und Fabien hatte sich völlig in ihn vernarrt, hatte ihn angefleht, über Nacht zu bleiben, die beiden oberen Etagen des Hauses mit ihm zu teilen, wenigstens für ein paar Tage *sein* Sarde zu sein. Ich höre ihn noch, wie er ihm vor uns allen seine Liebe erklärte, erzählte Toussaint, sei mein Sarde, das sagte er vor versammelter Gesellschaft, in einem seligen Ton, und eine Woche lang waren die beiden unzertrennlich gewesen, Fabien ging kein einziges Mal ohne seinen Sarden aus, der Sarde ging keinen Schritt vor die Tür, wenn Fabien ihn nicht begleitete, das ganze Haus auf der Höhe gehörte ausschließlich ihrer Liebesparade, ihrer Balz. Fabien brachte den ganzen Tag damit zu, seinen Sarden als Torero, als Lord, als Gardian zu verkleiden, der Sarde sturzbetrunken, das Messer neben ihm auf dem Tisch, als bräuchten sie es alle fünf Minuten, um ihr Blut zu vermischen.

Das war eine Woche so gegangen, dann noch eine, und dann mussten sie sich gestritten haben. Fabien war es vielleicht müde, den Sarden zu verkleiden, dem Sarden war es vielleicht zu viel geworden, derart angebetet zu werden, vielleicht war ihm das blaue Zimmer zu eng, hatte er die Nächte am Strand und das Hühnerstehlen vermisst, wer weiß, sagte Toussaint. Jedenfalls war er eines Morgens nicht mehr da gewesen, und die Abendessen auf der Höhe hatten wieder ihren normalen Lauf genommen – Fabien verlor kein Wort mehr über den Sarden, stieß einfach wieder mit uns auf das Leben und seine Überraschungen an, als wäre nie irgendetwas gewesen. Als hätte es nie einen Sarden gegeben, der an einem Sonntagabend im Juli auf dem Rückweg vom Meer plötzlich am Straßenrand stand.

Toussaint schaute die Fotos weiter durch, aber Matt spürte, dass die Geschichte mit dem Sarden eine andere Erinnerung aufsteigen ließ. Ein paar Wochen nach dem am Straßenrand aufgelesenen Messerwerfer war Mangin an der Reihe gewesen. Mangin der Fiesling, der sie als Jugendlicher malträtiert hatte, ein Kopf größer als alle anderen und zwei Jahre älter. Mangin, der sich jahrelang einen Spaß daraus gemacht hatte, Toussaint zu quälen, ihn mit dem Fahrrad zu verfolgen, um ihm Angst einzujagen, ihn zu rammen, ihn an den Straßenrand zu drängen, bis er in den Graben stürzte. Ihn manchmal auch noch zu bespucken, nachdem er ihn zu Fall gebracht hatte.

Mangin, den Toussaint eines Tages mit Fabien auf der Höhe hatte auftauchen sehen. Fabien hatte ihn im Haus als alten Freund vorgestellt, sie waren hinaufgekommen, hatten Toussaint erblickt, der im blauen Zimmer auf dem Bett saß.

Hallo Toussaint.

Mit einer ruhigen Stimme, die das Wesentliche ausdrückte – dass Mangin ebenfalls nicht vergessen hatte, dass es Toussaint war, dem er damals zugesetzt hatte, Toussaint persönlich und nicht einfach dem erstbesten Jungen, der zufällig vorbeikam.

Mangin der Schönling, der für seine Frauengeschichten und seine Arroganz berühmt war. Der von sich eingenommene, auf seinen Ruf bedachte Don Juan.

Etwas später am Abend war Fabien zu Toussaint gekommen, um ihm etwas ins Ohr zu flüstern.

Bevor die Woche zu Ende ist, habe ich ihn in meinem Bett.

Was sagst du da.

Bevor die Woche zu Ende ist, kriege ich deinen Mangin rum, wirst schon sehen, das hatte er geflüstert, ohne ein Lachen unterdrücken zu können, das den Betroffenen zu ihnen hinüberschauen ließ. Bevor die Woche zu Ende ist, hörst du, und dann hatte er sich wieder neben den Neuankömmling gesetzt. Hatte zwei Gläser vollgeschenkt, um mit ihm anzustoßen.

Auf dich Mangin, den ich nackt ausziehen werde. Auf dich Don Juan, den ich zum Frühstück vernaschen werde.

Sie hatten den ganzen Abend zu zweit in einer Ecke verbracht und getrunken, Fabien erzählte Mangin von Venedig und Rom, las ihm Gedichte von Michelangelo und Ginsberg vor, Mangin entspannte sich nach und nach, Fabien selbst begann sich wohlzufühlen, seine Beute etwas weniger zu hassen, und beide zogen allmählich die neugierigen Blicke der üblichen Verdächtigen ringsum auf sich, die die zunehmende Annäherung wohl oder übel bemerken mussten und sich eines Anflugs von Eifersucht nicht erwehren konnten, auf Mangin, aber auch auf Fabien.

Mangin muss heute mehrfacher Großvater sein, meinte Toussaint lachend, ich habe keine Ahnung, was er macht oder wo er lebt, aber ich stelle ihn mir als den Inbegriff des virilen Patriarchen vor. Ich frage mich oft, ob er sich an diese Episode erinnert, oder vielmehr bin ich mir sicher, dass er sich erinnert, ich frage mich nur, ob es eine Erinnerung ist, über die er jetzt lächelt, oder ob er sie im Gegenteil so tief wie möglich in seinem Gedächtnis vergräbt, unter den Dingen, an die er nie wieder zurückdenken will, einfach nicht zurückdenken kann, ohne auf der Stelle vor Scham im Boden zu versinken.

Zwei Tage später war Fabien jedenfalls erneut zu mir gekommen und hatte mir ins Ohr geflüstert: erledigt. Nur dieses eine Wort, und wie er meine Verblüffung genoss, meine Ungeduld, alles zu erfahren, sagte Toussaint. Er erzählte mir die Szene, Mangins anfängliches Misstrauen, wie Fabien ihn beruhigen musste, ihm versprechen, dass sie nichts tun würden, dass Mangin sein Wort habe, ob er nicht einfach nur versuchen wolle, mit ihm in den zweiten Stock hochzugehen und sich im kleinen Schlafzimmer auszuziehen, nichts weiter, sich nackt von Fabien anschauen zu lassen, was war das schon, das bedeutete doch nichts. Sie waren beide betrunken, ich werde dich nicht anrühren ich schwörs dir, hatte Fabien wiederholt, obwohl er vor lauter Nähe angefangen hatte, Mangin tatsächlich zu begehren, und Mangin hatte seinem sanften Drängen schließlich nachgegeben, sie waren hochgegangen und dort unterm Dach hatte Fabien sich vor Mangin ausgezogen, Mangin hatte ihn eine gute Minute lang nackt betrachtet, dann hatte Fabien ihn ebenfalls ausgezogen, zuerst Pulli und T-Shirt, dann den Rest, jedes Kleidungsstück zog er ihm nacheinander aus und nahm sich Zeit, jedes einzelne sanft über Mangins Körper gleiten zu lassen, um ihn davon zu befreien. Erzählte, was er dann gesehen hatte.

Du hast ja einen Ständer.

Die Verlegenheit Mangins, der nicht wusste, was er mit diesem Ding machen sollte, das sein Begehren herausschrie.

Die Freude, die Fabien empfunden hatte, seine Euphorie, seinen Drang, diesen Sieg über die Dächer hinauszuposaunen. Und wie er seinem Versprechen trotz allem treu geblieben war, wie er aufs Grausamste Wort gehalten und es sich zur Pflicht gemacht hatte, es dabei zu belassen, wie er Toussaint erzählte. Er hatte sich jede zweideutige Geste verboten, nicht einmal eine Liebkosung von Mangins Geschlecht angedeutet, und nach einer Weile war Mangin nichts anderes übrig geblieben, als es wieder wegzupacken, kleinlaut, gezwungen, das Ganze so gut es ging in die Unterhose zu stopfen und seine Hose wieder zuzuknöpfen, aus dem Haus zu verschwinden, ohne ein weiteres Wort zu verlieren, für alle Zeit besiegt, bezwungen, das schwör ich dir, hatte Fabien gesagt, unser früherer Peiniger nunmehr ein Lamm.

Bring mir den Mann, den du am meisten fürchtest, und ich werde ihn herausfordern – so war Fabien, sagte Toussaint. Diese Besessenheit, der Angst zu trotzen. Sag mir die Gefahr, die du am meisten fürchtest, und ich werde sie suchen gehen, ich werde ihr die Stirn bieten, ich werde mich in Stücke reißen lassen, wenn es sein muss, aber ich werde nicht zurückweichen, ich werde dir zeigen, dass alle Angst sinnlos ist, dass selbst der Tod nichts ist für den, der ihn nicht fürchtet.

Es entstand eine Stille, Matt konnte sehen, dass Toussaint in Gedanken war, dass wahrscheinlich andere Erinnerungen in ihm aufstiegen. Er zögerte, die Frage zu stellen, die ihn von Anfang an beschäftigte, zögerte, Toussaint geradeheraus zu fragen, was für eine Art von Beziehung Fabien und er eigentlich gehabt hätten, ob sie einfach Freunde waren oder ob es mehr war. Er holte tief Luft, schickte sich an, etwas in diese Richtung zu fragen, aber zum Glück hielt ein Skrupel ihn davon ab, er spürte plötzlich, dass es eine absurde, fast vulgäre Frage war, genau die Art von Fragen, von denen Fabien und Toussaint und ihre Freunde sich all die Jahre lang hatten frei machen wollen.

Da Toussaint keine Anstalten mehr machte, weiter über die Fotos zu sprechen, hielt Matt ihm aufs Geratewohl die Postkarte mit Botticellis *Frühling* hin, fragte ihn, ob er sich erinnere, wann und mit wem Fabien diese Reise nach Florenz gemacht hatte. Toussaint betrachtete die Initiale, die als Unterschrift neben der des Stewards stand, in einer anderen Handschrift und mit roter Tinte: D. Sehr herzlich, D. Er lächelte mit einem Ausdruck, als wisse er genau, wer dieser D. war. Er las Fabiens Nachricht durch, Ich denke so fest an Dich und sehne den Tag in den nächsten Ferien herbei, an dem wir uns wiedersehen werden, eine etwas gewundene, etwas gestelzte Nachricht, so wie wir damals eben waren, kommentierte Toussaint lachend.

Natürlich erinnere ich mich, sagte er und schaute Matt mit seinem schalkhaften Blick an, diesem Blick, den er jedes Mal zeigte, wenn er Zeit gewinnen wollte, ein Blick von unten herauf, direkt in die Augen, unglaublich funkelnd, in dem man tausend Gedanken pro Sekunde vorüberziehen sah. Ich erinnere mich sogar ganz genau. Aber ich will es nicht sagen. Nicht vor der Kamera. Ein paar Geheimnisse muss man doch für sich behalten.

Er machte eine Pause.

Aber ich kann sagen, was ich empfunden habe, als ich diese Postkarten in einer alten Schublade wiedergefunden habe. Ich kann Ihnen sagen, was für eine Wirkung sie auf mich hatten: Seltsamerweise haben sie mich traurig gemacht.

Sein Blick schweifte über das Dekor der Bar hinter Matt.

Als ich auf sie gestoßen bin, habe ich an die letzten Briefe denken müssen, die ich an Fabien geschrieben habe. An meine Traurigkeit, weil keine Antwort mehr kam. An den abgebrochenen Kontakt zwischen uns. Fabien, der mich ignorierte. Er, der unermüdliche Briefschreiber, der sich nicht mal mehr die Mühe machte, mir eine Postkarte zurückzuschreiben.

Er suchte nach Worten.

Fabien konnte hart sein. Wenn jemand ihn plötzlich enttäuschte, konnte er unbarmherzig werden. Ihn mit unglaublicher Brutalität aus seinem Leben streichen.

Er blickte Matt wieder an, direkt in die Augen, um ihm zu spüren zu geben, dass er genau abwog, was er sagte, ohne jedoch aufzuhören, mit ruhiger Stimme zu reden, mit dieser Sanftheit, die seine Gegenwart so angenehm, so unmittelbar freundschaftlich machte.

Ich will Ihnen von dem einzigen Abend erzählen, den ich je mit den beiden Brüdern zugleich verbracht habe, bei einem der wenigen Male, als ich Christian wiedergesehen habe, nachdem ich Arles verlassen hatte.

Er trank einen Schluck Wein, wie um der Erinnerung Zeit

zu geben, in ihm aufzusteigen, sich vollends wieder zusammenzusetzen, in seinem Geist wieder ganz gegenwärtig zu werden, so wie sie sein sollte, bevor er zu erzählen begann, mit der gleichen außerordentlichen Genauigkeit, mit der er sich an jede Szene erinnern wollte. Dann begann er.

Wir lebten schon lange nicht mehr in dieser kleinen Stadt, weder Fabien noch ich, begann er, als hole er bewusst weit aus, um die Wirkung zu erhöhen. Ich lebte schon fast fünf Jahre in Paris, und nach mehreren Liebesgeschichten, nachdem ich mehrere junge Männer und Frauen geliebt hatte, nachdem ich ein mehr oder weniger langes Stück Leben mit ihnen geteilt hatte, war ich zu einem Entschluss gekommen, zu dem ich mich selbst nicht für fähig gehalten hätte, einem Entschluss, der schlecht zu unseren Jahren im blauen Zimmer passte, das muss man zugeben: Ich heiratete. Ich hatte mich sehr in eine junge Frau verliebt, und wir hatten sofort diesen Wunsch verspürt, vielleicht fehlte das in der Vielfalt unserer Erfahrungen, vielleicht erschien uns das Eheleben reizvoll nach all den Jahren des Herumflatterns von Blume zu Blume, jedenfalls hatten wir diesen Wunsch verspürt und beschlossen, ihm zu vertrauen, wir heirateten in einer Kirche in Apulien, mit nur ganz wenigen Freunden um uns herum, dem bloßen Impuls des Moments folgend, der offenkundig kein allzu schlechter Ratgeber war, denn wir sind noch immer verheiratet, nicht nur verheiratet, sondern verliebt, bis heute, nach all den Jahren noch jeden Tag glücklich, miteinander zu leben.

Erst ein paar Monate nach dieser Wendung hatte ich beschlossen, wieder einmal nach Arles zurückzukehren, erzählte Toussaint. Ich wollte Catherine die Stadt zeigen, die sie nicht kannte, Catherine meinen alten Freunden vorstellen, zuallererst Fabien, der sofort ein gemeinsames Abendessen auf der Höhe vorgeschlagen hatte, damit Catherine die Spielwiese unserer Jugend sah, wie er sagte, damit sie gleich einen Eindruck von unserem damaligen Schlupfwinkel bekam. Zwei Tage später kamen wir auf der Höhe an, und es war nicht Fabien, der uns in Empfang nahm, sondern Christian, den ich seit Jahren nicht mehr gesehen hatte und dessen Schönheit mir an diesem Abend ins Auge stach, und übrigens auch Catherine, denn kaum saßen wir am Tisch, nutzte sie die erste Gelegenheit, um mir ins Ohr zu flüstern, wie schön er ist, François, du hattest mir gar nicht gesagt, dass wir heute Abend mit einem so prachtvollen jungen Mann dinieren würden, und sie lachte.

Hier hielt Toussaint inne, trank einen Schluck Wein.

Ich weiß nicht, ob man Ihnen das gesagt hat, aber Christian sah blendend aus, wahrscheinlich noch besser als Fabien, er hatte diese schwarze Strähne, die ihm in die Stirn fiel und seine Augen verdeckte, sie nur erahnen ließ, wie sie tief in seinem Gesicht lauerten, echte Raubtieraugen.

Nach vielleicht einer Minute war Fabien aufgetaucht und hatte sich entschuldigt, ich wusste nicht, dass Christian da sein würde, hatte er mit der größten Unaufrichtigkeit gesagt und gefragt, ob es uns auch nicht störe. Eine absichtlich dämliche Frage, zumal vor Christian, zumal an mich gerichtet, der ich besser wusste als irgendjemand sonst, wie sehr sich die beiden Brüder hassten, worauf ich nur mit einer nichtssagenden Floskel antwortete, etwas wie: Aber woher denn, ganz im Gegenteil, wenn Christian ausnahmsweise mal da ist. Die perfekte, dem Anlass entsprechende Plattitüde, und ich wusste, dass Fabien sich voller Sarkasmus an ihr weiden, dass er ihre vollkommene Scheinheiligkeit auskosten und mich mit aller Kraft dafür verachten würde.

Wir setzten uns zu Tisch, Fabien sehr zurückhaltend, er überhäufte Catherine mit Aufmerksamkeiten Fragen Freundschaftsbekundungen, behandelte mich jedoch mit eisiger Distanz, als kenne er mich kaum, und würdigte mich nur hin und wieder einer kleinen Bemerkung, sodass Catherine sich fragen musste, in was für ein Irrenhaus sie da geraten war. Christian saß derweil am Tischende und bastelte die ganze Zeit an irgendetwas herum, folgte der Unterhaltung mit einem Ohr, hielt sich jedoch demonstrativ heraus und legte ab und zu seine Gabel weg, um sich eine Zange zu schnappen und irgendeinen widerspenstigen Draht zurechtzubiegen.

Nach einer Weile konnte Fabien sich nicht mehr beherrschen und explodierte, Christian was treibst du denn da, was soll der Zirkus, sagte er, und Christian zuckte nur mit den Schultern, ich bin am Basteln sieht man doch, ich repariere den Gartensprenger, da du das ja sicher nicht machen wirst. Statt ihn zu beruhigen, trieb diese Erklärung Fabien noch mehr auf die Palme, wir haben Oktober der Sommer ist vorbei es gießt seit drei Tagen in Strömen, was schert uns da der Gartensprenger, sagte er, und da ging Christian hoch wie eine Rakete, sehr gut alles klar du hast recht ich habe Besseres zu tun, und keine Sekunde später stand er vom Tisch auf, verschwand in der Garage und ließ uns alle drei da sitzen.

Alles stockte eine Weile, und Fabien musste eine böse Vorahnung gehabt haben, sein Gesichtsausdruck änderte sich und nach ein paar Sekunden fragte er mit tonloser Stimme, Christian was treibst du, und wir sahen Christian mit Andrés Jagdgewehr in den Händen wieder aus der Garage kommen, gelösten Schritts, als halte er überhaupt keine Waffe in der Hand, er setzte sich wieder an seinen Platz am Tischende und machte sich daran, das Gewehr zu öffnen und den Verschluss zu reinigen.

Räum dieses Gewehr weg Christian.

Ich putze es.

Räum dieses Gewehr weg Christian, bis Christian den Lauf wieder schloss, aufstand und die Waffe in Anschlag brachte, sie jedoch nicht auf seinen Bruder richtete, wie alle es erwartet hatten, sondern auf mich, erzählte Toussaint, das alles in einer Totenstille. Weder Christian noch Fabien sagten noch irgendetwas, Christian zielte nacheinander auf verschiedene Teile meines Körpers, wo ich doch seit Beginn des Streits den Mund nicht aufgemacht hatte, Fabien sah seinen Bruder nicht ohne eine gewisse Lust auf mich anlegen, wie mir schien, aber ohne weitere Reaktion, bis Christian den Lauf in Höhe meines Schädels anhielt und das Gesicht schief legte, um ihn genau ins Visier zu nehmen, und sagte: Du bist also Toussaint.

Du bist also der berühmte Toussaint, als habe er mich nie gesehen, als wäre ich ein vollkommen Fremder unter diesem Dach, und blitzartig kam es mir vor, als habe ich nicht nur einen Bruder gegen mich, sondern zwei, sagte Toussaint. Nicht mehr nur Christian, der auf mich zielte, sondern auch Fabien, der die ganze Zeit sitzen geblieben war, ohne etwas zu sagen, er ließ die Dinge offenkundig laufen, wartete ab, was passieren würde, und mit einem Schlag empfand ich die beiden nicht mehr als verfeindet, sondern als unheimlich solidarisch, sagte Toussaint. Unerklärlich verbündet gegen den wahren Feind, der kein anderer war als ich, ich, der Toussaint von früher, der mit seiner Frau zurückgekehrt war, ich der Überläufer, der Verräter, und da dachte ich mit einem Schlag *das ist alles Absicht,* es ist absurd, ich sage nicht, dass es wirklich so war, nur war mir plötzlich diese Idee gekommen, *es ist alles inszeniert, die Falle ist perfekt,* wie eine Erleuchtung.

Im Übrigen war es dann Fabien, der Christians Nummer ein Ende setzte, und zwar auf eine Art, die mich verblüffte, erzählte Toussaint, auf die denkbar einfachste Art, wie ein Folterknecht, der von Anfang an nur ein Wort hätte sagen brauchen. Komm hör auf Christian, mit einer zornlosen Stimme, es reicht Christian, in einem fast wohlwollenden Ton, ohne die geringste Feindseligkeit, und Christian gehorchte sofort. Mit verblüffender Promptheit. Als hätte er von Anfang an nur auf ein Zeichen seines Bruders gewartet.

Das sind ja Irre, deine Freunde, sagte Catherine, als wir wieder gingen, denn natürlich war auch das weitere Abendessen nicht viel entspannter verlaufen, nach einer derartigen Szene war das schwerlich möglich. Zwei komplett Irre, und ich musste ihr wohl oder übel recht geben, nicht nur um mich dafür zu entschuldigen, was sie gerade hatte durchmachen müssen, sondern weil mir Fabien und Christian zum ersten Mal selbst so vorgekommen waren, sagte Toussaint. Vielleicht nicht als zwei echte Verrückte, aber als zwei Wilde, einer so gewalttätig wie der andere, bei Christian war es eine nackte Gewalt, bei Fabien war sie stets gedämpft, er hatte gelernt, mit ihr zu leben, sie zu beherrschen, nach innen zu richten, sie vergessen zu machen vor lauter Sanftheit und Sorge um die anderen, sie zu zähmen wie eine schlafende Glut, die darum jedoch nicht weniger da war, jederzeit bereit, wieder aufzuflammen. Sie schwelte in ihm, ob er es wollte oder nicht, in jedem seiner Blicke, jeder seiner Bewegungen, seiner Leidenschaften.

Toussaint lebte auf, während er von diesem Abend erzählte, er erhob zum ersten Mal die Stimme, als durchlebe er die Szene noch einmal, als erlebe er das Gefühl von Christians Gewehrlauf, der sich auf sein Gesicht richtete, unverändert wieder, das Gefühl, einem total Irren gegenüberzustehen, der in der Lage wäre, tatsächlich zu schießen.

Er lächelte.

Sie können sich nicht vorstellen, wozu Fabien uns brachte. In was für absurde Abenteuer er uns verstrickte. Zum Beispiel nahm er uns mit zu den Gitanos von Barriol, baute sich vor ihnen auf und sagte, schlagt zu.

Schlagt zu Jungs, tut euch keinen Zwang an, kommt schon.

Die aus ihrer Siesta gerissenen Gitanos schauten uns verstört an, von der Hitze benommen, sie kratzten sich am Kopf und versuchten zu verstehen.

Worauf wartet ihr schlagt zu.

Es blieb ihm nichts anderes übrig, als dem Stärksten von ihnen gegen das Schienbein zu treten, damit sie reagierten.

Schlagt schon zu, was ist los.

Die beiden Banden standen sich wie gelähmt gegenüber, wir vor Schiss zitternd und Fabien verfluchend, die Gitanos ratlos, sie schauten zu, wie ihr Chef sich vor Schmerzen krümmte, sich ächzend das Schienbein hielt. Schauten uns an, mit unseren sauberen Hosen, unseren Bürgersöhnchenvisagen. Versuchten, sich mit der Idee der Prügelei anzufreunden, der Notwendigkeit der Prügelei, ihrer Unausweichlichkeit jedenfalls, wahrscheinlich mit etwas Schrecken, natürlich weniger vor dem Kampf als davor, uns buchstäblich die Knochen zu brechen. Fragten sich wahrscheinlich, wie sie uns eine Abreibung verpassen konnten, ohne uns allzu sehr zu beschädigen.

Fabien sagte kein Wort mehr, wartete nur noch. Stand einen Meter vor uns, um sicher zu sein, dass er die Dresche als Erster abbekommen würde. Das alles nur um der Erfahrung willen, sagte Toussaint lächelnd. Ohne anderes Motiv als dieses, einfach mal sehen, denn so war Fabien, zwei Tage ohne diese Art von intensiven Gefühlen genügten, um ihn zu deprimieren, zwei Tage ohne zu *leben,* wie er sagte, zwei Tage ohne wenigstens eine heftige Freude, einen heftigen Kummer, eine heftige Lust.

Toussaint machte eine Pause, schien zu zögern. Vertraute Matt schließlich an: Nach seiner Überzeugung sei das alles kein Zufall.

Das alles, was meinen Sie damit, fragte Matt.

Toussaint schaute ihn mit einem ruhigen Lächeln an, als frage er sich, wie er seinen Gedanken aufnehmen würde, als wisse er im Voraus, wie verschieden sie beide waren, Matt eher rational, Toussaint dagegen unwiderstehlich angezogen von Symbolen, Zusammenhängen, er konnte nicht anders, als überall Zeichen zu sehen, auf Daten zu achten, sich an Zeiten, Orte, Worte zu erinnern, überall auf Echos zu lauern, fest an eine Form von höherem Willen der Dinge und der Welt zu glauben.

Ihre Nachricht am Tag seines Geburtstags, sagte er. Ihre Freundschaft mit Nel. Unsere Begegnung. Ihr Filmprojekt. Ich weiß nicht genau, es ist nur eine Intuition. Aber das ist zu viel, um Zufall zu sein. Als würde er weiter die Strippen ziehen.

Sie meinen Fabien.

Ja. Als wüsste er genau, dass wir beide hier sind, an diesem Tisch sitzen und von ihm reden. Als wäre er es, der das alles stillschweigend arrangiert hat, von da aus, wo er jetzt ist.

Matt spürte, wie er sich verkrampfte. Etwas in ihm sperrte sich: sein Unabhängigkeitswahn. Sein Widerstreben gegen jede Form von Unterwerfung. Er fand die Idee eines Fabiens, der mit ihnen spielte wie mit Marionetten, unerträglich. Er sagte, er glaube nicht an solche Dinge. Diese Worte bedeuteten für ihn nichts, *da, wo er jetzt ist*. Fabien sei tot, Punkt.

Toussaint blieb ruhig. Sah ihn mit einem sanften Lächeln an.

Ich habe nicht gesagt, dass er uns wirklich zuschaut. Einfach nur, dass die Kontinuität frappierend ist. Fabien, der früher so gesellig, so gefeiert war, der es liebte, seine Freunde um sich zu scharen, es immer irgendwie bewerkstelligte, dass sie einander begegneten, dass er sie um sich herum hatte, sie in seinem Gravitationsfeld behielt. Und wir, die wir heute hier zusammensitzen, um über ihn zu reden. Um ihn zwanzig Jahre nach seinem Tod weiter heraufzubeschwören. Uns extra dafür treffen. Mit dem Projekt, ihm einen Film zu widmen.

Diesmal war Matt still, ebenfalls irritiert. Etwas beschämt, weil er sich derart an seinen freien Willen klammerte. Er sagte ja. Ja es ist irritierend.

14

In Frankfurt war Fabien dazu übergegangen, Langstrecke zu fliegen, er war weniger oft, dafür weiter weg geflogen, verweilte länger in den Großstädten, die er liebte, schloss Freundschaften, fand Gefährten, die seinen Freiheitsdrang teilten. Ich schwöre, mein Leben lang elegant und frei zu sein – man musste zugeben, dass er Wort gehalten hatte, dass Étienne und er ein solches Leben gelebt hatten, überall da auf der Welt heimisch, wo gefeiert wurde, wo am besten gefeiert wurde, am wildesten, sie kamen nur noch nach Frankfurt zurück, um sich zu erholen, um drei Tage durchzuschlafen, bevor sie sich wieder in den Trubel stürzten.

Dann hatte die Sorglosigkeit langsam Risse bekommen. Die Angst hatte um sich gegriffen. Sie waren in ein neues Zeitalter eingetreten, das des Schreckens, des gemeinsamen Wartens, des verzweifelten Zusammenhaltens angesichts der Geißel und ihrer miesen Angewohnheit, aus heiterem Himmel ein Opfer aus der Menge auszuwählen und darauf niederzugehen, blind zuzuschlagen, die lebendigsten Freunde innerhalb von ein paar Monaten dahinzuraffen.

In New York, London, Frankfurt, überall waren immer mehr Freunde im Krankenhaus gelandet. Dann folgten die Beerdigungen. In Arles mit der zusätzlichen Unannehmlichkeit, dass die Stadt klein war. Dass sich alles binnen eines Tages herumsprach.

Er ist krank.

Diesen Satz, wie oft hatte man ihn gehört, aus wie vielen Mündern.

Er ist krank, ohne weitere Erklärung, das sicherste Mittel, um klarzumachen, dass es sich tatsächlich um das Übel handelte, an das man dachte, das verfluchte Virus mit den vier unaussprechlichen Buchstaben. Die Gerüchteküche brodelte sofort. Die Klatschmäuler arbeiteten, geiferten. Genossen auf unverständliche Weise ihr Zerstörungswerk.

Es war Josette, die Matt erzählte, wie die Seuche in der Stadt angekommen war. Er hatte sich frühmorgens zu ihr auf den Weg gemacht, überzeugt, er würde den Feldweg hinter Mas-Thibert leicht wiederfinden. Er verfuhr sich, irrte eine halbe Stunde durch die Landschaft, ehe er schließlich auf das Mas von Nels Tante stieß.

Josette wunderte sich, ihn allein zu sehen. Beinahe hätte er die Wahrheit gesagt, dass das Verhältnis zwischen Nel und ihm gerade etwas kühl war. Doch er hielt sich schließlich zurück und begnügte sich mit der nächstliegenden Erklärung, Nels Auswahlprüfungen, die am nächsten Tag begannen.

Josette erzählte ihm vom ersten Opfer der Krankheit: Der Kellner der beliebtesten Pizzeria am Ort, der eines Tages angefangen hatte zu fehlen, die Kunden, die sich wunderten, ihn nicht mehr anzutreffen, die Eltern besorgt zu sehen, und wie der Vater weniger frohgemut an seinem Ofen stand, wie die Mutter auswich, wenn man sie, während sie eine Margherita oder eine Quattro Formaggi brachte, nach ihrem Sohn fragte.

Wenn Gott will, wird er nächste Woche da sein.

Wenn alles gut geht, fängt er in zwei Wochen wieder an, nichts wäre uns lieber, wir sind völlig überlastet.

Die Wahrheit war ans Licht gekommen, wie immer alles ans Licht kam, wie immer alle Diagnosen durchsickerten, auch wenn sie im Krankenhaus von Nîmes oder in der Uniklinik von Montpellier gestellt wurden. Die Pizzeria hatte eine Weile durchgehalten, die Freunde hatten sie unterstützt, manche weniger gut informierte Gäste waren weiterhin gekommen. Dann hatte das Restaurant sich allmählich geleert, die Tische waren mittags und abends unbesetzt geblieben. Eines Morgens hatten die Passanten den eisernen Vorhang geschlossen vorgefunden, an der Tür ein Klebzettel, auf dem mit schwarzem Filzstift stand: Endgültig geschlossen. So war es monatelang geblieben, der metallene Vorhang wie eine Plane über einer Leiche, die jeden Passanten, der morgens und abends daran vorbeikam, an das stille, kollektive Verbrechen gemahnte, das die ganze Stadt gegen die geächtete Familie begangen hatte. Dann waren eines Tages Handwerker gekommen, hatten Wände eingerissen, den Raum renoviert, über die ganze Breite ein großes Schaufenster eingebaut, durchsichtig, neu, modern. Und das Leuchtschild eines Optikerladens darübergehängt: LA GÉNÉRALE D'OPTIQUE.

Josette hatte gesehen, wie die Sorge langsam um sich griff, wie die Fälle sich mehrten, wie die Krankheit plötzlich manche Freunde aus der Clique traf, sie angriff, sie auszehrte. Eines Abends während eines Festes hatten Fabien und die anderen plötzlich Sanzio auf der Höhe auftauchen sehen. Sanzio, von dem alle dachten, er sei in Aix, in Paris, in Italien.

Es war nach Mitternacht, das Fest war in vollem Gang, manche tanzten, andere unterhielten sich einfach auf der Terrasse oder am Fenster des blauen Zimmers. Eine Schallplatte drehte sich auf dem Teller. Und plötzlich hatte der venezianische Junge dagestanden, eingezwängt in eine atemberaubend enge Hose, dazu ein weißes Hemd, das die Blässe seines Gesichts noch verstärkte. Die Stimmen waren verstummt, die Blicke an seinen eingefallenen Wangen hängen geblieben, an seinen Augenringen, seinen unglaublich abgemagerten Armen, seinem schon immer dünnen Körper, der jetzt kaum mehr als vierzig Kilo zu wiegen schien.

Er hatte die einen und die anderen umarmt, sich ein großes

Glas Côtes du Rhône eingeschenkt, war von einer Gruppe zur nächsten geglitten, ohne aufzuhören zu reden, damit man ihn nichts fragte, lachend, rauchend, seinen Husten unterdrückend, so gut es ging, einen tief in der Lunge sitzenden Husten, der ihn jedes Mal vor Schmerzen das Gesicht verziehen ließ.

Am Ende des Abends hatte Fabien ihn beiseitegenommen, ihn geschüttelt, ihn in die Arme geschlossen.

Sanzio es geht dir nicht gut du kannst nicht so weitermachen.

Sanzio hatte gelächelt mit seinem Kindergesicht, mit seinem Gesicht eines seit jeher kranken Kindes, wie Fabien dachte, er hatte seinen Freund die blonden Locken zurückstreichen lassen, um seine Züge freizulegen, die Züge eines großen Pierrots, ausgehöhlt von Müdigkeit und Schmerzen.

Du musst mir schwören, dass du morgen diesen Test machst, Sanzio, hörst du.

Sanzio hatte geschworen.

Bald darauf hatte er angerufen, um zu sagen, dass der Befund positiv war. Dass man ihm noch zwei Monate zu leben gab.

Komm her, hatte Fabien erschüttert gesagt. Lass uns zusammen etwas trinken, damit wir uns ein bisschen sehen.

Am anderen Ende der Leitung war Sanzio still geblieben.

Komm ein paar Tage mit Étienne und mir mit, um auf andere Gedanken zu kommen, wir fliegen, wohin du willst, nach Lissabon, nach Florenz, oder nach Venedig, wir schauen uns dein Venedig an, wo wir nie zusammen gewesen sind, wirklich unglaublich.

Sanzio hatte Fabien gedankt, hatte abgelehnt.

Verreise mit mir allein, wenn es dir lieber ist, ich bitte Étienne, nicht mitzukommen.

Nein Fabien. Du bist ein Schatz, aber nein. Ich will nicht. Verstehst du, ich will nicht. Ich werde zu meiner Schwester gehen. Ich werde ihr helfen, etwas Zeit mit ihren Kindern verbringen.

Er war verschwunden. Hatte Fabien und den anderen die letzten Wochen seines Lebens entzogen. Wollte nicht, dass sie sahen, wie er weiter abnahm, vom Fleisch fiel, unkenntlich wurde.

Nein, ihr, die ich geliebt habe, deren Körper ich an meinen gedrückt habe, ihr werdet mich nicht bemitleiden. Nein ihr werdet nicht sehen, was aus mir geworden ist.

Fabien hatte ein paar Tage nach Neujahr von seinem Tod erfahren, ohne ihn wiedergesehen zu haben. Ohne dass er sich anders von ihm hätte verabschieden können als durch die Umarmung auf der Terrasse an jenem Abend. Ohne noch andere Worte aus seinem Mund gehört zu haben als: Ich schwöre es dir. Ich schwöre es dir, Fabien, gleich morgen früh gehe ich los, um mir die Bestätigung zu holen, dass ich erledigt bin, dass der Tod tatsächlich dabei ist, mich zu zerfressen, dass es in mir drinnen vorbei ist.

Kurze Zeit später hatte bei Fabien das Telefon geklingelt: Sanzios Nichte, die ihn aus Rouen anrief, wo sie mit ihrer Mutter lebte.

Sie sagte, sie wolle kommen. Die Stadt kennenlernen, in der ihr Onkel gelebt hatte. Am folgenden Wochenende war sie mit dem Zug angereist. Fabien hatte sie aussteigen sehen, gerade mal fünfzehn Jahre alt, munter, lebendig. So brünett, wie Sanzio blond gewesen war, aber mit dem gleichen Schalk in den Augen, der gleichen schlanken, ungelenken Gestalt, den gleichen fast störend langen Armen.

Fabien hatte sie in den Arm genommen und sehr fest gedrückt. Sie hatten auf der Höhe zu Mittag gegessen, unter der Laube. Am Nachmittag hatte er sie in die Kirche begleitet. Hatte ihr von der Messe für Fine erzählt, von dem Moment, als Sanzio vor allen Leuten aufgestanden war, fast noch ein

Kind, schön und schmal wie ein Gondoliere von Carpaccio, und sich vorn auf die Stufen gestellt hatte. Von der Monteverdi-Arie, die er gesungen hatte.

An diesem Tag hatten Fabien und das junge Mädchen zusammen zu Abend gegessen wie ein Vater und seine Tochter, waren danach in ein kleines Kino gegangen, das Sanzio über alles geliebt hatte, sein Stammkino, wie Fabien zu dem Mädchen sagte. Am nächsten Tag hatte er sie wieder in den Zug gesetzt und ihr nachgeschaut, als sie abfuhr, ihm durchs Fenster winkte und dankte, dieses fünfzehnjährige Mädchen.

Dann war es näher gerückt.

Als habe das Schicksal sie lange umkreist, ohne sie zu sehen, und nun plötzlich bemerkt, dass sie da waren, als habe es auf einmal entdeckt, dass sie unerklärlicherweise noch verschont geblieben waren.

Sie hatten es gemeinsam erfahren, an einem Dezembermorgen in Frankfurt.

Étienne positiv.

Fabien positiv.

Wie nicht anders zu erwarten, meinte Josette. Es war logisch, dass sie es waren, nicht wahr, das gaben sie selbst als Erste zu.

Sie waren aus der Praxis herausgekommen, hatten sich auf die erstbeste Restaurant-Terrasse gesetzt, hatten zwei Gläser Wein bestellt. Um sie herum wimmelte das Frankfurter Geschäftsviertel von Leben, es war um die Mittagszeit. Der Himmel war weiß, das Licht trotz der Wolken gleißend, die Marmorplatten unter ihren Füßen glänzten. Sie saßen erst lange schweigend da, schauten den Leuten zu, die kamen und gingen. Betrachteten ihre Augen, die mit Schauen, ihre Körper, die mit Spüren beschäftigt waren. Vielleicht trugen manche eine Nachricht mit sich herum, die derjenigen glich, die sie gerade erhalten hatten, vielleicht hatten sie gerade einen

Angehörigen verloren oder würden es bald tun, vielleicht müssten sie selbst bald sterben. Die meisten jedoch waren kerngesund, hatten noch ein langes Leben vor sich, würden noch lange Freude haben an ihren gesunden Organen, an ihrem jungen Herzen, am kraftvollen Blut in ihren Venen und Arterien. Schließlich hatte Étienne sein Glas erhoben.

Na dann, auf diese verdammte Krankheit.

Sie hatten sich gefreut, worüber sie konnten: darüber, dass sie es frühzeitig erfuhren, dass die Werte noch niedrig waren, dass das Virus noch keine großen Auswirkungen auf ihren Alltag hatte. Über das Schicksal, das wollte, dass sie es beide hatten und nicht nur einer von ihnen.

Sie waren wieder öfter nach Arles gekommen.

Josette hatte sie hin und wieder gesehen, immer gut in Schuss. Man hätte glauben können, dass es nicht stimmte, dass das Labor sich getäuscht hatte, diese ganzen Test- und Virusgeschichten nichts als Humbug waren.

Und dann hatte Étienne eines Tages in einem Frankfurter Bus einen Anfall erlitten. Es sah aus wie ein Infarkt. Man hatte ihn ins Krankenhaus gebracht und untersucht. Der Arzt hatte ihnen die Ergebnisse mit sanfter Stimme mitgeteilt, das Licht ergoss sich durch die Fensterfront über sein Gesicht, über die makellos weißen Wände ringsum. Die Befunde waren nicht gut. Étienne ging es schlecht. Binnen ein paar Wochen waren die Werte eingebrochen.

Sie hatten in der Krankenhaus-Cafeteria einen Kaffee getrunken, inmitten der Currywurstdünste und der bunten Flecken der Salate in den Kühltheken. Hatten beschlossen, sofort drei Wochen Urlaub zu nehmen. Sie in Ruhe gemeinsam auf der Höhe zu verbringen.

Josette hatte sie eines Nachmittags bei der Pferdemesse im Kongresspalast wiedergetroffen, einer Veranstaltung, auf die weder Fabien noch sie je einen Fuß gesetzt hatten. Sie hatte sich durch die Menge geschlängelt, die sich zwischen den Ständen drängte, unter den von der Decke hängenden Girlanden und den Lautsprechern, die unablässig die letzten Schnäppchen bewarben. Sie war eine gute Stunde lang durch die überfüllten Gänge geirrt, hatte vergeblich nach ihnen Ausschau gehalten und sich gefragt, was sie da eigentlich machte und ob sie den von Fabien vorgeschlagenen Treffpunkt richtig verstanden hatte.

Schließlich hatte sie sie gesehen, sie saßen mit zwei Freunden an einem Plastiktisch in der Cafeteria, zu viert allein inmitten dieses Trubels, gewiegt vom Getöse rings um sie herum, wie in einer Art Zeitblase, reglos vor ihren Gläsern. Étienne augenscheinlich erschöpft, das Gesicht eingefallen, Fabien bemüht, die Stimmung am Tisch aufzulockern mit lauten Späßen, die Étienne seinen nahen Tod zwar nicht vergessen ließen, ihm aber immerhin den Trost boten, einen liebenden Mann an seiner Seite zu spüren, der zu allem bereit war, um ihm noch ein wenig Glück zu schenken.

Sie hatten Josette gesehen und waren aufgestanden, um sie zu begrüßen, zu umarmen, um ihr Platz zu machen, ihr die beiden Freunde an ihrem Tisch vorzustellen, Numa und Félix. Als sie den Vornamen hörte, hatte Josette Numa angeschaut, den Schulfreund von Fabien wiedererkannt, der all die Jahre in Arles geblieben war, hatte gelächelt, als sie spürte, dass auch er sie trotz der gut zwanzig verflossenen Jahre wiedererkannte.

Wie gehts Numa.

Und Ihnen Josette.

Numa war gealtert, daran war nichts Erstaunliches. Seine Haare waren kürzer, fast kahl geschoren. Aber er sah gut aus. Nach der Schulzeit hatten sich Fabien und er weiter hin und wieder getroffen, stets allein, ohne Étienne oder Félix. Erst jetzt stellten sie einander ihre Lebensgefährten vor.

Hier an diesem Plastiktisch, hatte Fabien lachend gemeint. In dieser fürchterlichen Cafeteria.

Sie hatten gelacht, Félix lauter als die anderen, mit einem Lachen, das in einen heftigen, nicht-enden-wollenden Hustenanfall überging, der die anderen die Augen niederschlagen ließ, und Josette verstand, dass auch er fast am Ende war. Sie hatte sie angeschaut, alle vier an diesem Tisch, und es war ihr ins Auge gesprungen, dass sie in der gleichen Situation waren, sie sind am gleichen Punkt, hatte sie voller Schrecken gedacht, sie durchleben genau dasselbe. Stecken von morgens bis abends in derselben Traurigkeit in derselben Anstrengung, trotz allem aus jedem Tag einen schönen Tag zu machen, obwohl sie alle vier Bescheid wissen, keine Illusionen haben, keinerlei Hoffnung mehr. Die Resignation in ihnen jeden Tag größer, und auch wenn Fabien und Numa nach außen hin nichts davon zeigen, denken sie doch unablässig daran, sie bereiten sich einer wie der andere vor, versuchen sich an die Idee zu gewöhnen, dass Étienne und Félix bald tot sein werden, bald werden sie nicht mehr da sein, diesen unerträglichen Gedanken versuchen sie einer wie der andere zu zähmen, ihn jeden Tag weniger unerträglich werden zu lassen, weniger unmittelbar gleichbedeutend mit dem Drang, sich auf den Boden zu legen und einfach zu sterben.

Sie hatte sich gefragt, ob die beiden Paare sich bewusst hier verabredet hatten, ob sie ihr Wiedersehen absichtlich in einer Cafeteria voller Plastik organisiert hatten. Doch im weiteren Gespräch hatte sie begriffen, dass dem nicht so war, sie hatten einfach nur die gleiche Idee gehabt, waren auf den Gedanken verfallen, ein paar Schritte zu gehen bis zu dieser Pferdemesse, auf der keiner von ihnen vieren je gewesen war, diese Pferdemesse, die ein völlig absurder Rahmen war für die letzten Tage von jemandem, der sterben wird, wie Félix lachend meinte, wirklich der allerletzte Ort, wo man selbst bei bester Gesundheit hingehen wollte, und wahrscheinlich war es genau das, was sie alle vier dorthin gezogen hatte, der Umstand, dass dorthin zu gehen bedeutete, dass man am Leben war: etwas zu tun, das kein Sterbender mit einer Spur von Verstand getan hätte.

An diesem Tag hatten sie kein Wort über die Krankheit verloren, hatten lediglich festgestellt, dass es ihnen fünfen gar nicht so schlecht ging inmitten dieser Messe, trotz der Menschenmenge und des Geruchs nach Pferdemist, oder vielleicht gerade wegen des Geruchs nach Pferdemist, hatte Félix gescherzt und den ganzen Tisch damit zum Lachen gebracht, die euphorisierenden Tugenden des Stallgeruchs, hatte er ausgerufen wie ein Marktschreier, und sie hatten alle fünf gelacht, und auch die Tugenden von Josette, hatte Fabien gesagt und sein Glas auf die Gesundheit seiner Tante erhoben, wir müssen einmal alle zusammen zu Abend essen, hatte er noch hinzugefügt und darauf angestoßen, und alle hatten Beifall geklatscht, nur Numa war still geblieben und die vier anderen hatten gesehen, dass er schwieg, hatten verstanden, warum, und sofort einer nach dem anderen aufgehört zu lachen, und da hatte Numa sich zusammengerissen und gesagt, natürlich, gute Idee, lasst uns das organisieren, warum nicht gleich nächste Woche.

Drei Monate waren vergangen, dann war Étienne gestorben, kampflos oder fast, gefügig, als habe er von Anfang an gewusst, dass es sinnlos war zu kämpfen, als habe er sich schon lange damit abgefunden zu gehen. Josette erzählte von seinem schnellen Ende, davon, wie Fabien sich um ihn gekümmert hatte, bis zum Schluss an seiner Seite, bis zum letzten Tag bemüht, ihm so viel Liebe zu schenken, wie er nur konnte.

Kurz nach der Beerdigung hatte Fabien Josette im Mas abgeholt und mit nach Cassis genommen, wo Étienne und er ein Jahr zuvor eine Villa gekauft und zu renovieren begonnen hatten. Sie wollten unter anderem die Terrasse vergrößern, um mehr Freunde empfangen zu können. Sie waren zwei Stunden über die Baustelle gewandert, Fabien hatte ihr jeden Raum, jeden Winkel des Gartens gezeigt, im Detail von den Verschönerungsideen erzählt, die er mit Étienne hatte, alles in der Vergangenheitsform, die Villa stand in den Maklerbüros der Stadt schon zum Verkauf – hier war eine Laube vorgesehen, da sollten zwei Glyzinien hin, dort ein Tonkübel mit einem Olivenbaum, dort ein Grill neben einer Minibar. Das Meer lag unbewegt unter ihnen. Das Meer, golden wie ein glitzernder Fisch, riesig, geschmeidig.

Fabien war noch eine Weile in Arles geblieben, um sich auszuruhen, bevor er nach Frankfurt zurückkehrte.

Eines Morgens hatte er Numa wiedergetroffen. War zufällig auf ihn gestoßen, an einem Wochentag auf dem winterlichen Boulevard des Lices mit seinen nackten Platanen. Fabien hatte Numa von Weitem erkannt, er kam ihm entgegen, auf der gleichen Straßenseite. Numa, dessen Gestalt ihm ungewöhnlich klein vorgekommen war auf dem zu breiten Gehweg, ungewöhnlich zerbrechlich, zart – bis er plötzlich begriffen hatte, warum: Numa war allein. Auch er allein in der Kälte. Sie waren auf dem eisigen Gehweg stehen geblieben und hatten einander angeschaut, traurig, unfähig, irgendetwas zu sagen. Gezwungen, die Verluste zu konstatieren, einzugestehen, dass es wahr war, diese verdammte Krankheit tötete wirklich. Unfähig, etwas anderes zu tun, als einander in den Arm zu nehmen, beide amputiert, einer so arm wie der andere.

Das alles erzählte Josette ohne Unterbrechung, sie spulte ihren Bericht bis zum Ende ab. Als sie fertig war, dankte ihr Matt. Sagte ihr, es sei schade, dass Nel nicht da war.

Ich habe gesagt, dass er seine Prüfungen vorbereiten muss, das ist auch keine Lüge, sie finden morgen statt. Aber die Wahrheit ist, dass er mich nicht mehr begleiten mag.

Josette lächelte sanft.

Vielleicht hat er Ihnen schon alles gesagt, was er sagen konnte. Es ist schließlich Ihr Film, nicht seiner.

Matt betrachtete Josette und ihre wachen Augen. Josette, die sich ihr Leben lang um andere gekümmert hatte. Die über Fabien und Christian gewacht hatte, als sie Kinder waren. Die sich um Étienne und Fabien gekümmert hatte, als sie krank wurden. Die sich um alle toten Ahnen seit Hilarion kümmerte, indem sie ihnen ihren Platz in den Zweigen des großen Baumes zuwies, der an der Wand hing. Die sich jetzt um einen zwei Meter großen Engländer kümmerte, doppelt so schwer wie sie, und ihn beruhigte wie ein Kind.

Am Nachmittag traf Matt vor der Schule Marie. Sie kam auf ihn zu, während sie auf die Kinder warteten.

Hey Matt. Wie geht es bei euch.

Matt lächelte.

Alles in Ordnung. Den Kindern geht es gut.

Marie sah ihm in die Augen.

Und den Eltern.

Matt zuckte mit den Schultern.

Warum sollte es den Eltern nicht gut gehen. Bei den Eltern auch alles in Ordnung.

Sie schaute ihn amüsiert an, als wäre er ein schmollendes Kind. Mit einem Ausdruck, als wisse sie genau Bescheid.

Nels Auswahlprüfungen sind doch morgen, oder?, fragte Matt.

Morgen die schriftliche, übermorgen die mündliche.

Sag ihm, dass ich an ihn denke.

Marie lächelte, gab ihm einen Klaps auf die Schulter.

Es wird schon wieder, mach dir keine Sorgen.

Ich mach mir keine Sorgen.

Ladet uns zu euch ein. Macht irgendwas am Wochenende. Er wird kommen. Ich kenne ihn, er wird kommen.

Es klingelte, die Kinder kamen herausgelaufen. Victor warf sich gegen Matts Beine. Marie schnappte sich Carmen und Iris. Ging winkend davon.

Tu, was ich dir sage, ich bin mir meiner Sache sicher.

Am Abend rief Malika an, um Nel und Marie am Samstag mit den Kindern zum Mittagessen einzuladen. Sie fand Maries Stimme am anderen Ende der Leitung seltsam. Sie fragte, ob etwas passiert sei. Marie seufzte.

Es ist wegen Nel. Dieser große Trottel von Nel. Er hat sich vertan. Die schriftliche Prüfung war heute. Das CNRS hat ihn heute Nachmittag angerufen und gefragt, warum er nicht da war.

Malika schnaubte ins Telefon.

Und was passiert jetzt. Ist die Sache damit gelaufen?

Sie haben ihm zuerst gesagt, er sei aus dem Rennen. Dann haben sie noch mal angerufen, um zu sagen, doch nicht. Die Kommission hat sich beraten und beschlossen, dass er morgen zur Mündlichen antreten darf. Er hat nur null Punkte im Schriftlichen.

Null Punkte. Scheiße.

Das kannst du laut sagen.

15

Dann war Fabien an der Reihe gewesen.

Er hatte die ersten beunruhigenden Befunde bekommen und verstanden, was sie bedeuteten, er war sich selbst treu geblieben und hatte nicht versucht, sich etwas vorzumachen, hatte im Gegenteil die Konsequenzen daraus gezogen, ein paar letzte Angelegenheiten in Frankfurt geregelt, die Fluggesellschaft informiert, die mit Étienne erworbene Wohnung verkauft, sich von zwei oder drei Freunden verabschiedet. Dann hatte er seine verbliebenen Habseligkeiten in sein Auto geladen und war in einem Zug nach Arles gefahren. Tausendzweihundert Kilometer, ohne einmal haltzumachen, um sich dort auf der Höhe zu verschanzen, wie man sich im letztmöglichen Gefechtsstand postiert, weniger in der Hoffnung, der unaufhaltsamen Invasion zu widerstehen, als vielmehr um sich zumindest den Ort auszusuchen, an dem einen der Tod ereilen würde, den Schutzwall, von dem aus man ihn würde ankommen sehen.

Er hatte seine Vorkehrungen für die Belagerung getroffen, hatte sich wieder im blauen Zimmer eingerichtet, zwischen den Büchern und Platten seiner Jugend, hatte André und Réa angerufen, vorgeschlagen, dass Réa zurückkommen könnte, um bei ihm zu sein. Damit wir das zusammen durchleben, hatte er gesagt, und mehr hatten seine Eltern am anderen Ende der Leitung nicht zu hören brauchen. Réa war binnen drei Tagen da gewesen, hatte ihre Sachen auf das Bett gelegt, das im ersten Stock für sie bereitstand, ruhig, ernst wie Soldaten am Abend vor einem Angriff, der der Hälfte von ihnen das Leben kosten wird. Beide bereit für die letzte Prüfung. Seit Langem innerlich vorbereitet auf dieses absehbare Wiedersehen, auf diese gemeinsame Zeit, von der sie seit der Nachricht von Fabiens Krankheit wussten, dass sie ihnen bevorstand, dass sie sich ihr nicht entziehen könnten und auch nicht wollten, dass sie im Gegenteil darauf Wert legen würden, sie zusammen zu verbringen.

All das wusste Matt nun, er konnte es rekonstruieren, indem er die Erzählungen von Josette, Nel und Toussaint zusammenführte. Das war die Zeit, von der ihm Nel am meisten erzählt hatte, gleich bei ihren ersten Treffen: Fabiens letzte Monate. Die Freude, die er paradoxerweise empfunden hatte, als er hörte, dass sein Cousin wieder auf der Höhe einzog, bei der Vorstellung, dass er wieder da war, dass er ständig für ihn verfügbar wäre, nur eine knappe Autostunde von Montpellier entfernt, nach all den Jahren, in denen er ihn nur noch an ein oder zwei Abenden im Jahr getroffen hatte.

Fabien hatte noch nicht viele Symptome, er war nur müde. Nel hatte angefangen, ihn mehrmals die Woche zu besuchen, mit Feuereifer, ohne sich darum zu kümmern, dass er krank war, dass Fabiens Leben vielleicht dem Ende zuging, dass sein Cousin drauf und dran war abzutreten. Er konnte es einfach nicht glauben. Diese Idee, *Fabien wird bald tot sein,* war ganz einfach undenkbar, absurd, sie drang nicht bis zu seinem Bewusstsein vor und konnte erst recht keine Sekunde lang ernst genommen werden, so hatte er es Matt erzählt.

Cousin Fabien, es ist mir scheißegal, ob ich dich anstrenge, ob du dich schwach fühlst, ob ich dich lieber schlafen lassen sollte, es ist mir alles scheißegal, ich muss einfach die Gelegenheit nutzen, dass du da bist, dass du mir alles Mögliche erzählen kannst, und er verlangte mit solcher Gier danach, dass Fabien nicht umhinkonnte zu lächeln. Wahrscheinlich dachte er ungefähr, der Junge ist verrückt, er hat keinerlei

Realitätssinn, er redet mit mir, als hätte ich noch fünfzig Jahre zu leben, und er freute sich daran, er genoss diese Unbekümmertheit wie ein Geschenk, das schönste Geschenk, das Nel ihm machen konnte, auch wenn es ihm nicht bewusst war, oder vielmehr gerade weil es ihm nicht bewusst war.

Nel war zu seinem Lieblingsbesucher geworden, der, dessen Klingeln im Erdgeschoss er am liebsten hörte, dessen Schritt auf der Treppe für ihn am leichtesten klang, denn er versprach einen angenehmen Moment. Nel war seit Jahren nur noch im Juli und August auf die Höhe gekommen, in den zwei Monaten, die André und Réa in Frankreich verbrachten, hatte das Haus nur noch betreten, um eine leere Platte oder Schüssel in die Küche zu stellen, bevor er sich wieder an den Tisch auf der Terrasse setzte.

Jetzt stieg er jeden Tag in den ersten Stock hinauf, ging in Andrés Arbeitszimmer ein und aus, öffnete die Schubladen voller Schmetterlinge, so oft er wollte. Er fand Fabien geschwächt, aber munter vor, staunte, ihn immer so voller Schwung, voller Humor zu sehen. Dann ging er erleichtert, fast optimistisch wieder.

Denn warum sollte er sterben. Warum sollten diese Unglücksärzte recht behalten, warum sollte diese verdammte Wissenschaft, die nie irgendetwas gewusst hat, die Wahrheit sagen. Warum könnte es nicht noch Monate, noch Jahre so weitergehen, da er noch immer er ist, da er doch da ist, wenn man ihn besuchen kommt, er und kein anderer, mit seinem Lächeln, seiner Sanftheit, seiner Art, einem die Hände zu nehmen, wenn man ankommt, und sie dann lange festzuhalten, wie er es immer getan hat, wie er es immer tun wird.

Nel hatte Matt von den Besuchen bei Fabien erzählt, bei denen er Reproduktionen von Gemälden mit ihm betrachtet hatte, Kunstbücher, Platten, Postkarten von fernen Städten. Bei denen er die Fragen seines Cousins über seine

Liebesgeschichten, seine Freundschaften, seine Sehnsüchte beantwortet hatte.

Und Juliette.

Was Juliette.

Wie läuft es mit ihr. Und das Wichtigste: Liebst du sie.

Nel seufzte. Ich liebe sie aber ich mache sie fertig.

Wie das.

Ich will zu viele Sachen machen, ich bin zu aufgekratzt, das findet sie anstrengend.

Fabiens Protest darauf, aber es ist gut, für andere anstrengend zu sein. Anstrengende Leute braucht man im Leben. Sei so anstrengend, wie du nur kannst.

Eines Tages war Nel kaum angekommen, da war es ganz von allein aus ihm herausgebrochen.

Ich möchte Fotograf werden.

Diesen Satz hatte er noch nie zu irgendjemandem gesagt. Hatte ihn noch nie auch nur so klar gedacht.

Aber machst du denn Fotos?

Mit Juliettes Kamera.

Nel hatte ihm erzählt, wie es dazu gekommen war. Angesichts von Juliette, die immer mit einer alten, von ihrem Vater geerbten Nikon herumlief und Gegenstände oder Gebäude knipste, die zu fotografieren ihm nicht in den Sinn gekommen wäre. Wie er angefangen hatte, sich ihre Kamera auszuleihen, die Gelegenheit zu nutzen, wenn sie bei der Arbeit war, um seinerseits loszuziehen, mal in die Innenstadt, mal weiter weg, an den Stadtrand, um ganze Nachmittage inmitten der Wohn- oder Industrieviertel zu verbringen und filmeweise Bilder heimzubringen. Eines Tages hatte er auf einem Trödelmarkt ein komplettes Fotolabor gefunden, mit allem Zubehör, Lampen, Vergrößerungsgerät, Tanks, Schalen, Spiralen, Leuchttisch, Schneidemaschine. Er hatte die Dunkelkammer im Badezimmer aufgebaut, gelernt, damit umzugehen, das Vergrößerungsgerät zu bedienen, die Entwicklungsbäder zu dosieren, die Zeit zu stoppen, das richtige Papier auszusuchen, die Abzüge im Wohnzimmer auf eine Wäscheleine zu hängen.

Langsam, aber sicher war Juliettes Kamera in seine Hände übergegangen, war Nels Kamera geworden, ohne dass einer der beiden dies beschloss oder sich dessen bewusst wurde, es war einfach nur so, dass Nel zu ihrem Hauptbenutzer, bald zu ihrem ausschließlichen Benutzer geworden war, Juliette rührte sie nicht mehr an, verspürte nicht mehr die geringste Lust zu fotografieren, wurde gegenüber dem Akt des Fotografierens so gleichgültig, als hätte sie sich nie daran versucht. Entwickelte schließlich sogar eine Abneigung dagegen, mitsamt allem, was auch nur entfernt mit Fotografie zu tun hatte, das heißt mindestens die Hälfte aller Sachen, die Nel in der Wohnung herumliegen ließ.

Aber Fotograf werden ist schwierig, oder, hatte Nel Fabien gefragt.

Was meinst du mit schwierig.

Es gibt viele, die es probieren, wenige, die es schaffen.

Wenige, die davon leben, meinst du.

Ja.

Daran darf man nicht denken.

Fabien hatte ihn angeschaut.

Hör gut zu, was ich dir jetzt sage. Wenn man im Leben etwas wirklich will, bekommt man es am Ende immer. Du wirst sehen, es stimmt.

Noch in der gleichen Woche war Nel in Montpellier auf einen Aushang gestoßen, der die nächsten Vorlesungen im Auditorium der Universität ankündigte. Nomadismus und Sesshaftigkeit bei den kirgisischen Hirten am Songköl-See. Vortrag von Odile Journet-Pingeard. Er hatte in einer Enzyklopädie nachgeschlagen, wo Kirgisistan lag. Die Beschreibung des Landes gelesen: 2750 Meter mittlere Höhe. Höchster Berg:

Pik Pobedy, 7439 Meter. Viehzucht: Stuten, Schafe, Ziegen, Yaks. Währung: Som. Nationalgetränk: Kumys, vergorene Stutenmilch.

Er war fünf Minuten vor Beginn da gewesen, das Auditorium war spärlich besetzt, ein Dutzend Hörer saßen in den Reihen verteilt. Eine energische, dunkelhaarige kleine Frau erzählte eine Stunde lang von den Jahren, die sie dort unter den Hirten verbracht hatte, an den Grenzen Chinas und Tadschikistans.

Am Ende war Nel vorgegangen, um ihr zu danken. Sie hatte gefragt, ob er Ethnologie studiere.

Nein, Mediathekswesen.

Und du interessierst dich für Kirgisistan.

Bevor ich herkam, wusste ich nicht mal, dass es das gibt.

Was suchst du dann hier, hatte die Frau lächelnd gefragt.

Ich weiß nicht, ich habe die Ankündigung gesehen und mich angezogen gefühlt. Jedenfalls ist es komisch, Sie haben lauter Sachen erzählt, die mich an die Schaftriebe mit meinem Vater und meinem Onkel erinnern.

Dein Vater und dein Onkel sind Schäfer.

Früher waren sie das. Mein Großvater auch schon.

Du kommst aus einer Schäferfamilie. Deshalb also bist du hier.

Vielleicht, hatte Nel gesagt, Sie haben recht.

Und woher kam denn dein Großvater.

Aus einem Dorf in den Alpen. Colmars.

Colmars-les-Alpes, hatte die Frau gesagt. Da oben habe ich auch Schaftriebe mitgemacht. Im Lance-Tal. Am Lac d'Allos. Welche war ihre Hütte, die Cabane des Juges?

Nel hatte große Augen gemacht.

Die daneben: Méjanes.

Die Frau hatte gelacht.

In der Cabane de Méjanes habe ich mal geschlafen. Kann sogar sein, dass ich deinen Onkel und deinen Vater begleitet habe. Ethnologe ist man nicht nur am anderen Ende der Welt. Ich habe auch lange in Frankreich Feldforschung betrieben.

Die Frau wohnte inzwischen in den Pyrenäen. Richtung Ossau-Tal.

Die Schaftriebe dort sind auch schön. Es sind andere Schafe, aber es ist schön. Du müsstest mal kommen.

Sie hatte ihm ihre Karte gegeben. Odile Journet-Pingeard, Ethnologin, Musée de l'Homme, Abteilung Natur und Gesellschaften, Paris.

Als Nel wieder auf die Höhe gekommen war, hatte er Fabien und Réa ungewöhnlich fröhlich vorgefunden, von einer Begeisterung erfüllt, die ihn zuerst fast beunruhigt hatte. Dann hatte er verstanden: Eines Tages nehme ich dich mit nach Buenos Aires, hatte Fabien immer zu seiner Mutter gesagt. Eines Tages zeige ich dir diese Stadt, die ich über alles liebe, ich nehme dich mit ins Teatro Colón, ich führe dich auf den Friedhof La Recoleta zum Grab von Evita Perón, und nach Palermo, da werden wir den ganzen Nachmittag im Duft von gebrannten Mandeln und Churros mit Milchkonfitüre den Polospielern zuschauen.

An diesem Morgen hatten sie beschlossen, es zu tun. Fabien hatte bei der Lufthansa angerufen, zwei First-Class-Flüge gebucht.

Sie waren aufgebrochen. Hatten zehn Tage lang frische Luft und Weite getankt, waren kreuz und quer durch die Pampa gefahren, hatten Rumpsteaks gegessen, in der Oper Bellini und Massenet gehört.

Sie waren glücklich und traurig zugleich zurückgekommen. Nel fand, dass Fabien abgemagert war, vielleicht wegen der Anstrengung der Reise, vielleicht auch einfach, weil er ihn so lange nicht gesehen hatte und plötzlich die Entwicklung wahrnahm, die er sonst wegen der Häufigkeit seiner Besuche nicht bemerkte. Etwas Neues in den Augen, etwas

Ernüchtertes, Dunkles. Als hätten Réa und er mit dieser allzu schönen Reise ihre letzte Karte ausgespielt, ihre letzte Einspruchsmöglichkeit genutzt, bevor die Dinge ihren unausweichlichen Gang nahmen.

Bald hatte Fabien das Bett hüten müssen. Seine Mittagsschlafzeiten waren immer länger geworden, wollten schließlich gar nicht mehr enden. Die Besuche hatten zugenommen, es waren immer mehr Freunde vorbeigekommen, sogar die aus Deutschland und Italien nahmen eine Reise oder ein Familienfest zum Vorwand, um ihn umarmen zu kommen, um mit ihm zu schwatzen, nach Kräften bemüht, sich nicht besorgt zu zeigen.

Es nicht wirken zu lassen wie ein letztes Mal.

Bloß nicht den Eindruck zu erwecken, sie seien gekommen, um sich von ihm zu verabschieden, nicht erschüttert zu erscheinen. Nicht wie alte Freunde auszusehen, die gekommen waren, um ihrem sterbenden Bruder Adieu zu sagen, und den Schlag voll ins Gesicht bekamen, seine erschreckende Magerkeit, sein Teint, der dem der Toten in der Malerei immer ähnlicher wurde, sein stockender Atem, seine Anstrengung bei jedem Luftholen, damit sein Brustkorb sich weiter hob, auch um den Preis heftiger Hustenanfälle und stechender Schmerzen.

Plötzlich mit seinem bevorstehenden Tod konfrontiert und gezwungen, den Schock wegzustecken und dabei weiter munter zu wirken, vom nächsten Sommer zu reden, von den nächsten Ferien, von Festen, die in einem halben Jahr, in drei Wochen, am nächsten Wochenende geplant waren.

Und natürlich scheiterten sie. Natürlich schien in jeder Sekunde durch, was sie wirklich dachten: dass sie ihn nicht mehr wiedersehen würden. Dass er für sie schon so gut wie tot war. Dass sie kamen, um sich von ihm zu verabschieden, um ihn ein letztes Mal zu sehen, ein letztes Nachmittagsstündchen mit ihm zu verbringen im blauen Zimmer von früher.

Sie hielten ihre Gefühle zurück, bis sie die Tür hinter sich wieder schlossen und die Treppe hinuntergingen, und wenn sie dann sicher waren, dass er sie nicht mehr hörte, brachen sie zusammen. Fielen schluchzend in Réas Arme.

Nel erzählte von einer Erinnerung, die ihm als eine der ersten wieder eingefallen war. Diese Szene, an die er seitdem immer wieder hatte zurückdenken müssen. Wie er eines Abends ins Mas heimgekommen und auf die sture Gestalt seiner Großmutter gestoßen war.

Hast du dir wenigstens gut die Hände gewaschen.

Die Stimme der alten Frau, ängstlich, misstrauisch.

Hast du sie desinfiziert.

Sie hatte an der Tür auf ihn gewartet, um ihn abzufangen.

Nel hast du dir die Hände gut gewaschen und desinfiziert, antworte mir.

Er zuckte mit den Schultern.

Kann dir doch egal sein, Oma, du weißt doch, dass das so nicht übertragen wird.

Woher willst du das wissen.

Das ist bewiesen.

Das ist bewiesen, ach so, bist du jetzt vielleicht Wissenschaftler.

Sie ließ nicht locker, bis er schließlich zum Waschbecken ging, damit sie Ruhe gab, sich die Hände mit Desinfektionsmittel einrieb, den stechenden Geruch in seiner Nase spürte, den Wasserhahn aufdrehte, um sich abzuspülen.

Das ist bewiesen, das weiß alle Welt.

Ach und du glaubst jetzt, was alle Welt erzählt, sagte sie in bedeutungsschwerem Ton, als lebe das Land noch unter deutscher Besatzung, als müsse man den Zeitungen misstrauen, allen Nachrichten misstrauen, nichts für bare Münze nehmen, und vor allem nicht die Versuche, einfache Leute wie sie in Sicherheit zu wiegen.

Sie wiederholte, woher will man das wissen, was wissen wir

einfachen Leute denn von alldem, als bestehe trotz der Tausenden von Wissenschaftlern, die seit fünfzehn Jahren an der Erforschung der Krankheit arbeiteten, weiter ein Fehlerrisiko, mehr als das, das Risiko einer groß angelegten Lüge, eines vorsätzlichen Herunterspielens durch die Mächtigen der ganzen Welt.

Kann mir doch egal sein, das ist leicht gesagt für dich, aber ich, ich werde sterben.

Dieser Satz, der ihr eines Abends entfahren war und ihn sprachlos gemacht hatte.

Dir kann es egal sein, natürlich, du bist jung und gesund, aber ich.

Was du.

Ist dir eigentlich klar, dass ich sterben werde.

Nel hatte sich nicht beherrschen können und losgelacht.

Aber ich doch auch, Oma, das ist nichts, was nur dir passieren wird.

Sie war völlig platt von seiner Frechheit. Zuerst sprachlos, dann wütend, sie hätte ihn am liebsten verprügelt.

Ach nee, Oma, du wirst sterben, ohne Witz, und was meinst du denn, wie es mir ergehen wird.

Eine Suppenkelle oder Bratpfanne in der Hand, hatte sie ihn bis in den Garten verfolgt.

Was glaubst du denn, was wir alle tun werden, Oma.

Fabien war unterdessen in seinem Bett damit beschäftigt, langsam, aber sicher dahinzuscheiden. Zu spüren, wie seine Arme und Beine ihre Kraft verloren. Wie seine Muskeln jeden Tag etwas mehr an Tonus einbüßten. Wie sein ganzes Wesen unaufhaltsam dem Nichts entgegenglitt, wie es sich entfernte, davonging. Er empfing weiter jeden Besuch mit einer Geste der Dankbarkeit, jeden neuen Gast mit einem Lächeln oder zumindest einem Blick, mit dem gleichen lebenslangen Anspruch, Eleganz zu zeigen. Verlor die Nerven erst eines

Nachmittags, an dem er daran gescheitert war, einen Bissen Brot herunterzuschlucken, und sich erschöpft wieder hatte hinsinken lassen, ohne die Kraft zu finden, mit irgendjemandem zu reden, nur noch eines im Sinn: aufhören, die Welt ringsum zu sehen, und einschlafen. Er war in einem Dämmerzustand versunken, aus dem er durch ein Auto gerissen wurde, das auf dem Gehweg unter seinem Fenster zu parken versuchte. Ein sturer alter Mann, der sich auf eine zu kleine Lücke versteifte, es zwanzig Mal versuchte, unnötig Gas gab, den Motor immer wieder aufheulen ließ. Am Ende explodierte Fabien.

Wird er diese verdammte Karre wohl endlich abstellen, presste er leise, aber hörbar hervor. Wird er sie wohl abstellen Herrgott noch mal, mit einer unbeherrschten Wut, die Nel und die anderen Anwesenden erschütterte.

Als ermäßen sie endlich seinen Schmerz. Als erahnten sie blitzartig den Preis dessen, was ihnen inzwischen natürlich vorkam – seine Ausgeglichenheit, seine Aufmerksamkeiten für jeden, seine Freundlichkeit trotz des unter ihm klaffenden Abgrunds, der Traurigkeit, der Bitterkeit, der Angst.

Kurze Zeit vor dem Ende hatte Nel ihm Elsa vorstellen wollen, eine frühere Freundin, der er weiter nahestand, für die er zu einer Art Vertrautem geworden war, Zeuge ihrer zahlreichen Affären, die sie ihm ausführlich erzählte, genüsslich bis ins letzte Detail. Nel hatte Elsa oft von Fabiens Reisen erzählt, von Fabiens Freiheit, von Fabiens Freunden und Festen. Aber als Elsa Fabien begegnete, war es kein Reisender oder Abenteurer, den sie sah, sondern ein Kranker im Endstadium, ein Sterbender, der dabei war, genau der Krankheit zu erliegen, von der man ihr immer gesagt hatte, dass sie ihr drohte, wenn sie so lebte, wie sie es tat, wenn sie *so einen Quatsch machte,* wie sie jedes Mal zu Nel sagte, wenn sie sich trafen. Oje Nel ich habe schon wieder so einen Quatsch gemacht, ihr Ausdruck für das, was Nel aus ihren Erzählungen schon kannte, nicht nur mit einem völlig Fremden zu schlafen oder mit fünf Unbekannten in der gleichen Woche, sondern mit ihnen zu schlafen, ohne etwas zu benutzen, ohne sich zu schützen, wie Nel sagte, was Elsa jedes Mal zur Weißglut brachte. Sich schützen, was für ein bescheuertes Katholen-Verb, warum sollte man sich schützen, vor was denn, als wäre es schmutzig, eine Leier, die Nel am Ende auswendig kannte, er hörte nicht einmal mehr hin und wartete nur ab, bis sie sie fertig abgespult hatte.

Als Elsa aus dem Haus auf der Höhe herausgekommen war, hatte sie losgeheult und Nel beschimpft, weil er ihr das Einzige, worauf es ankam, nicht gesagt hatte, nämlich dass ihr Cousin ein verdammter Kranker war, der genau daran verreckte, ausgerechnet daran, ein schon dreivierteltoter Kranker, ob Nel das klar wäre, du erzählst mir von ihm wie von einem Helden, aber er ist am Verrecken, in zehn Tagen ist er tot, dein Held, siehst du das nicht, bist du blind, dass du das nicht siehst?

Sie hatte ihn beschuldigt, er hätte sie absichtlich kommen lassen, um ihr Angst einzujagen, du Schuft, sag mir nicht, dass du nicht daran gedacht hast, aber dann hatte sie kapiert, dass es nicht so war. Sie hatte ihn bestürzt angeschaut, ist dir wirklich nicht klar, dass er sterben wird, hatte sie gesagt, und da hatte Nel diese Worte zum ersten Mal gehört, zum ersten Mal waren sie zu ihm durchgedrungen, er hatte an Fabien gedacht, der da oben im blauen Zimmer im Bett lag, und sich vorgesagt, er wird sterben, er hatte gespürt, wie dieser Gedanke ein Loch in ihn grub, seine Brust zusammenschnürte, und er hatte geweint.

16

Matt zog die Vorhänge zu, hängte noch ein Handtuch über die Stange, um das Licht abzuhalten, das durch den Spalt in der Mitte drang. Knipste in der Küche die Lampe aus. Vergewisserte sich, dass alle gut saßen, Marie, Josette und Malika auf dem Sofa, Nel im Sessel, die vier Kinder zu den Füßen der Erwachsenen auf dem Boden. Er schaltete das Vorführgerät an, stellte die Höhe des weißen Rechtecks auf der Wand ein, genoss eine Sekunde lang das Gefühl, im Halbdunkel drei Generationen um sich herum versammelt zu haben, die Kinder aneinandergedrückt, Josette glücklich, Nel gut gelaunt, genau wie Matt erleichtert über diese kaum bemäntelte Ablenkung von der uneingestandenen Abkühlung zwischen ihnen.

Sind alle bereit.

Die erste Rolle fing an zu knistern. Die Bilder begannen sich abzuspulen, eine Spur blaustichig, zeitweise mit weißen Flecken und Streifen durchsetzt. Ein weißer Junge in einer Gruppe von Jägern aus einem anderen Land, mitten im Urwald, den Blick auf eine schwarze Schlange zu seinen Füßen gerichtet, die ein Dorfbewohner mit einem Stock dort festhielt. Jäger, die mit einem Gewehr auf einen Baumstamm schossen. Der gleiche Junge wie in der Szene mit der Schlange, etwas älter geworden, schwarzhaarig, neben einem zwanzig Jahre älteren Mann sitzend, der mithilfe von Pinzetten Käfer mit angezogenen Beinen hin und her bewegte, die buntesten in die Kamera hielt und sie auf Tafeln anordnete, bevor er sie mit einer Nadel durch den Thorax aufspießte.

Wer ist das, fragte Iris.

Onkel André und sein Sohn Christian, sagte Nel.

Wir kennen Onkel André nicht.

Ihr habt ihn gesehen, als ihr klein wart.

Und die beiden Kinder da, wer sind die.

Christian und Fabien. Die Kinder von Onkel André und Tante Réa.

Matt hatte einen Film wiedergefunden, in dem man die beiden sah, kaum älter als Nels Töchter, wie sie in Shorts, die langen Beine dünn wie Streichhölzer, auf einem Platz aus gestampfter Erde Tennis spielten.

15:0 für Fabien.

15:15 für Christian nach einem Passierschlag mit der Rückhand.

15:30 für Christian.

15:40 für Christian, und man sah Fabien, wie er sich zur Kamera umdrehte, seinen Vater anmeckerte, hinter die Grundlinie zurückkehrte und einen wütenden Aufschlag ins Netz schmetterte.

Können wir sie mal besuchen, Papa?

Das ist ein alter Film, Carmen.

Aber sie leben doch noch?

Im nächsten Film hielt Christian, etwa zehn Jahre alt, einen riesigen Schmetterling in den Händen.

Ein Kometenfalter, erklärte Matt den Kindern. Der heißt wegen des langen Schwanzes so, schaut mal. Er ist sehr selten.

Die Kamera ging näher heran, zeigte das Insekt ganz aus der Nähe, die großen fahlgelben Flügel weit geöffnet, der braune Kreis auf jedem Flügel einem riesigen Auge gleich, der mit Härchen bedeckte Thorax, die zwei winzigen Farnen ähnlichen Palpen als Schnurrbart. Christian lockerte seinen Griff etwas, ließ den Schmetterling ein paar Schritte über seine Fingerspitze gehen, streckte schließlich die Hand in die

Luft, damit er wieder davonflog. Er hob ab, schwerfällig, mit langsamem Flügelschlag, der lange Schwanz langsam aufsteigend wie der eines Drachens.

Der letzte Film war zu Ende, das Rechteck an der Wand wieder weiß. Matt zog die Vorhänge auf, ließ das Licht herein, sodass alle die Augen zusammenkneifen mussten. Draußen war schönes Wetter, strahlender Sonnenschein ergoss sich über die Steinplatten im Garten. Die Kinder rannten hinaus, sprangen auf die Fahrräder, schnappten sich Kreiden und fingen an, die Platten gelb, blau, orange anzumalen.

Matt ging hinaus, schaute ihnen zu und streckte sich dabei. Nel folgte ihm, blieb zuerst stumm ein paar Sekunden neben ihm stehen, schaute ebenfalls den Kindern zu. Dann dankte er ihm.

Danke, Matt. Das hatte zwar kein Mondello-Niveau, war aber schön.

Er versuchte auszurechnen, wie lange es her war, seit er diese Filme zuletzt gesehen hatte. Fünfunddreißig Jahre. Siebenunddreißig.

Josette folgte ihnen auf die Terrasse, dann auch Malika und Marie. Sie machten eine gute Flasche Wein auf, stießen auf die Neuigkeit der letzten Woche an: Nels Anstellung im Archäologischen Zentrum des CNRS in Aix, nach dem spektakulärsten Aufholen im mündlichen Teil der Prüfung, das man je gesehen hatte. Liebe Jury-Mitglieder, ich denke, es wäre ein Jammer, sich eine solche Kapazität entgehen zu lassen, hatte der Vorsitzende in der Sekunde, nachdem Nel den Raum verlassen hatte, gesagt. Noch am gleichen Abend hatte Nel einen Anruf bekommen mit der Nachricht, er habe die Stelle, mit den Stimmen aller Jury-Mitglieder, die ihn für die Situation verfluchten, in die er sie gegenüber den anderen Bewerbern brachte, die berechtigterweise beleidigt waren. Zwei Tage später war die schriftliche Zusage gekommen, mit seinen Noten: Schriftlich: 0/20. Mündlich: 20/20.

Beauftragter des Zentrums für Luft-, Land- und Unterwasseraufnahmen: Das war sein neuer Titel. Dreiwöchige Expeditionen zu Ausgrabungsstätten in Kroatien, Rumänien, Griechenland, Bulgarien, Malta, Tunesien, in Frankreich, im Écrins-Massiv. Und natürlich in der Rhone. Überreste von Schiffswracks. Von Tempeln. Grundmauern früherer Kirchen. Da würde er bedient sein, bei seiner Liebe zum Mythos.

Liebe Teilnehmer dieses Mittagessens, ich denke, es wäre ein Jammer, sich eine solche Gelegenheit zum Anstoßen entgehen zu lassen, meinte Matt und hob sein Glas.

Die Arbeit würde erst zwei Monate später beginnen. Das ließ Nel Zeit, ein paar noch ausstehende Aufträge zu erledigen.

Ich habe einen vom Regionalrat, den ich lustig finde: Über das Fort de Bouc, ganz in der Nähe von Martigues. Ich soll es vom Hubsteiger aus fotografieren, inmitten der Raffinerien und Tanklager. Das ist vielversprechend.

Matt hatte von diesem Ort schon gehört: Eine Festungsanlage von Vauban mitten in der Risikozone. Ein Meisterwerk der militärischen Architektur, das sich seit der Entstehung des Erdölhafens von Lavéra, einem der größten Europas, von neuartigen Kriegsmaschinen eingekesselt fand. Belagert, umzingelt, nach und nach erstickt von einer unerwarteten Armee, gegen die seine sternförmige Anlage nichts ausrichten konnte. So ohnmächtig wie ein Ritter, der mit chemischen Waffen angegriffen und kampflos besiegt wurde, lebendig gekocht wie ein Hummer in seiner Rüstung, bevor er auch nur versuchen konnte, Widerstand zu leisten.

Warst du schon mal da, fragte Nel.

Ich habe davon gehört.

Aber warst du schon da.

Noch nie.

Abfahrt morgen früh um acht, wenn es dich interessiert.

Am nächsten Morgen brach Nel früh auf, um den Hubsteiger in Tarascon abzuholen. Kam zurück, um Matt aufzulesen. Zusammen nahmen sie die Straße nach Fos: eine lange Gerade quer durch die Crau, direkt aufs Meer zu.

Erneut fanden sie sich inmitten der Ebene wieder. Erneut zu zweit.

Weit in der Ferne, am Ende des Asphaltbandes, erahnten sie die winzigen Umrisse der Windräder von Port-Saint-Louis-du-Rhône, die klitzekleinen Stecken der Hochfackeln von Fos, den Glanz der Methanterminals, die das unsichtbare Meer säumten. All das noch lächerlich klein am Horizont. Bis dorthin war nichts. Einfach flaches Land. Leere. Zwanzig Minuten in gerader Linie. Die Crau mit ihren ewigen runden Steinen, so weit das Auge reichte.

Unsere Crau, sagte Matt. Die Neapolitaner schlafen von klein auf neben dem Tor zur Hölle. Sie trinken ihren Kaffee jeden Tag in der Nähe von Vergils Grab, joggen auf dem Posillipo. Und wir fahren durch das Steinfeld von Herkules.

Sie kannten beide jede Version des Mythos. Diodor von Sizilien, Pomponius Mela, Dionysios von Halikarnassos, Plinius der Ältere, Strabon. Und ihre Lieblingsfassung, die schönste von allen: Aischylos. Herkules, den ligurischen Pfeilen ausgeliefert, hilflos, ohne Waffen, auf weichem Boden umzingelt. Und Jupiter, der ihm zu Hilfe eilt. Der Steine herabregnen lässt, die ihm als Waffen dienen werden. Nur ein paar Verse, Fragmente eines verloren gegangenen Stücks, *Der befreite Prometheus*. Hundert Worte etwa, wundersamerweise vor dem Vergessen gerettet durch Strabon, der sie in seiner *Erdbeschreibung* zitiert, wie ein zweites Wunder nach dem Steineregen, ein Beweis mehr dafür, dass diese Ebene tatsächlich heilig war. Geschunden, verachtet, aber unbezwingbar. Ein Stück Mythologie im Reinzustand.

Matt fragte, ob der weiche Boden vielleicht sein Film sei. Ob Jupiter Nel sei.

Sie lachten.

Und du Mistkerl antwortest nicht.

Siehst du denn nicht die Steine, die ich für dich herabregnen lasse. Schau doch.

Dann bin ich Herkules, sagte Matt. Das macht mir keine Angst. Ich habe die Statur dafür.

Sie erreichten den riesigen Komplex von Fos, sahen die Hochfackeln des Arcelor-Mittal-Werks, fuhren vorbei an Tanklagern, Bahngleisen, Raffinerien, Lagerhallen, Lade- und Löschkais, Containerterminals. Sie fuhren weiter in Richtung Martigues, überquerten die Autobahnbrücke über dem Canal de Caronte und bogen in das riesige Industriegebiet von Lavéra am Fuß der Brücke ein.

Bist du sicher, dass die Richtung stimmt, fragte Matt. Meinst du nicht, eine Vauban-Festung wäre ausgeschildert.

Zwischen eingezäunten Arealen und riesigen Pipelines waren sie weiter in das Gebiet vorgedrungen, als näherten sie sich der Höhle eines Ungeheuers. Sie sahen die Erdölanlagen immer dichter, das Gewirr der Metallröhren immer komplizierter werden, gigantische Supertanker voller Ventile, schlafende Riesen entlang der Kais. Sie begegneten Schildern mit Straßennamen, die aussahen wie überall sonst, grüner Rahmen auf blauem Grund, nur gab es hier mehr Chemikernamen als anderswo, Pierre-Simon de Laplace, Jean Perrin, Théophile-Jules Pelouze, Henri Becquerel. Matt hatte erwartet, dass sie auf Absperrungen stoßen würden, dass der Zugang streng geregelt wäre. Aber es war alles offen. Offen und verlassen. Keine Menschenseele, keine Bewegung weit und breit. Als komme man von hier nicht mehr zurück, dachte Matt.

Sie suchten die Festung, umfuhren riesige Tanks, näherten sich der Hochfackel einer Raffinerie, um sich die Flamme näher anzusehen. Sie fuhren bergauf und gelangten auf eine Anhöhe. Von dort oben sahen sie die Unermesslichkeit des

Labyrinths: Dutzende Hektar von sich verzweigenden Röhren, Ventilen, Pumpen, Elektroanlagen, mit Stacheldraht umzäunten, verlassenen Arealen.

Die Festung lag unter ihnen, zusammengedrängt auf einer kleinen Insel. Dem Meer zugewandter Wachposten, der das Ufer jahrzehntelang stolz verteidigt haben musste und ungerechterweise von hinten bezwungen worden war, von den Raffinerien, den wuchernden Röhren und Tanklagern.

Nel öffnete sein Fenster. Der Geruch von Gas und Heizöl schlug ihm ins Gesicht.

Ich fahre näher heran.

Hast du eine Genehmigung.

Was für eine Genehmigung.

Ich nehme an, man braucht irgendeinen Wisch, um das hier zu fotografieren.

Nel lächelte.

Wenn ich um Erlaubnis gefragt hätte, säßen wir noch zu Hause und würden darauf warten.

Du scheißt einfach drauf?

Ich weiß, Herkules setzt immer auf Gewalt, aber es gibt auch die List. Wirst schon sehen.

Er stieß bis zur letzten Kreuzung zurück, bog nach links in die kleine Straße zur Festung ab. Am Tor angekommen, machte er etwas oberhalb einen Telefonmasten aus, nur etwa dreißig Meter von der Befestigungsmauer entfernt. Er parkte an dessen Fuß. Direkt vor dem Pfosten.

Was machst du da. Und wenn der Kran das Kabel berührt.

Nel sprang aus dem Wagen, stieg mit Matt in den Korb. Drückte ganz sanft den Hebel herunter, damit der Arm sich hob. Achtete darauf, dass er nicht zu schnell aufstieg. Dass er gerade weit genug an dem Kabel vorbeifuhr, um es nicht zu berühren.

Wir arbeiten für die Telekom, sagte Nel. Alles klar? Wenn irgendjemand uns etwas fragt, arbeiten wir für die Telekom.

Aber es wird uns sowieso niemand etwas fragen. Seit wann fragt man Telekom-Techniker, was sie da oben an den Masten machen.

Sie stiegen weiter auf. Sahen die verborgenen Arme des Komplexes, ein gigantischer Metallkrake, der in alle Richtungen zugleich kroch, seine tausend Verzweigungen überall voranschob, das Areal kolonisierte, jede Parzelle besetzte, den Boden kilometerweit in der Runde verschlang. Betrachteten das Meer ringsum, aufgewühlt, von einem kräftigen, wilden Blaugrün, mit Gischt bekränzt. Die Supertanker und die Containerschiffe, die in der Bucht lagen, ein paar Hundert Meter vom Ufer entfernt. Das Stadtzentrum von Port-de-Bouc auf der anderen Seite des Kanals.

Und?

Matt sagte nichts, er musterte die Rohrleitungen, versuchte die Logik des Netzes zu verstehen, die Bedeutung der verschiedenen Farben, der Bögen, der Ventile.

Du hattest mir gesagt, wir würden eine Festung fotografieren, nicht uns in den Schlund eines Ungeheuers stürzen.

Wo ist denn sein Schlund, was meinst du.

Er ist überall, sieh doch. Es hat tausend Schlünde. Die uns alle den gleichen heißen, klebrigen Atem ins Gesicht pusten. Wenn es so weitergeht, fallen wir tot um.

Sie machten die Aufnahmen. Fingen das Ungeheuer in seiner ganzen Ausdehnung mit der Fachkamera ein, seine Verzweigungen, seine Verflechtungen von Röhren, die sich um den Stern der Festung schmiegten. Fuhren wieder hinab, ohne eine Menschenseele gesehen zu haben. Und machten sich auf den Rückweg nach Arles.

Auf der Heimfahrt sah Nel in der Ferne plötzlich aufgewirbelten Staub. Eine Wolke dicht über der Ebene, vertraut, sofort wiedererkennbar. Er fühlte sein Herz höher schlagen.

Schau.

Er zeigte Matt die noch undeutliche Schafherde in der Ferne.

Sie sind zurückgekommen. Sie sind wieder da.

Er hielt am Straßenrand, stellte den Motor ab, um die Schafe näher kommen zu lassen.

Hör sie dir an. Hör dir an, wie froh sie sind. Sie kommen in vollem Tempo angerannt.

Matt hörte die Glocken in der Ferne, das Bellen der Hunde. Er sah die Herde herannahen. Tausend wollweiße Knäuel, die inmitten der endlosen Weite wirkten wie eine Handvoll Samen im Wind.

Es sind die Ersten. Sie kommen gerade aus den Alpen herunter. Bald werden jeden Tag neue ankommen. Aus allen Tälern. Die Ebene wird sich wieder bevölkern. Die Schäfereien werden nachts wieder voll sein.

Nels Stimme bebte, seine Ergriffenheit war spürbar. Inzwischen konnte man die Herde klarer ausmachen. Die Gestalt des Schäfers war zu erkennen. Der schwarze Fleck eines Hundes, der von einer Seite der Herde zur anderen rannte.

Ich frage mich, ob Paul schon angefangen hat.

Er sah Matt an.

Wie wärs, wenn wir ihn begleiten würden. Damit du das siehst: einen Almabtrieb. Von den Alpen bis hinunter in die Crau. Die ewige Route der Schäfer. Wie zu Kain und Abels Zeiten. Wie zu Herkules' Zeiten sogar.

17

Bevor er starb, hatte Fabien sich eine letzte Frivolität geleistet. Als eine abschließende Trotzgeste, eine letzte Flucht nach vorn, um sich noch etwas lebendig zu fühlen, hatte er beschlossen, Fines alte Badewanne durch ein topmodernes Modell austauschen zu lassen, entworfen vom bekanntesten Designer jener Jahre. So rund und so groß, dass die Handwerker die Tür hatten herausbrechen und eine Wand versetzen müssen, um es ins Bad zu bringen.

Es war Toussaint, der Nel diese Szene in Erinnerung rief, er konnte nicht glauben, dass er das hatte vergessen können, als veranschauliche diese weiße Insel an der Schwelle des Todes besser als jede andere Geschichte Fabiens Charakter, seine Extravaganz, seinen Humor bis zum Schluss, seine Größe.

Sie hatten es schließlich geschafft, sich für den Freitag der Reis-Feria zu dritt zu verabreden. Toussaint hatte als Treffpunkt den gleichen Innenhof vorgeschlagen wie beim ersten Mal. Er kam gleichzeitig mit Matt an, lächelte, als sie gemeinsam feststellten, dass der Hof gerammelt voll war. Freunde winkten ihm zu. Er ging hin, um sie zu begrüßen. Bis Nel dazukam, war ein Tisch frei geworden.

Fabiens kleiner Cousin, sagte Toussaint und umarmte ihn wie ein Kind, das er von klein auf kannte. Der damals ständig zwischen unseren Füßen herumwuselte. Auch an Orten, wo ein elf- oder zwölfjähriger Junge eigentlich nichts zu suchen hat, muss ich sagen.

Nel lachte.

Toussaint erinnerte sich an einen Abend, an dem er in der Chu auf einer Bank eingeschlafen war. Und sie ihn in der Morgendämmerung zum Auto hatten tragen müssen, um heimzufahren.

Ich erinnere mich, wie wir mit Fabien geschimpft haben. Wie wir ihm gesagt haben, er müsse aufhören, dich überallhin mitzuschleppen.

Und was hat er geantwortet.

Es würde dir gefallen. Es würde dir guttun, mit uns auszugehen. Und am nächsten Samstag zu seinem Geburtstag auf der Höhe warst du wieder da.

Matt bemerkte, dass Toussaint Nel duzte. Dass zwischen ihnen eine unmittelbare, selbstverständliche, starke Verbindung bestand. Im Übrigen hatte Nel ihn sofort mit seinem Vornamen angesprochen, François.

François fragte, was sie trinken wollten, bestellte für sich selbst eine frische Limonade. Schwieg erst einmal ein paar Sekunden, lauschte dem Lärm des Festes, wie um sich damit vollzusaugen, um die Freude zu genießen, dass sie alle drei da waren. Von draußen hörte man die Bläser einer umherziehenden Kapelle, die einen Paso Doble spielte. Das Stimmengewirr und das Rauschen der immer dichter werdenden Menschenmenge rund um die Arena. Die Feria war gerade eröffnet worden, die Stadt vibrierte, die Erregung stieg. Das Wetter war gut, auf allen Restaurant-Terrassen dampften die großen Paellapfannen von Tüten voll tiefgefrorener Zwiebeln, die ins siedende Öl geworfen, von Hähnchenflügeln, Tintenfischringen und Riesengarnelen, die drei Stunden im Voraus gebraten wurden. Es herrschte nicht die gleiche Euphorie wie bei der Oster-Feria, mit der nach dem Winter die Saison eröffnet wurde. Eher eine ruhige Freude, etwas melancholisch, träge, herbstlich. Der Sommer war vorbei, die Festivals, die Konzerte im antiken Theater, die Ferien. Zwei Wochen, nachdem die Schule wieder angefangen hatte, kamen die Leute wie zu einem Abschied von der schönen Jahreszeit. Ein letztes Auflodern, bevor alles langsam in den Winter eintauchte.

Mögen Sie Ostern lieber, fragte Matt.

Kommt auf meine Stimmung an, sagte Toussaint. Die September-Feria hat mir auch immer gefallen. Dieses Schwindende am Saison-Ende, das sanft verblassende Licht. Die leichte Kälte in der Arena am Ende der Stierkämpfe. Es ist ein sanfterer, nachdenklicherer Charme.

Er erzählte von den Ferias der Sechzigerjahre. Von der Zeit, als sogar die Oster-Feria nur ein Dorffest war wie alle anderen und nur zwei Abende dauerte. Mit nur drei oder vier Bodegas auf dem Boulevard des Lices.

Sie fingen an, von Fabien zu sprechen, und Nel erzählte, wie wichtig sein Cousin für ihn gewesen war.

Dann kam die Badewanne zur Sprache, für François war sie eine seiner prägendsten Erinnerungen. Er erzählte vom ersten Mal, als er sie gesehen hatte, gerade erst in dem Bad neben dem blauen Zimmer eingebaut, groß genug für drei, frech am Platz von Fines alter Wanne mit den goldenen Füßen thronend. Fabien wehrte lächelnd jeden Verdacht ab, sie könnte anderen Zwecken als rein praktischen dienen, eine Laune sicherlich, aber ich werde besser hineinkommen als in die andere, das sagte er ganz ernst, ehrlich überzeugt von der Bequemlichkeit, die er anführte. In diese da werde ich ohne Probleme einsteigen können, ich brauche kaum das Bein zu heben, als würde sich dieser Akt des Ins-Bad-Steigens noch hunderte Male wiederholen, jahrzehntelang, als wäre es eine wiederkehrende Strapaze, der abzuhelfen er sich endlich entschlossen hätte.

Meine Badewanne, ich habe dir meine neue Badewanne noch nicht gezeigt, damit hatte er dann jeden Besucher empfangen und ihm als Erstes diese Art fliegende Untertasse im Badezimmer präsentiert, er lauerte mit einem Kinderlächeln auf die Überraschung des Besuchers angesichts des dort gelandeten Ufos, führte es vor wie einen Joker, eine letzte Pirouette, um seine Gäste in Erstaunen zu versetzen, als er anfing, wirklich so erschreckend auszusehen, dass kein Freund es mehr wagte, ihn auf seine Gesundheit anzusprechen. Meine neue Badewanne, die hast du noch nicht gesehen, komm – im Grunde eine Art, meinte François, sich um uns zu sorgen, uns die Befangenheit zu nehmen, uns abzulenken.

Nel versuchte, sich an das Bad zu erinnern, in seinem Gedächtnis die Raumverhältnisse wiederzufinden, die Tapete, die Kacheln auf dem Boden, das Monstrum der runden Badewanne darin auferstehen zu lassen. Er sah sich wieder vor sich, wie er für Fabien ein Glas Wasser holte. Wie er seinem Cousin einen Nagelknipser, ein Handtuch brachte, einen Waschlappen mit warmem Wasser tränkte.

Da fiel ihm plötzlich alles wieder ein: Nicht die Badewanne selbst, sondern die Einbauarbeiten. Die Wände, die für mehrere Tage zerstört waren. Der aufgerissene Boden, mit Schutt bedeckt, nur ein paar Meter von dem Bett, in dem Fabien lag, wie eine zweite Art von Gewalt, von der man nicht wusste, ob sie die erste verstärkte oder im Gegenteil abschirmte, in den Hintergrund drängte, an deren Stelle ins Auge sprang, den Blick einfing, bevor dieser Zeit hatte, sich auf die Gestalt Fabiens zu richten, der immer schwächer in seinem zu großen Bett lag.

Nicht nur die Einbauarbeiten, sondern die Person des Maurers, der sie ausführte. Sein Gesicht. Seine Stimme.

Diese Badewanne hat mein Vater eingebaut.

Das sagte er sanft, glücklich über das Wiederaufsteigen dieser ganzen vergessenen Episode.

Was sagst du da.

Die fliegende Untertasse, die hat mein Vater eingebaut.

Er konnte seinen Cousin hören, wie er damals auf diese Idee gekommen war, durch wer weiß welche Assoziation, mit welchem Hintergedanken, welcher Absicht vielleicht, seinen Verwandten zu helfen, die das zu diesem Zeitpunkt nicht mehr nötig hatten, welchem Wunsch, das Leben herauszufordern. Als hätte es plötzlich auf der Hand gelegen, der natürlichste Gedanke der Welt, er verstand gar nicht, wie er ihm nicht früher eingefallen war.

Aber natürlich, wo habe ich nur meinen Kopf, deinen Vater muss ich darum bitten.

Seine Entscheidung war bereits gefallen, unwiderruflich, noch bevor Nel ein Wort dazu sagen konnte, auch nur daran denken konnte, eines zu sagen, und er kannte seinen Cousin zu gut, um sich auch nur eine Sekunde einzubilden, er könnte seine Meinung noch einmal ändern. Er war seinen Kampfgeist zu sehr gewöhnt, um zu hoffen, er könnte sich von irgendeinem Hindernis aufhalten lassen, und sei es von einer Absage seitens des viel beschäftigten Joseph, der schon zu viele Baustellen hatte.

Dein Vater natürlich warum bin ich nicht früher darauf gekommen ich will ihn sofort fragen.

Und von diesem Moment an hatte Nel kapituliert, sich bemüht, die Vorstellung dieser nunmehr unausweichlichen Begegnung zuzulassen, sich an den Gedanken zu gewöhnen, dass sein Vater hier hereingestolpert käme, in dieses blaue Zimmer, zwischen diese Bücher und Schallplatten. Fabien und Joseph, wider alle Erwartungen vereint. Helden desselben Kindes, neugierig, einander zu beschnuppern. Bestrebt, sich wenigstens kurz kennenzulernen, bevor es zu spät war. Worüber würden sie reden. Worüber scherzen. Was für Gesprächsthemen würden sie finden, abgesehen von dieser Badewanne, die sowieso da war wie ein Netz, das sie auffangen könnte.

Also ich mach mich wieder an die Fugen.

Ich ruhe mich ein bisschen aus Joseph verzeih, tu einfach, als wäre ich nicht da, mach weiter.

Das alles ermöglicht durch nichts anderes als diese fliegende Untertasse, die letztlich auch dazu gedient hatte: dass sich durch sie zwei Extreme trafen. Der Vater und der Cousin. Der Schäfer und der Steward. Die Schafe und die Schmetterlinge.

Fabien war es in dieser Woche etwas besser gegangen, vielleicht getragen durch den Fortschritt der Baustelle, durch die Aufregung des unverhofften Rummels, vielleicht auch einfach durch die Gegenwart eines Menschen, der absolut nichts mit seiner Krankheit zu tun hatte, der ihn nicht pflegte, ihn nicht bedauerte, der einfach zu dem praktischen Zweck da war, eine Arbeit zu erledigen, wie alle Maurer der Welt, jemand, mit dem er für ein paar Tage über Fugen und Fliesenzuschnitt reden konnte, wie wenn nichts wäre.

Nach einer Woche war die Badewanne eingebaut gewesen und bald auch alltäglich geworden, wie alles andere verschluckt von der Monotonie der ereignislosen Tage. Dann war das Ende gekommen.

Draußen ging die Blaskapelle von den Paso Dobles zu einem äthiopischen Funkmotiv über, langsam und eindringlich, ein Lieblingsstück von Nel, das erst kürzlich durch einen Film berühmt geworden war. Dann verstummte sie. Die Anlagen der Bars gingen aus. Über alles senkte sich feierliche Stille: Der Stierkampf begann. Matt wollte bezahlen, zu spät, François hatte vor ihm daran gedacht. Sie gingen alle drei hinaus und mischten sich unter die Menge, die Männer und Frauen, die an den im Freien aufgebauten Ausschanktheken standen, umweht von Bier- und Anisdünsten.

Nach der schattigen Frische des Innenhofs tat die Sonne gut. Durch die Bögen der Arena sah Matt die farbigen Flecken der Banderilleros, die sich in die Brust warfen. Spürte die Gegenwart des Stiers, der sich außerhalb des Blickfelds verbarg, reglos, und die ganze Arena bannte, jeder sichtbaren menschlichen Gestalt ihre Haltung, ihre Bewegungen, ihre Blickrichtung diktierte.

Sie trafen Freunde, unterhielten sich weiter, hörten das Hornsignal, welches das Ende des ersten Tercio verkündete. Dann des zweiten.

Wir hätten über die Höhe gehen können. Den Fenstern des blauen Zimmers einen Gruß entrichten.

Das Haus ist verkauft, sagte Nel.

Hast du versucht, noch einmal hinzugehen.

Nel schüttelte den Kopf.

Nie.

Sie gingen zusammen hinter den steinernen Zuschauerrängen vorbei, lauschten dem Gemurmel des Publikums über ihren Köpfen, fühlten die Spannung durch die Reihen laufen wie eine Welle, Schauder durchzogen die Ränge, bei jeder der aufeinanderfolgenden Figuren erschallten Olés, und es endete mit einem befreienden Applaus für ein spektakuläres *remate*, bei dem der Tanz der Körper kurzzeitig angehalten wurde, der Torero und das Tier eine Pause einlegten, bevor sie sich weiter gemeinsam aufs Ende zubewegten.

Dann stieg etwas wie Panik aus der Arena auf: ein erstickter Schrei aus tausend Kehlen zugleich. Nel und François brauchten nicht in den Rängen zu sitzen, um zu erraten, was vor sich ging – bestenfalls hatte der Stier die Capa weggerissen, schlimmstenfalls war es ein Hornstoß, ein echter. Wie alle Leute um sie herum lauschten sie gespannt. Atmeten auf, als sie das Publikum erneut klatschen hörten, lauter denn je, seit es angefangen hatte. Schlossen daraus, dass der Torero den Kampf wiederaufnahm, seine Capa aufgehoben hatte, dass nur sein Anzug zerrissen war.

Die Stimmung in den Straßen ist immer seltsam während der Stierkämpfe, meinte Toussaint lächelnd, während er im Gehen weiter auf das Gemurmel horchte, das aus der Arena drang. Es ist eine scheinbare Ruhe, die Terrassen sind weniger voll, die Straßen ringsum still, die ganze Stadt wie auf Pause, für drei Stunden von den tausenden Aficionados entleert, die in die Arena geströmt sind. Und gleichzeitig diese allgegenwärtige Spannung. Diese Andacht beinahe. Als verbreite sich die Anspannung des Kampfes weit über die Arena hinaus, als dringe sie über die Ränge hinweg und stecke die ganze Stadt an, beherrsche sie, diktiere ihr ihre Stimmung.

Er blickte zu einer Fassade hoch, schien deren helle Steine zu bewundern.

Als ich klein war, durfte ich nicht zu den Stierkämpfen, aber meine Großmutter nahm mich mit zum früheren Ausgang der Gladiatoren, wo die gerade getöteten Stiere herausgebracht, ausgeweidet, entmannt wurden. Ich sah, wie die blutverklebten schwarzen Kolosse herausgeschleift wurden. Die ersten fünf, einer nach dem anderen, die in den Lastwagen der Metzgerei geladen wurden. Dann schließlich der sechste, fast gleichzeitig mit dem herausströmenden Publikum. Die Leute füllten die Straßen, wurden von denen, die draußen geblieben waren, bedrängt, gefragt, ob es schön gewesen war oder nicht. Sie wollten alles wissen: ob der vierte besser war als der dritte, und der verpatzte Todesstoß beim fünften, und die beiden Ohren für den letzten, die den Nachmittag gerettet hatten. Bis zum Abend war von nichts anderem die Rede, selbst bei denen, die nicht dabei gewesen waren.

Sie gingen alle drei zur Rhone hinunter. Erreichten den Kai an der Stelle, wo der Fluss einen Bogen machte und mit aller Kraft gegen den Metallvorhang drückte, der vor der Mauer angebracht worden war, um sie zu schützen. Die Sonne stand hoch, der Fluss glänzte silbern, von kleinen Wellen gekräuselt.

Sie waren jetzt alle drei still, redeten nicht mehr. Hörten einfach den Geräuschen des Festes zu, die aus der Ferne weiter zu ihnen drangen. Matt dachte an etwas, das Malika ihm eines Tages erzählt hatte, als sie da spazieren gewesen waren: dass nach einem uralten Brauch früher die Toten hier strandeten, genau in diesem Bogen. Dutzende von Toten jedes Jahr, die weiter oben in geteerten Körben ins Wasser gesetzt und der Strömung überlassen wurden, dem Fluss anvertraut von den Bewohnern von Avignon, von Valence, sogar von Lyon. Sie trieben Hunderte von Kilometern auf dem Wasser, ehe sie in Arles ankamen. Auf der Brust ein Säckchen mit einem Amulett und Geld, damit man sie in der Nekropole der Alyscamps begrub.

Toussaint wusste das auch. Er musste es wissen.

François, rief eine Stimme.

Er drehte sich um, entdeckte eine Gruppe von Freunden unten auf der Straße.

François wir haben dich gesucht.

Ich muss jetzt gehen, sagte er zu Nel und Matt.

Sie dankten ihm, verabschiedeten sich. Schauten ihm nach, wie er sich entfernte, wie sich seine Jacke mit den schwarzweißen kleinen Karos in der Menge verlor.

Gehen wir zurück zur Arena, meinte Nel aufs Geratewohl.

Aber gleich darauf überlegte er es sich anders.

Nein. Eigentlich habe ich keine Lust. Ich möchte einfach herumlaufen.

Sie ließen sich zwischen den Gesichtern und der Musik aus den Lautsprechern treiben. Stellten sich an eine Theke, bestellten etwas zu trinken. Blieben lange da, im Geruch von Pommes und Alkohol, ließen sich einfach von der Stimmung ringsum tragen. Gegen sieben rief Malika an.

Wo seid ihr.

Place Voltaire.

Place Voltaire das ist ja lustig, da sind wir auch. Auf der Terrasse des Cube, mit den Kindern. Ich sehe dich.

Matt schaute zu dem Café hinüber. Sah Malika, die mit

Marie und ein paar Freunden an einem Tisch saß und ihm zuwinkte. Die Kinder, die mit anderen um eine Blaskapelle in rot-weißen Kostümen herumtanzten. Roller und Fahrräder alle zusammen gegen eine Straßenlampe gelehnt, direkt neben dem Ausschank des Parti Communiste, der zum dritten Mal wiedergewählt worden war, der die Stadt vielleicht noch ein paar Jahre weiterregieren würde, wenn Arles diese linke Hochburg blieb inmitten einer Region, die immer weniger davon zählte.

Ich habe übrigens Paul gesprochen, raunte Nel noch, kurz bevor sie die anderen erreichten. Er ist einverstanden.

Die Kapelle spielte laut, man hörte sich schlecht.

Was hast du gesagt.

Nel musste fast schreien.

Mit dem Almabtrieb, das geht klar.

18

Diesmal wollte Matt keinerlei Ausrüstung mitnehmen.

Ich werde zwei Tage lang dein Gehilfe sein. Dein Sherpa.

Sie trafen sich frühmorgens bei Matt, tranken mit Malika mehrere Tassen Kaffee, kauften Brot und Wurst, fuhren noch mal bei Nel vorbei, um ein zusätzliches Blitzgerät zu holen. Am Telefon hatte Paul ihnen geraten, unterwegs anzuhalten und ihre Sachen in der Schäferei zu lassen.

Ich lade alles in den Pick-up, dann seid ihr für den Aufstieg weniger bepackt.

Sie verließen Arles in Richtung Aureille, am Fuß der Alpilles. Fanden Pauls Mas verlassen vor, Tiere und Menschen waren seit Juni weg. Sahen den ungeheuren Bau der Schäferei vor sich aufragen, mit seinen riesigen Wänden voller Mosaiken aus Crau-Steinen, seinem Dach, das wie ein großer Mantel darauflag. Seine gewölbten Flanken wie die des Bauches eines Riesen, der sich übermorgen wieder füllen würde mit den Schafen, die sich darin aufwärmten.

Im Inneren des Gebäudes war es sauber, der Boden mit Sonnenflecken gesprenkelt, die durch die Lücken zwischen den Dachziegeln hereinfielen. Die Erde war geharkt worden, um sie von den Kötteln zu befreien, die sich in den Wintermonaten angesammelt hatten. Der Geruch nach Wollschweiß und Gülle wie eingeschlafen, in den Wänden schlummernd, bereit zu erwachen, sobald die Herde wieder da wäre.

Hier ist die Endstation, sagte Nel. In zwei Tagen sind wir wieder hier, wenn alles läuft wie geplant. Bis dahin haben wir tausend Schafe aus den Alpen herabzubringen.

Sie legten die Baguettes und die Würste auf einen großen Anhänger, der vor dem Eingang geparkt war. Ließen ihre Rucksäcke, Schlafsäcke, Nels Stative und Blitzgeräte da zurück. Betrachteten dieses lächerliche Häufchen auf den zwanzig Quadratmetern Ladefläche, die dafür vorgesehen war, Heuballen und Mistberge zu transportieren.

Und wir lassen das alles so da liegen, fragte Matt. Deinen Fotoapparat deine Blitzgeräte und alles.

Wo willst du sie sonst hintun.

Ich weiß nicht. Und wenn es regnet.

Sie fanden ein Stück Plane, zogen sie über das Ganze, um die Fotoausrüstung zu schützen.

Bist du sicher, dass das reicht.

Nel lachte.

Hab Vertrauen, Sherpa.

Sie stiegen wieder ins Auto und fuhren los. Drei Stunden später erreichten sie Colmars, machten die Ringmauer aus, die Brücken über die Lance und den Verdon, der dort noch ganz jung war, gerade mal ein Bächlein. Die beiden Festungen wie Adlerhorste auf der Höhe, Fort de France und Fort de Savoie, auf beiden Seiten der früheren Grenze zwischen dem Königreich und dem Herzogtum.

Als sie ausstiegen, spürten sie den Temperaturunterschied im Vergleich zu Aureille. Betrachteten die Berge über ihnen, die mit ihren Gipfeln die Stadt umzingelten. Dachten an die Herde, die irgendwo da oben auf sie wartete, nicht weit von den Kämmen, vier oder fünf Stunden Fußmarsch entfernt. Der Himmel war grau, schwarze Wolken türmten sich um die Gipfel, tauchten die Stadt in Schatten. Nel beeilte sich, seine Jacke anzuziehen, Matt tat es ihm nach.

Wir sind nicht nur spät dran, vielleicht bekommen wir auch noch das Gewitter ab.

Sie kehrten auf einen schnellen Kaffee im Café de France

ein, um sich etwas aufzuputschen. Die Wirtin wunderte sich, dass sie um diese Uhrzeit zur Hütte aufbrachen.

Ob Sie das vor der Nacht noch schaffen.

Was sagt die Wettervorhersage.

Regen im Lauf des Abends.

Dann müssen wir los. Wir müssen uns beeilen, wenn wir vorher ankommen wollen.

Sie stürmten durch den Wald los. Nahmen den kürzesten Weg nach oben, geradeaus hinauf unter den vom Herbst vergoldeten Laubbäumen. Direkt über den Steilhang, um Zeit zu gewinnen. Ihre Füße gingen über Moos, dürres Laub, Steine, Raupen, glänzende schwarze Kügelchen, Hinterlassenschaften der Herden, die schon wieder im Tal waren. Sie spürten den Schweiß ihren Körper überziehen, heiß und eisig zugleich. Matt zog seine Fleecejacke aus, ging im T-Shirt weiter, seine langen Beine erklommen den Hang mit großen Schritten, scheinbar mühelos. Nel fiel zehn Meter zurück, dann zwanzig, dann fünfzig. Einen Sekundenbruchteil lang spürte er den gleichen Ärger in sich aufsteigen wie zwei Wochen zuvor im Dornengestrüpp am Rhone-Ufer.

He Sherpa warte auf mich.

Bei seinem Ruf blieb Matt sofort stehen. Nel sah, dass er es nicht mit Absicht machte.

Es ist die reine Bergluft, tut mir leid. Dieser ganze Sauerstoff, der plötzlich in unsere Lungen strömt. Ich bin das nicht gewöhnt.

Du hättest Schäfer werden sollen, meinte Nel. Du wärst gut gewesen.

Sie machten sich wieder auf den Weg. Die Laubbäume waren Tannen gewichen, die die Landschaft verdunkelten, dem Wald seine gelbe Färbung nahmen, seine tausend Beige- und Goldtöne. Tannen hatte Matt noch nie gemocht. Ihr schwarzes, düsteres Kleid. Ihre stumpfe, knickerige Gestalt, die bis auf den Boden reichenden Äste, die keinerlei Deckung boten.

Ihre Schwärze. Ihre Steife. Seit seiner Kindheit war es so: Er verehrte die Kiefern und verabscheute die Tannen.

Es donnerte, ein paar Tropfen fielen, dick und schwer. Dann hörte es wieder auf, das Gewitter schien weiterzuziehen, in ein anderes Tal. Sie blieben stehen, um zurückzublicken, betrachteten den Hang gegenüber, der schroff abfiel wie eine Klippe, nackt, baumlos, hörten die Lance, die unter ihnen unsichtbar zwischen den Felsen hinabstürzte.

Auf, es bleiben noch zwei Stunden vor der Nacht. Vielleicht drei.

Sie fanden den Hauptweg wieder, beschlossen, ihm zu folgen, so war es weniger steil, die Anstrengung geringer, sie konnten sich unterhalten.

Ich versuche jedes Jahr wenigstens einen Auftrieb oder einen Abtrieb mitzumachen, sagte Nel. Seit ich sechs Jahre alt bin, gehe ich diesen Weg, im Juni oder im September, manchmal beides, wenn ich Zeit habe. Jahrelang war es mein Großvater Maurice, den ich begleitet habe. Als er gestorben ist, habe ich mit meinem Onkel Antoine weitergemacht. Und jetzt gehe ich mit Paul.

Er erzählte von den Aufstiegen als Kind mit seinem Onkel Antoine, mal mit der Herde, mal einfach mit den Eseln, zur Hütte hin und zurück, um den Schäfer oben mit Proviant zu versorgen, Wein und Wurst, Kisten voll Gemüse und Melonen, und den Abend mit ihm zu verbringen, um seine Einsamkeit etwas zu durchbrechen, um zu hören, wie es den Tieren ging. Er erzählte von der Ungeduld der Hunde, ihrer Eile, oben anzukommen. Antoine hatte zwei davon, italienisch-schweizerische Schäferhunde, die den Weg zur Hütte auswendig kannten. Sie konnten es nicht erwarten, liefen vor und wieder zurück, knurrten, als könnten sie den langsamen Gang der Esel nicht ertragen, als würden sie von dort oben durch einen unhörbaren Pfiff gerufen und schäumten, ihm nicht sofort folgen zu können. Auf den letzten Kilometern wurde der Hang steiler, schmerzten die Waden. Dann ließ der Onkel die Hunde lächelnd laufen, sie rannten voraus wie der Blitz, er erriet, was sie anzog.

Na los, viel Spaß.

Oben kam ihnen der junge Schäfer entgegen, lud mit ihnen die beiden Esel ab, nahm die Obstkisten. Die Hunde waren schon seit ein paar Minuten da, eines der Männchen hing an Nouba fest, der Hündin des Schäfers, beide Tiere erschöpft, verstört, Hintern an Hintern, aneinandergefesselt durch das rote Glied, das noch im Hinterteil der Hündin feststeckte. Hinter sich hörte Nel den Onkel, der sich nach der Herde erkundigte, den Schäfer, der vom letzten Wolfsangriff erzählte. Hin und wieder wackelte Nouba mit dem Hinterteil, um sich zu befreien, beschnupperte den Gliedansatz des Rüden, schleckte resigniert darüber. Das Gespann bewegte sich ein paar Schritte weiter, fiel fast um, fand ein vorläufiges Gleichgewicht wieder, ungeschickt, tollpatschig. Nouba schaute abwesend vor sich hin, das verunsicherte Männchen knurrte. Zusammen hörten sie trübselig wieder auf, sich zu bewegen, und der zehnjährige Nel konnte bei ihrem Anblick nicht anders, als sich an die Stelle des Männchens zu versetzen, sich sein eigenes Geschlecht vorzustellen, wie es gerötet im Hintern der Hündin feststeckte wie in einem Schraubstock und bei jeder ihrer Bewegungen herumgezerrt wurde.

Wir kippen nachher einen Eimer Wasser über sie, keine Sorge.

Das sagte der Onkel, um ihn zu beruhigen.

Wir kippen nachher einen Eimer Wasser über sie, keine Sorge, und Nel sperrte die ganze Zeit, die es dauerte, die Augen so weit auf, wie er konnte, und versuchte, die Sache zu verdauen, sie weniger erschreckend, weniger roh, weniger befremdlich erscheinen zu lassen, weniger unvereinbar mit irgendetwas, das ihm irgendwann erstrebenswert vorkommen könnte. Schließlich löste sich der Schraubstock, die beiden

Tiere fanden ihre Freiheit wieder. Dann bestieg das zweite Männchen Nouba, krümmte sich, um tief in sie einzudringen, so tief wie möglich, und dann eine Reihe von nervösen, heftigen, unglaublich schnellen Stößen zu vollführen, die ihn schnell erschöpften, es dauerte höchstens dreißig Sekunden, und Nouba ließ derweil die Zunge heraushängen, ihre Augen weiteten sich, ihr Blick verlor sich im Leeren, als würden die Anstrengungen des Rüden nur ganz schwach bei ihr ankommen, als wäre es nicht ihr Hinterteil, das er bearbeitete, sondern ein Teil von ihr, der viel weiter entfernt war von ihren Nervenzentren, eine entlegene, kaum bekannte Gegend, von der sie nur ab und zu ein paar undeutliche Signale empfing.

Wie Joseph hatte sich Antoine erst jahrelang mit Maurice um die Herde der Familie gekümmert, hatte ihr seine Ferien, seine Sommer, seine schulische Laufbahn, seine ganze Jugendzeit geopfert. Dann war er wie Joseph abtrünnig geworden, hatte sich in einer benachbarten Stadt Arbeit gesucht, irgendeine Arbeit, Hauptsache, sie holte ihn aus diesem Leben heraus. Er hatte als Hilfsarbeiter angefangen, dann hatte er sich auf den Einbau von Fenstern spezialisiert, erst ein paar Fenster, dann immer mehr Fenster, erst allein, dann als Leiter eines kleinen Unternehmens, das er gegründet und rasch zum Erfolg geführt hatte. Nach einem Jahr hatte er einen Lieferwagen kaufen können, dann einen zweiten, die Leute hatten sich daran gewöhnt, ihn eilig hin und her fahren zu sehen, es hieß, er habe gerade eine Baustelle am anderen Rhone-Ufer abgeschlossen, die Gemeinde habe ihn mit der Renovierung der Schule beauftragt, er habe die Ausschreibung für den Bau des neuen Polizeigebäudes gewonnen. Er macht sich gut, der kleine Antoine, sagten die Leute, seine Geschäfte laufen, er ist ehrgeizig, ein Arbeitstier.

Dann hatte sich eines Tages etwas Neues herumgesprochen: Antoine hatte den Berg gekauft. Antoine hatte genug

Geld verdient, um sich zu leisten, was sich sonst nur die Honoratioren aus Digne oder Gap leisten konnten, nie die Leute aus Colmars, noch weniger die Schäfersöhne, die bis zu ihrem fünfundzwanzigsten Lebensjahr auf der Alm bei den Tieren geschlafen hatten. Er hatte Méjanes gekauft, eine Alm, die seit zehn Jahren zum Verkauf stand, hatte die Hütte gekauft, von der niemand mehr dachte, dass sie verkäuflich sei, dass eines Tages jemand mit der geforderten Summe ankommen könnte und sagen: Das gehört mir. Wie in einem Film oder einem Märchen.

Unglücksberg ich kaufe dich.

Elende Hütte, die du mir so viele Sommer gestohlen hast, unter deren Dach ich so viele Nächte meiner Jugend allein verbracht habe inmitten der Wollschweißdünste – ich kaufe dich. Mit deinen Weidegründen, die ich auswendig kenne. Mit deiner Gluthitze im Juli. Mit deinen Augustblitzen, die alle Tannen von Allos zu spalten drohen, deinen Felsspalten und Schlupfwinkeln, die den Schafen Zuflucht bieten, deinem Donner, so laut, dass man sich vor Angst in die Hose macht.

Er hatte die Holzhütte abreißen, sie aus Stein wiederaufbauen lassen mit allem erdenklichen Komfort, Elektroheizung, Doppelfenster und sogar einer Duschkabine mit integrierten Massagedüsen. Eines schönen Morgens hatte man ein Fluggerät am Himmel auftauchen sehen, das normalerweise im Winter nur erschien, um einen unglücklich gestürzten Skifahrer abzuholen, im Sommer, um den Schäfern auf den Almen Salzsäcke zu bringen oder das Radrennen zu überfliegen, das die Haarnadelkurven der Straße hinaufkroch, mit seinen Hunderten von Rennfahrern in bunten Trikots, seinem Gehupe, seinem Begleitzug aus Motorrädern, Autos, Werbefahrzeugen. Diesmal war ringsum alles verlassen, der Flug des Metallbrummers war ruhig, sein Hin und Her methodisch. Er flog seelenruhig zwischen dem Tal und dem Berg hin und her, jedes Mal mit einer neuen Palette voll Bausteinen beladen, die er immer am gleichen Ort absetzte, am Hang des Berges gegenüber. So ging es einen ganzen Tag. Dann noch einen Vormittag. Die Leute hatten alle Zeit der Welt, um die Maschine zu beobachten und ihr Gift zu verspritzen.

Mit dem Hubschrauber, verflucht. Er lässt die Steine mit dem Hubschrauber hochbringen.

Sie wiederholten seinen Namen: Antoine.

Doch doch der kleine Antoine, du weißt schon.

Der Kleine, der früher da oben die Schafe gehütet hat.

Das ganze Tal hatte ihn gehasst. Das ganze Tal hatte ihn bewundert.

Die Jäger hatten ihm vor die Tür der Hütte geschissen, die er innerhalb eines halben Jahres neu hatte aufbauen lassen, so oft wie möglich hatten sie ihm auf das sorgfältig aufgeschüttete Schotterbett am Fuß der Holzterrasse geschissen. Hatten den ganzen Rotwein, den sie tranken, auf die Fußmatte von Antoine gepisst, diesem Neureichen, der alle Welt demütigte mit seinem Geld. Mehrere Monate lang hatten alle Spaziergänge da vorbeigeführt: am Haus des Mannes, der das getan hatte, der das geschafft hatte.

Jetzt brach die Kälte herein, der Schatten nahm überhand. Es waren nicht mehr einfach nur die Wolken. Es war der Abend. Die Nacht, die bald da wäre. Sie beschleunigten ihre Schritte.

Wir müssten wenigstens über den Fluss kommen, bevor es ganz dunkel ist.

Da hörten sie hinter sich Motorenlärm: der Pick-up. Der Wagen holte sie ein, hielt auf ihrer Höhe an, die Ladefläche randvoll beladen mit Säcken, Pfählen für die Schafspferche, Planen, Trockenfutter für die Hütehunde. Mit Paul waren noch vier Leute im Wagen, sein Vater Roger auf dem Beifahrersitz, zwei befreundete Schafzüchter und ein Praktikant von der Landwirtschaftsschule in Eyguières hinten.

Alles in Ordnung Jungs, fragte Paul.

Alles in Ordnung, aber wir sind spät los.

Ich weiß, das haben sie mir unten gesagt.

Nel zeigte auf Matt und stellte ihn den anderen vor.

Willkommen, sagte Paul und musterte die imposante Gestalt. Kommt ihr klar, seid ihr nicht zu müde? Wir hätten euch ja gern mitgenommen, aber ich weiß nicht, wo ich euch unterbringen soll, schaut selbst. Es sei denn, ich schmeiße zwei raus, um euch dafür mitzunehmen.

Die Passagiere hinten protestierten lachend.

Wir treffen uns oben, meinte Paul. Nur Mut, es ist noch ein Stück. Habt ihr wenigstens eine Lampe für die Nacht.

Nel und Matt schüttelten den Kopf.

Na gut. Dann passt schön auf. Und trödelt nicht.

Der Pick-up fuhr wieder los. Diesmal beschleunigte Matt das Tempo deutlich, ohne Nel eine Wahl zu lassen. Sie gingen gut zwanzig Minuten, ohne zu reden, heftig keuchend.

Matt, willst du uns umbringen oder was.

Da hörten sie erneut Motorenlärm. Drehten sich um, warteten auf das Fahrzeug. Ein Mann allein an Bord. Der anhielt, ohne dass sie winken mussten.

Wohin wollt ihr.

Zum Clos de la Dent, oberhalb von Méjanes.

Ich nehme euch ein Stück mit, steigt ein. Ich bin der Schäfer, der in Les Mourres hütet.

Der Typ war ganz jung, ein studierter Ingenieur, der nach einer schlechten Erfahrung in einem Unternehmen beschlossen hatte, alles hinzuschmeißen. Seit zwei Jahren kam er im Sommer auf die Alm, mit seiner Lebensgefährtin, die wie er Ingenieurin war. Sie verbrachten den Sommer allein da oben und hüteten die Herde eines Schafzüchters aus Saint-Rémy.

Im Wagen wärmten sie sich auf. Spürten, wie ihre Glieder sich nach der Anstrengung entspannten, lösten, wie ihre Lider schwer wurden. Schauten zu, wie die Straße mühelos vorbeizog, wie die Haarnadelkurven aufeinanderfolgten, wie sie an Höhe gewannen. Die Vegetation wurde immer spärlicher. Es wuchs nichts mehr als Gras, verkrüppelte Fichten und Tannen, denen der Blitz ganze Äste abgerissen hatte.

Schließlich parkte der junge Mann auf einer schmalen Plattform.

Wir sind in Les Mourres, weiter fahre ich nicht.

Sie dankten ihm, gingen wieder hinaus in die Kälte, um mit frischem Mut weiter aufzusteigen.

Da werden die anderen Augen machen.

Am Fluss angekommen, erkannten sie Pauls Pick-up, der fünfhundert Meter weiter am Wasser parkte. Sahen Paul und den jungen Praktikanten, die schon am anderen Ufer waren und den letzten Teil des Aufstiegs in Angriff nahmen. Roger und die anderen, die die Furt auch durchquert hatten und noch dabei waren, ihre Schuhe wieder anzuziehen, sicherlich überrascht, sie schon auftauchen zu sehen.

Oh Mann ich komme mir vor wie der Richter in *Butch Cassidy and the Sundance Kid,* meinte Matt. Der Gesetzeshüter mit seinem weißen Hut, der Paul Newman und Robert Redford verfolgt. Der immer wieder am Horizont auftaucht, wie ein Albtraum, und ihnen jeden Tag ein bisschen mehr Angst einjagt. Egal was sie machen. Was sie auch für Listen erfinden, um ihre Spuren zu verwischen.

Sie kamen am Flussufer an, zogen ihre Schuhe aus und wateten durch das eisige Wasser, die Füße immer fest auf die Steine gesetzt, um nicht auszurutschen. Die letzten Kilometer brachten sie in einem Gewaltmarsch hinter sich. Erreichten die Hütte nur eine Minute nach den anderen, es war Nacht geworden, die ersten Blitze durchzuckten den Himmel, der Donner grollte, und die anderen waren verblüfft, sie schon da zu sehen.

Na ihr seid ja schnell marschiert, Jungs. Kann man nicht anders sagen.

Sie taten, als hörten sie sie nicht, setzten ihre Rucksäcke ab, vor allem erleichtert, vor dem Regen angekommen zu sein, begrüßten Césaire herzlich, den etwa fünfzigjährigen Schäfer, der den ganzen Sommer mit den Tieren auf dem Berg geblieben war, hörten sich die ersten Neuigkeiten von der Herde an. Matt drehte sich um und schaute ins Tal hinab, das schon fast vom Nebel und der Dunkelheit verschluckt war. Die Hütte stand direkt über dem Abgrund auf dem Fels. Darunter fiel der Berg steil ab, stürzte fast senkrecht ins Leere, es war schwindelerregend. Überall ringsum ragten die zerklüfteten Wände der Bergkämme auf, zogen mit ihren schroffen Gipfeln die Aufmerksamkeit auf sich, mit ihren Geröllhalden und den Schneefeldern, die in der tiefer werdenden Dunkelheit bläulich glänzten.

Ein gewaltiges Krachen ließ sie alle zusammenzucken. Die ersten Tropfen fielen, schwer und dicht. Sie prasselten tausendfach auf die Erde.

Das war knapp, sagte Nel und rannte mit den anderen nach drinnen.

Keine Sorge, wir kriegen schon noch eine Dusche ab, so oder so, meinte Césaire mit seinem Lachen, das von Jahrzehnten von Almsommern strapazierte Zähne sehen ließ. Morgen todsicher.

Nel fragte, ob es nicht eine Chance gebe, dass das Wetter besser würde.

Wirst schon sehen, wie es sich verbessern wird. Wirst schon sehen, was wir morgen abkriegen werden, das wird lustig.

Dann ist ja gut, dass ich meine Fotoausrüstung mitgebracht habe, meinte Nel und belächelte sich selbst. Da werd ich was von haben.

Ihm kam der Gedanke, dass der Regen genau dazu da war: ihn am Fotografieren zu hindern. Ihn und Matt zu entwaffnen. Sie zu zwingen aufzuhören, alles einzufangen, unsterblich zu machen, zu fixieren. Sie dazu zu bringen, einfach zu leben, sich den Dingen zu überlassen, ganz und gar gegenwärtig zu sein. Von diesen Tagen würde es keine Bilder geben. Weder einen Film von Matt noch Fotos von Nel. Und das war gut so.

Draußen wurde der Regen immer stärker, das Gewitter umhüllte die Hütte, prasselte auf das Blechdach und die Plexiglasfenster ein, als wolle es den ganzen Berg ertränken. Sie setzten sich alle acht im Lärm der Sintflut um den Tisch herum. Holten die Würste, den Pastis, den Wein hervor.

Na ihr wart ja wirklich schnell, meinte Pascal zu Nel und Matt, als könne er es immer noch nicht fassen. Dein Kumpel hat einen guten Schritt am Leib. Keine Frage.

Habt ihr gesehen.

Echt wahr, sagte Paul, echt wahr, ich hätte nicht gedacht, dass ihr in diesem Tempo raufkommt.

Ich auch nicht, sagte Pascal. Alles andere weiß man nicht, aber einen guten Schritt hat dein Matt am Leib, keine Frage.

Nel und Matt rückten schließlich lachend mit der Sprache heraus. Erzählten vom Wagen des jungen Schäfers. Die anderen lachten gutmütig. Paul zuckte mit den Schultern, als mindere diese kleine Hilfestellung ihre Leistung kaum.

Trotzdem, ihr wart ganz schön schnell. Er hat euch nicht bis hier hochgebracht.

Hoggar, rief Césaire seinen Hund, um ihm die Wurstpellen zu geben.

Ulkig, dass er Hoggar heißt, meinte Matt. Da kommt Malika her. Ich habe mehrere Monate im Hoggar-Gebirge verbracht.

Ich war nie da, sagte Césaire. Aber der Hund meines Vaters hieß so. Und mein Vater, der war in Algerien. In der Hundestaffel, wie fast alle Schäfer.

Wie Nels Vater, sagte Matt.

Wie mein Vater, stimmt, sagte Nel und sah Césaire an. Wer weiß, vielleicht haben sie sich da drüben getroffen, auf der anderen Seite des Mittelmeers. Und haben zusammengehalten, als Almnachbarn.

Césaire lächelte. Er erzählte, was er von den Ausbildungsmanövern seines Vaters vor dem Einsatz wusste. Die Übungen in den Vogesen, im November. Die unbarmherzigen Orientierungsläufe in der Kälte. Die achtstündigen Märsche im Schnee. Die Abkürzungen, um die anderen Kompanien zu umgehen und schneller ans Ziel zu kommen. Der Zwang, abends zu biwakieren, die Kälte zu ertragen, den Hunger, die Angst vor wilden Tieren, sich mit drei Decken auf der bloßen Erde ein Bett zu machen. Und wie sich sein Vater und ein anderer Schäfer unter diesen widrigen Umständen sofort ausgezeichnet hatten. Wie sie innerhalb von ein paar Tagen die Maskottchen ihrer Kompanie geworden und wie Könige behandelt worden waren, von den Offizieren gehätschelt, die sie als Einzige duzen durften, sie aßen sogar an ihrem Tisch. Sie, die nie etwas anderes als Matsch und Verachtung gekannt hatten. Die mit zehn Jahren von der Schule abgegangenen Parias. Die an Müdigkeit und Kälte gewöhnten Bengel, groß geworden zwischen Bäumen und Himmel, wo sie von früh bis spät durch die Täler liefen, Gewitter Stunden im Voraus witterten, sich von Pilzen und Pflanzen ernährten. In der Lage, selbst in der finstersten Nacht den Norden auszumachen, die Furt eines Gebirgsbachs zu erahnen, eine Höhle zu orten, wo die ganze Kompanie unterkommen konnte.

Die Letzten werden die Ersten sein, ein paar Tage lang in den Vogesen war das wahr geworden, sagte Césaire zu Nel, das Versprechen war eingelöst, die Ungerechtigkeit besiegt, alle Hierarchien umgekehrt, dein Vater und meiner waren zu den Herren eines ganzen Regiments geworden.

Nach dem Ende der Ausbildung hatten die Rekruten den Zug nach Marseille genommen. Eines sonnigen Dezembermorgens waren sie zu Tausenden am Bahnhof Saint-Charles angekommen, die meisten entdeckten da den Süden, betrachteten zum ersten Mal die blaue Weite des Mittelmeers, die auf dem Wasser blitzende Sonne, das Winterlicht, das vom Amphitheater der Hügel zurückstrahlte. Auf der großen Treppe mit den steinernen Löwen hatten sie gespürt, wie ihnen die Meeresbrise ins Gesicht schlug, wie ihr Bauch sich zusammenkrampfte. Sie hatten begriffen, dass es so weit war, dass die Stunde der Abreise gekommen war. Unten am Hafen hatten sie die Schiffe gesehen. Hatten sie kalt und grau gefunden, kriegsfarben mit ihren Kanonen und Geschützen auf dem Deck. Am Kai herrschte Chaos, die verschiedenen Kompanien hatten sich vermischt, liefen panisch durcheinander, jeder versuchte, seine Kameraden wiederzufinden, die Offiziere brüllten von allen Seiten, um wieder einen Schein von Ordnung ins Gewühl zu bringen. Die Schäfer hatten keine Angst gehabt, erzählte Césaire. Sie waren nicht verloren gegangen. Kaum auf dem Kai, hatte sein Vater seinen unverwechselbaren Hirtenruf ausgestoßen. Sofort hatte ein Kollege aufgehorcht und geantwortet, Césaires Vater hatte ihn hundert Meter weiter erblickt, wie er an einer Straßenlampe lehnte, und sofort hatte er sich durch die Menge zu ihm hinübergedrängelt, ohne jede Angst, mit der größten Selbstverständlichkeit, nicht besorgter als bei jedem Schaftrieb.

Diesmal waren wir die Herde.

Das war der Satz seines Vaters gewesen, um ihm zu beschreiben, was er an jenem Tag auf dem Kai empfunden hatte, inmitten der Tausenden von Rekruten, die sich mit ihm einschiffen würden. Weder Angst noch Panik. Vielmehr etwas wie Erleichterung. Ein ungläubiges Staunen plötzlich, sich ergeben zu dürfen. Nur noch gehorchen und *folgen* zu müssen. Dass man sich einmal um ihn kümmerte und nicht umgekehrt.

Zum Abendessen gab es Wurst und eine Gemüsesuppe, sie tranken den billigen Whisky, den sie Césaire mitgebracht hatten, um ihm zu danken, wobei sie jedes Glas der braunen Flüssigkeit mit Wasser verdünnten, als wäre es Pastis, was die Zweiliterflasche nicht daran hinderte, sich vor Ende des Abends zu leeren, sodass Césaire und Paul nichts anderes übrig blieb, als mit Rotwein, Pastis und Génépi weiterzumachen. Das Gespräch war auf den Wolf gekommen, der vor Kurzem bei drei Angriffen zwanzig Tiere getötet hatte, manche waren zerfleischt, doch nur ohne Leber wiedergefunden worden, da dieses Drecksvieh sich den Luxus leistete, nur das Beste zu fressen, die anderen waren schlicht verschwunden, in der Panik von der Felswand gestürzt.

Man müsste erst mal die ausrotten, die den Wolf verteidigen, sagte Césaire ruhig, während er seinen Teller hinstreckte, um noch eine Kelle Suppe zu bekommen, und alle am Tisch lachten laut und stimmten fröhlich zu, auch wenn sie sich fragten, ob der Schäfer es nicht ernst meinte, so tief schien sein Zorn zu sitzen. Erst mal diesen ganzen Deppen den Kopf abhacken, dann ginge es besser, und am Tischende nickte Pascal und schnappte sich eine neue Wurst, um sie in Scheiben zu schneiden wie die drei vorigen, während Césaire, immer noch genauso ruhig, zu erzählen begann, in welchen Zustand er eine Woche zuvor die 318 gefunden hatte, die 318, sagte Pascal und fuhr hoch, verdammt die 318, unsere tapfere kleine 318 hat dieses Mistvieh erwischt, und alle konnten spüren, dass auch er den Wolf plötzlich hasste, ihn mit aller Kraft hasste.

Du hättest sie sehen sollen, die 318, sagte Césaire zu Pascal, und er zeigte das Foto herum, das er acht Tage zuvor mit seinem Handy gemacht hatte, als er im Morgengrauen von den Hunden geweckt worden und mit seinem Gewehr hinausgerannt war und bis zum Fluss hinunter, wo er diesen Haufen Gedärme Blut abgerissene Beine auf den Felsen gefunden hatte. Ich hätte nie erkennen können, dass es die 318 war, sagte Césaire, aber er hatte ein Stück Ohr mit einer der beiden

Plastikmarken gefunden, 1 500 318, eine gelbe Ohrmarke, unzweifelhaft die der 318. Das Blut war noch warm, nicht einmal geronnen, es lief bis in den Fluss und bildete sehr fotogene scharlachrote Rinnsale auf dem weißen Fels, sagte Césaire, und er, der nie Fotos machte, hatte sein Telefon hervorgeholt und draufgehalten, es war ihm nichts anderes eingefallen, um sich über den Schock hinwegzuhelfen.

Am nächsten Tag waren Wanderer mit sonnencremeweißen Gesichtern vorbeigekommen und hatten gefragt, wo sie Wölfe sehen könnten, wo hat man die besten Aussichten, ein Rudel zu sehen, hatten die beiden Touristen in ihren Quechua-Hosen mit aufgesetzten Taschen wortwörtlich gefragt, man hat uns gesagt, hier in der Gegend wären manchmal welche. Césaire hatte sich bemüht, höflich zu bleiben, und den sonnencremeweißen Kaspern freundlich erklärt, der Wolf nähere sich leider nicht so ohne Weiteres, sonst hätte er ihm schon lange höchstpersönlich eine Kugel in den Leib gejagt, er hatte auf die Reaktion im Gesicht der Touristen gewartet, aber sie blieb aus. Wollen Sie sehen, was der Wolf macht, wenn er kommt, und er hatte sein Handy hervorgeholt, um ihnen die 318 im Morgengrauen auf den Felsen zu zeigen, er hatte über den Bildschirm gewischt, um die Bilder der über zehn Meter mit blutigen Gedärmen überzogenen Felsen vorbeilaufen zu lassen, und die Touristen waren entsetzt abgezogen – die zwei wären geheilt, hatte Césaire gedacht.

Es folgten weitere Geschichten von Wolfsangriffen, jeder hatte ein paar davon auf Lager, und als das Essen fast zu Ende war, die Génépi-Flasche fast leer, war die Energie abgesackt, es gab eine Stille, und Nel hatte plötzlich Angst, der närrische Matt könnte darauf verfallen, Césaire zu fragen, ob es nicht einträgliche Abfindungen gebe für die vom Wolf gerissenen Tiere. Nel wusste, dass Matt fähig war, derart gewagte Fragen zu stellen, und vielleicht war ihm ja nicht klar, dass diese Gelder an die Züchter gingen, nie an die Schäfer, die damit betraut waren, die Herden zu hüten, nie an die Sträflinge, die durch Monate des Zusammenlebens an ihre Tiere gekettet waren, bei Gewitter wie bei Gluthitze, mit ihnen verbunden wie mit ihrem eigenen Fleisch. Würde Matt in dieser Runde versuchen, das Recht des Wolfs, sich frei zu ernähren, zu verteidigen, das würde ihm ähnlich sehen, dachte Nel, und die ganze Zeit, die die Stille andauerte, betete er darum, dass Matt weiter schwieg, halt bloß die Klappe Matt, dachte er ganz fest, und sein Gebet wurde erhört, Matt machte keinerlei Anstalten, den Mund aufzutun, alle beschränkten sich darauf, dem immer stärkeren Prasseln des Regens auf dem Dach zu lauschen, das inzwischen fast jedes Gespräch unmöglich machte.

Oh Mann, das kann ja morgen heiter werden, meinte Paul lachend, und alle wechselten bedrückte Blicke, Pascal und Roger standen vom Tischende auf, um die Tür einen Spalt zu öffnen und die Lage abzuschätzen, aber draußen war es stockfinster, und alles, was sie sehen konnten, war ein Stück pechschwarze Nacht, durchzogen von dichten silbrigen Fäden, ein Blitz durchzuckte den Himmel, macht doch wieder zu, ihr Trottel, macht zu, seht ihr denn nicht, dass das Wasser reinläuft, schimpfte Césaire, und so hatten sie ihre Begutachtung der Wetterlage abgebrochen.

Sie schliefen sofort ein. Vier oben auf dem kleinen Zwischenboden. Vier unten in den Stockbetten. Die einzelne Glühbirne ging aus. Dann war nichts mehr zu hören als das Prasseln des Regens auf dem Blechdach, gewaltig, ohrenbetäubend, nur ein paar Zentimeter vom Gesicht Nels und der anderen entfernt.

19

Dann hatte auch Christian angefangen zu sterben. Die Nachricht hatte das Haus auf der Höhe eines Morgens erreicht, als Réa in Ruhe mit Fabien frühstückte, oder vielmehr neben ihm, denn Fabien aß schon seit Tagen nicht mehr, tauchte nur die Lippen in eine Schale Kaffee, nahm einen Löffel Marmelade, nuckelte an der Gabel mit etwas Rührei, die Réa ihm hinhielt, bevor er wieder einschlief.

Am anderen Ende der Leitung war André, und seine Stimme verriet, dass es nicht gut ging, die Nacht dort auf der Insel war schlecht gewesen, die vorigen auch aber diese noch schlimmer, weder Christian noch André hatten geschlafen und erst um acht Uhr früh hatte Christian etwas Ruhe gefunden, sodass André endlich anrufen konnte.

Es geht sehr schnell, Réa.

Andrés Stimme war tonlos.

Christian nahm seit einer Woche rapide ab, aß nicht mehr, war schwach, jeden Tag schwächer. Es war keine Malaria, keine Grippe, auch kein Gelbfieber, einfach ein Durchfall, der durch nichts zu bremsen war, eine unaufhaltsame Dysenterie, als wolle das Leben so schnell wie möglich aus dem Körper ihres nicht einmal vierzigjährigen Sohnes weichen, hatte André gesagt, ich verstehe nicht, was los ist.

Réa hatte gespürt, wie der Boden unter ihren Füßen bebte, wie eine Art Blitzschlag sich ankündigte, wie der Tod sich ihnen vieren unerbittlich näherte, obwohl sie durch zehntausend Kilometer getrennt waren, wie er sich anschickte, sie zu vernichten. Sie hatte plötzlich gewusst, was sie erwartete, hatte die Szene vollkommen klar vorausgesehen, André und sie selbst neben ihren beiden toten Söhnen stehend, hatte in diesem Moment angefangen, sich darauf vorzubereiten, ohne zu versuchen, sich länger dagegen zu sperren, sondern es hinzunehmen. Von diesem Tag an hatte sie André jeden Abend angerufen, wie um zu verhindern, dass ihre Bahnen diesseits und jenseits des Äquators auseinanderdrifteten. Jeden Abend Nachrichten von Christians Verfall. Jeden Abend Nachrichten von Fabiens Verfall. Von der Beschleunigung von Christians Verfall. Von der Beschleunigung von Fabiens Verfall.

Eines Morgens hatte das Telefon geklingelt: Drüben auf der fernen großen Insel war es zu Ende. Aus Christians erschöpftem Körper war das Leben endgültig entflohen. Sobald die Nachricht da war, hatte Réa sie Fabien überbracht, der sie in seiner tiefen Lethargie zuerst kaum zu hören schien, Réa hatte einen Moment lang gedacht, er verstehe nicht, höre nicht mehr, erkenne nicht einmal mehr den Sinn dieser Worte, *Christian ist tot.* Er hatte sich nicht gerührt, nicht die geringste Reaktion gezeigt, erst eine Stunde später war seine Antwort gekommen, als habe er diese Zeit gebraucht, um seine Kräfte zu sammeln, um die Energie zu finden, so zu reagieren, wie er es für angemessen hielt, auf die einzige Art, die ihm nunmehr noch möglich erschien, nämlich indem er auch starb, indem er seinem Bruder folgte, so schnell wie möglich, gleichsam aus Diskretion, um nicht zur Last zu fallen, er, der immer so sehr um Eleganz bemüht gewesen war. Sobald sein Entschluss feststand, denn er hatte ihn gefasst, da war sich Réa sicher, war sein Atem schwächer geworden, und er hatte angefangen zu röcheln, sehr schnell hatte sein bisher vollkommen ruhiger Körper zu kämpfen begonnen, er stirbt, hatte Réa gedacht und seine Hand genommen, und tatsächlich hatte sich das Röcheln nach ein paar Minuten beruhigt, bis nur noch ein kaum merklicher Atem blieb, dann war auch dieser Hauch schwächer geworden und schließlich erloschen.

Ich komme morgen mit Christian, hatte André am Telefon unwillkürlich gesagt, er sprach noch, als müssten Vater und Sohn Arm in Arm aus dem Flugzeug steigen und sich zusammen daranmachen, die Schmetterlingskästen auszuladen. Mit dem ganzen Papierkram, den Genehmigungen werde ich morgen da sein, es gibt einen Flug am Abend, mit etwas Glück komme ich noch rechtzeitig, um mich von Fabien zu verabschieden.

Aber Fabien war genau um die Uhrzeit gestorben, als das Flugzeug startete, zu spät, als dass man André noch hätte Bescheid sagen können. Es war eine lange Nacht vergangen, ohne dass Réa mit ihm sprechen konnte, und am nächsten Morgen, als seine Ankunft endlich nahte, hatte sie Fabiens Leiche Josette anvertraut und war mit dieser Nachricht losgefahren zum Flughafen Marignane. Sie war André entgegengefahren, um sie ihm zu überbringen, allein im Auto hatte sie sich bei jedem Flugzeug am Himmel gefragt, ob es wohl dasjenige war, das den Sarg ihres achtunddreißigjährigen Sohnes brachte, der gestorben war, ohne dass sie ihn wiedergesehen hatte. Sie hatte gedacht, es ist verrückt, ich sitze allein am Steuer dieses Autos inmitten dieser Landschaften, durch die ich hundertmal gefahren bin, und alles könnte sein wie immer, es könnte ein Morgen sein wie jeder andere. Aber zu Hause wartet die Leiche meines älteren Sohnes auf mich, die Leiche meines jüngeren Sohnes ist irgendwo da oben am Himmel, und nachher wird geschehen, was kaum zu fassen ist, sie werden beide nebeneinander in ihren Särgen liegen, und ich, die ich im Moment noch unberührbar wirke, die ich im Schutz dieses Fahrzeugs dieser Türen dieser sauberen Fenster unerreichbar scheine für die bösen Schläge des Schicksals, werde alles verloren haben.

Sie hatte sich am Schalter gemeldet, und sofort hatten sich

mehrere Angestellte der Fluggesellschaft um sie geschart und sie mit Fürsorge und Aufmerksamkeiten überhäuft, die sie um ihre Beherrschung gebracht und in Tränen hatten ausbrechen lassen – es war also wahr, sie war tatsächlich diese Unglückliche, von der sogar das Bodenpersonal wusste, worauf sie wartete.

Man hatte sie zu einem Sitz etwas abseits des Trubels geführt, sie hatte es sich gefallen lassen, hatte verstanden, dass dies fortan ihre Aufgabe wäre, sich die Dinge gefallen lassen, akzeptieren, dass man sich um sie kümmerte, dass man Fragebögen für sie ausfüllte, dass man ihr sagte, wohin sie sich setzen und wie lange sie warten sollte. Sie hatte gehorcht und hatte um sich herumgeschaut, während das Flugzeug sein Andockmanöver abschloss, sie betrachtete das Licht, das durch die Glasfront hereinfiel und auf das blaue Linoleum prallte, betrachtete die Decke und die Reihen der Sitze und den alten Zeitungsladen in dieser Halle, die sie als Familie Dutzende Male durchquert hatten, wenn sie auf die Insel flogen oder von dort zurückkamen, immer da entlang, am gleichen Schalter wartend, die ersten Jahre alle vier, mit Fabien, dann jahrelang ohne ihn, nur mit Christian, der nun ein letztes Mal zurückkehrte.

Die Passagiere waren herausgekommen, und ganz am Schluss sah sie am Ende des Gangs die Gestalten von André und Mary, Christians maurizischer Lebensgefährtin, sie sah an einer von André gehaltenen Leine das fahle Gelb von Christians altem Wolfshund, den die Besatzung aus Mitgefühl in der Kabine hatte reisen lassen.

André hatte sie an sich gedrückt, und ein paar Sekunden lang hatten sie nichts gesagt, Réa hatte den Arm um Marys Schultern gelegt, so standen sie alle drei inmitten des Gangs, nur der Hund hechelte weiter zu ihren Füßen, und erst da hatte Réa es ihnen gesagt, Fabien ist auch tot, mit ruhiger Stimme, ohne zu zittern, ohne jede Verzweiflung, als wolle sie André sagen, es ist so weit, der Moment, den wir seit Wochen, seit Monaten haben kommen sehen, ist da, wir sind mittendrin, es ist jetzt.

Réa hielt sich gerade, gerader denn je, André hatte sich erst schwach atemlos dem Zusammenbruch nahe gefühlt, und dann war es gewesen, als peitsche ihn die Nachricht auf, als rufe Réas ruhige Stimme, ihre Würde ihn mit einem Schlag zur Ordnung. Er fasste sich wieder, spürte überdeutlich, wie seine Wirbelsäule sich aufrichtete seine Muskeln sich strafften, wie seine Beine sich fester in den Boden pflanzten, wie die Tränen in seinen Augen augenblicklich trockneten, um sich in Einklang zu bringen mit Réas Stärke, und von da an waren sie nicht mehr aus ihrer Rolle herausgetreten, hatten sich klaglos um die Erledigung aller Formalitäten gekümmert, gewartet, bis der Sarg in den Überführungswagen geladen wurde, waren ihrerseits ins Auto gestiegen, um ihn bis zum Haus auf der Höhe zu geleiten, Réa am Steuer, André neben ihr auf dem Beifahrersitz, Mary hinten, der Hund zu ihren Füßen.

Im Wohnzimmer hatten sie die Möbel an die Wand geschoben. Die Böcke in der Mitte des Raumes aufgestellt wie für die große Tafel an Festtagen. Christians Sarg neben den von Fabien gestellt. Den Freunden, die kamen, um ihnen beizustehen, zu trinken eingeschenkt. Angefangen, sich am Telefon abzuwechseln, um die zu benachrichtigen, die noch nicht Bescheid wussten.

Nel war am nächsten Morgen aus Montpellier gekommen, eine Stunde vor der Aussegnung. Er hatte unter der Stadtmauer geparkt, Boulevard Émile-Combes, hatte die Treppe genommen, die direkt auf die Höhe führte. Oben angekommen hatte er den hellen Ring der Arena gesehen, den Blick langsam über die zweitausend Jahre alten Bögen schweifen lassen. War an geschlossenen Touristenläden vorbeigegangen, die Saison zu Ende, die Touristen und Festivalbesucher abgereist, der Aktivitätspegel wieder auf seinem herbstlichen Niedrigstand. Als habe das Schicksal absichtlich gewartet, bis die Stadt sich leerte, bis die Fremden wieder gingen, bis die Bewohner unter sich waren, bevor es wagte, diesen Doppelmord zu begehen.

Seine Füße waren automatisch nach links gegangen, in die Straße, in die seine Beine ihn hundertmal getragen hatten, ohne dass er darüber nachdachte. Und mit einem Mal war da wie ein unsichtbarer Schleier gewesen, eine Veränderung nicht nur der Gesichter und Stimmen ringsum, sondern beinahe der Luft, als wäre ihr Sauerstoffgehalt plötzlich vermindert. Er sah die Menschen, die sich vor dem Haus drängten, spürte, wie seine Brust sich unter dem Mantel zusammenzog, wie seine Lunge Mühe hatte, sich mit Luft zu füllen.

Er hatte Josette und Max vor dem Eingang stehen sehen, hatte François, Régine, Michel, Numa und die anderen ausgemacht, die laute Stimme von Javier erkannt, der auf der Vortreppe stand und drauflosredete, wahrscheinlich in der löblichen Absicht, sich nicht unterkriegen zu lassen, gegen die Trostlosigkeit anzukämpfen, um allen zu zeigen, dass man traurig sein konnte, ohne sich mit Traurigkeit zu schmücken, niedergeschlagen sein konnte, ohne die Niedergeschlagenheit zur Schau zu stellen. Javier war groß und stark, seine Stimme dröhnend. Er kannte Fabien seit dem Lycée, war sein Leben lang mit ihm befreundet geblieben, dreißig Jahre. Es war klar, dass mit diesem Tod ein ganzes Stück seines Lebens, seines Bodens wegbrach. Warum ließ er sich dann nicht fallen. Warum legst du dich nicht einfach auf die Erde, um zu weinen, Javier, hatte Nel gedacht, warum jagst du nicht deine ganze Philosophie zum Teufel und weinst deine Traurigkeit heraus, wie jeder weiß, dass du es tun wirst. Es kann gar nicht anders sein, und wenn du noch nicht zusammengebrochen bist, dann nur, weil deine Muskeln noch zu angespannt sind, deine Nerven noch zu sehr bloßliegen, um loszulassen, sie scheinen standzuhalten, aber sie sind wie die Wände eines wurmstichigen Hauses, die nur durch ein Wunder noch stehen und bei der ersten Erschütterung nachgeben werden, binnen einer Sekunde werden sie zu Staub zerfallen und dann werden alle das Ausmaß der Katastrophe sehen, die Schwere des erlittenen Schadens ermessen, mehr als ein Schaden, eine Verheerung, ein langsames Unterhöhlen aller Grundfesten, eine dumpfe Vernichtung, unsichtbar, doch rettungslos.

Er war ins Wohnzimmer getreten, hatte die beiden Särge mitten im Raum gesehen.

Durch das Fenster drang das Licht des Tages herein, draußen konnte man die Äste der Bäume sehen, die sich leise wiegten.

Er hatte an all die Jahre gedacht, die seine Cousins gelebt hatten. An all die Tage und Nächte, in denen ihr Herz unermüdlich geschlagen, ihre Lunge sich mit Luft gefüllt, ihre Hände berührt, ihr Mund geküsst, ihre Nase gerochen hatte. An all das Licht, das fast vierzig Jahre lang in ihre Augen gefallen war. All die Landschaften, die sich ihrer Netzhaut eingeprägt hatten. All die Körper, die sie in ihren Armen gehalten hatten. All die von ihren Augen eingefangenen Bilder, nur damit am Ende alles aufhörte, erlosch, zwischen vier Brettern landete, unter dem versiegelten Deckel dieser zwei Kästen inmitten eines Wohnzimmers verschwand.

Er hatte mit leichter Übelkeit an die Tausenden von toten Schmetterlingen in den Schubläden im ersten Stock gedacht, in Andrés kleinem Büro in ihre Kästen gepinnt. An die Tausenden von prachtvollen Käfern, mit denen alle Schränke voll waren. An das ganze in ein Kolumbarium verwandelte Haus mit seinen Nischen voll glänzender chitinöser Körper. Zum ersten Mal hatte er das Gefühl gehabt, ihr Gewicht zu spüren.

Tausende Insekten, tot wie seine Cousins es nunmehr waren, die Flügel für immer steif, flach, parallel zum Boden ihrer Särge. Brüder im Schlaf. In zwei identische Kästen gelegt, die nachher vom gleichen Priester gesegnet würden.

Die Kirche hatte sich gefüllt. Die beiden Särge waren zum Altar getragen worden. Auf allen Gesichtern stand die gleiche Ungläubigkeit. Das gleiche Gefühl, einem Geschehen beizuwohnen, dessen Grausamkeit alle Grenzen überschritt und die Szene in eine andere Dimension kippen ließ, in die der antiken Tragödien, des göttlichen Zorns, es war ein Drama, das ein Mindestmaß an Erbarmen des Himmels nicht hätte zulassen dürfen.

Alle beide.

Diese Worte hallten in allen Köpfen wider.

Nicht nur einer, sondern zwei.

Nicht nur zwei wie die Summe von eins plus eins, sondern alle beide. Das heißt der eine und der andere. Das heißt die Gesamtheit der Kinder von André und Réa, die jetzt allein dastanden, in einer endgültigen Einsamkeit, die keine Gegenwart, keine Freundschaft je würde beheben können.

Wenn man im Leben etwas wirklich will, bekommt man es am Ende immer.

Diese Worte Fabiens in seinen letzten Tagen.

Du wirst sehen, es stimmt.

Sie waren aus der Kirche herausgekommen. Waren alle zusammen den beiden von Blumen überquellenden schwarzen Wagen gefolgt, Richtung Friedhof.

Als Nel Matt zum ersten Mal von dem Trauerzug erzählt hatte, hatte er von Sonne geredet. Von einer strahlenden Sonne. Es war ein schöner, warmer Tag, hatte er angefangen, eine schöne, große Sonne stand über unseren Köpfen, wie um uns zu verhöhnen, um die Szene noch grausamer zu machen, und Josette, die mit ihnen zusammensaß, hatte ihn unterbrechen müssen.

Was erzählst du denn da Nel es regnete.

Was erzählst du denn es regnete erinnere dich, und zu sagen es regnete ist noch untertrieben, es goss, als sollte die ganze Stadt ertrinken.

Nel war erstaunt gewesen, sprachlos, verstört über seinen Irrtum, er versuchte zu verstehen, wie seine Erinnerung die Dinge derart hatte verdrehen, wie sein Gedächtnis ihn so grob hatte täuschen können. Er hörte seine Worte noch nachhallen, diesen Sekunden vorher voller Überzeugung ausgesprochenen Satz: Es war schönes Wetter eine blendende Sonne, es war als wolle der Himmel uns verhöhnen.

Als wolle er den Skandal noch verstärken, die Szene noch obszöner machen.

Es regnete Nel erinnere dich, der Regen peitschte uns, klatschte auf uns nieder, hatte Josette sanft gesagt, und da war es ihm endlich wieder eingefallen: das Unwetter, das auf die Straßen niederging. Das Prasseln der Tropfen. Die Tausenden von silbrigen Einschlägen auf dem Asphalt. Das kompakte, allgegenwärtige, unerbittliche Wasser. Gleich einem zusätzlichen Fluch.

Es regnete, hatte Nel gesagt.

Du hast recht es regnete.

Bei einer anderen Beerdigung hätten sie sich beeilt, hätten die beiden Bestattungswagen im Stich gelassen, sich unter einem Vordach untergestellt, rette sich wer kann und Treffpunkt auf dem Friedhof, alle hätten Verständnis gehabt. Nicht so an diesem Tag. Sie hatten sich nicht beeilt, keiner von ihnen. Hatten auch nicht versucht, sich unterzustellen. Hatten sich durchnässen lassen. Bis auf die Haut.

Nel hatte den Regen wieder vor sich gesehen, wie er auf den Boden hämmerte, die Rinnsteine hinablief und alles reinwusch, Gehwege, Gesichter, Traurigkeit. Er hatte die seltsame

Befriedigung wiederempfunden, sich dem Unwetter zu überlassen. Die sanfte Euphorie, als er allen Widerstand aufgegeben hatte, als er akzeptiert hatte, es einfach über sich ergehen zu lassen.

Da du uns ja in der Hand hast, Regen.

Da du uns ohnehin bis auf die Knochen durchweichen wirst.

20

Als Nel aufwachte, hörte er, wie sich Césaire und Roger in den Nachbarbetten regten, wie sie aufstanden, sich anzogen. Über ihren Köpfen fiel der Regen immer noch genauso dicht, in der Hütte war es finster.

Was machen die denn, gehen die im strömenden Regen zum Pissen raus.

Dann begriff er, dass es sechs Uhr war. Er schaute Matt an, der auf der Matratze unter ihm noch schlief, den großen Körper auf die Seite gedreht, die Beine angezogen, um in das zu kurze Bett zu passen. Er rief ihn leise.

Sherpa wach auf. Komm Sherpa. Es geht los.

Paul machte das Licht an. Einer nach dem anderen standen sie auf, zogen ihre dicken Pullis und ihre Stiefel an, legten Holz nach, stellten auf dem gusseisernen Ofen Wasser auf, setzten sich an den Tisch, fingen an, Brot zu schneiden, sich Instantkaffee zu nehmen, Kekse zu verdrücken.

Draußen war der Boden matschig, der Regen peitschte die Erde, dichter Nebel verschluckte das Tal unter ihnen und versperrte die Sicht. Hier und dort standen Schafe niedergeschlagen im anbrechenden Tag, reglos unter dem Wolkenbruch, braune Knäuel, die sich zusammendrängten, nur manche abseits im Schutz von Kuhlen oder Felsen, wo sie vor dem Wind Zuflucht suchten.

Sie machten sich im Regen an die Arbeit, fingen an zu zählen, die Tiere zu sortieren, ohne sich einen einzigen Augenblick um das Wasser zu kümmern, das durch ihre Kleider drang, bis unter ihre Regenmäntel sickerte und jede Masche durchtränkte. Durch die Sortieranlage liefen bunt gemischt die Schafe der Herden von Escoffier, von Pascal, von Féraud, einem Züchter, der unten geblieben war, und wurden in verschiedene Pferche geleitet. Nach einer Weile brauchte Paul Unterstützung. Er rief Matt, drückte ihm einen Zähler in die Hand.

Du kümmerst dich um die von Féraud.

Férauds Schafe waren mit einem blauen Kreuz markiert. Jedes Mal, wenn eines von ihnen durch die Sortierbox lief, musste Matt auf seinen Zähler drücken. Manchmal kamen Schafe an, kehrten aber gleich wieder um. Oder es drängelten sich zwei auf einmal durch. Nel sah, wie Matt sich anstrengte, seinen ganzen Stolz daransetzte, keinen Fehler zu machen, trotz des Matsches, trotz des strömenden Regens. Neben ihm taten Pascal und Paul dasselbe, Pascal gleichfalls mit einem Zähler in der Hand, Paul mit einem Lesegerät, das er an die Ohrmarke jedes Schafes hielt, bis es piepte, ehe er es durchließ. Césaire rief währenddessen die Schafe, lenkte sie mit den Hunden, damit sie ohne Drängelei durch den Trichter der Sortieranlage liefen.

Aus dem da kannst du Bratwurst machen, meinte Césaire zu Paul und versetzte einem der beiden Widder der Herde, der zwischen den Gitterstäben durchgeschlüpft war, einen Schlag auf den Hintern. Paprikawürstchen kannst du meinetwegen aus dem machen, nix dagegen, so wie der mich den ganzen Sommer genervt hat, auf nichts hört er, jeden Tag ist er abgehauen Richtung Kämme.

Der Bratwurstwidder lief lammfromm durch, als hätte er erraten, dass über ihn geredet wurde. Ein paar andere Schafe folgten ihm.

Natürlich, die da folgen ihm immer, er kann den größten Blödsinn anstellen und sie folgen ihm.

Nach anderthalb Stunden gelangten sie zu einer Gesamtzahl von siebenhundertachtundachtzig Tieren, dreihundertneunundneunzig von Escoffier, zweihundertfünfzehn von Féraud, einhundertvierundsiebzig von Pascal. Paul folgte Césaire in den Stall, öffnete mit ihm die von der Feuchtigkeit aufgeweichten Hefte, in denen der Schäfer die Bestände notierte. Zusammen kamen sie auf sechsundzwanzig fehlende Tiere, vier mehr als Césaire am Abend zuvor angekündigt hatte, was den Schäfer die Stirn runzeln ließ. Er sagte nichts, hörte nur zu, wie Paul wieder und wieder auf die gleiche Zahl kam, sechsundzwanzig. Die einzige Zählung, auf die ich mich verlasse, ist meine eigene, sagte er dann nach einer Weile schlicht, und Pascal gab zu, dass er sich seiner Gesamtzahl tatsächlich nicht ganz sicher war, ich frage mich, ob ich nicht irgendwann durcheinandergekommen bin, sagte er, und alle reagierten erleichtert auf dieses Geständnis. Niemand wollte, dass Césaire, der sich den ganzen Sommer um die Herde gekümmert hatte, vier Tiere mehr verloren hätte als angenommen. Gemeinsam zählten sie Pascals Schafe noch einmal durch, und diesmal kamen sie nicht auf hundertvierundsiebzig, sondern auf hundertachtundsiebzig, Césaire schaute Pascal in die Augen und zog lächelnd an seiner Zigarette, na da sind sie ja, die fehlenden vier, und damit war das Kapitel abgeschlossen.

Dann holte jeder seine Tasche, und der Abstieg begann. Die Schafe hatten es am Anfang so eilig, dass die Männer nicht einmal versuchten hinterherzukommen, sie schauten nur zu, wie sie durch das klatschnasse Gras den Hang hinabstürzten, durch alle Rinnen ins Tal hinunterliefen wie die vom Regen angeschwollenen Bäche und Wasserfälle. Etwa hundert Meter tiefer wurde das Gelände flacher, dort blieben die Tiere am Flussufer stehen. Am Anfang sträubten sie sich, ins eiskalte Wasser zu gehen, aber die Hunde trieben sie an. Die Ersten, die sich hineinstürzen mussten, fanden die Furt und wurden sofort gefolgt von anderen, die unter lautem Glockengebimmel losrannten, jedes lief dem vorigen in die

Beine wie bei einem Wettrennen. Schließlich durchquerte die ganze Herde den Fluss, zog sich in die Länge, wie um durch die Engführung einer Sanduhr zu laufen, ein oder zwei Minuten lang, dann entspannten sich die Tiere am anderen Ufer wieder, atmeten ruhiger, begannen erleichtert zu weiden.

Mehrere Stunden lang stiegen sie weiter ab, sie spürten den Regen nicht mehr, und hin und wieder winkte Matt Nel zu, um ihm seine Freude zu zeigen, da zu sein, mit den Hunderten von wogenden Wollhintern vor ihm im strömenden Regen, die sich beim Überqueren der Felsen hoben wie eine Welle, auf der anderen Seite ihren unaufhaltsamen Strom wiederaufnahmen. Bald schnell wie der Lauf eines Flusses, bald fast reglos, der Weg zu eng, die Schafe angehalten, Seite an Seite, so dicht zusammengedrängt, dass sie den Hals über den wollenen Teppich recken mussten, um Luft zu bekommen, bis es weiterging. Hunderte von rosa und weißen Köpfen schienen obenauf zu schwimmen, die Plastikmarken in ihren Ohren wie Modeschmuck.

Im Gehen atmeten sie den Geruch der nassen Tannen ein, der durchweichten Farne, der Köttel und des Urins im Matsch, des zerfetzten Herbstlaubs, der Pfefferminzbüschel und der unsichtbaren Pilze, der gesamte Wald war durchtränkt von dem stundenlangen Unwetter.

Einmal glitt Matt aus, Nel sah seine große athletische Gestalt einen guten halben Meter abrutschen und trotz allem das Gleichgewicht wahren, die Hand blitzschnell in den Matsch gestützt, um den Sturz zu vermeiden. Er lächelte Nel zu und setzte seinen Weg fort, zog seinen Esel weiter hinter sich her, über den Boden, auf dem die Herde Tausende von glänzenden schwarzen Kügelchen hinterlassen hatte.

Dann kamen sie endlich unten an, der Matsch wich dem Asphalt, die Dichte des Waldes der Offenheit einer riesigen Freifläche, die sowohl als Hubschrauberlandeplatz diente als auch für den Jahrmarkt und als Sammelplatz für die Herden bei den Schaftrieben. Die Klauen der Schafe trappelten über den Teer, und die Tiere blickten nach ihren vier Monaten auf der Alm staunend um sich herum, verblüfft, auf einmal so viel Asphalt zu sehen, unter der gemauerten Brücke zwischen zwei überfüllten Parkplätzen die Lance wiederzuerkennen und am Kreisverkehr dreißig Meter weiter fast einen Stau auszulösen, da die Autofahrer trotz des Regens stehen blieben, um sie anzuschauen.

Während Paul und Pascal die Tiere ein letztes Mal sortierten, suchte Nel nach Matt. Er fand ihn inmitten der Herde, wo er mit dem größten Ernst seinen Esel am Zaum hielt, ohne sich darum zu scheren, ob es regnete oder hagelte, glücklich in diesem Meer aus wollenen Rücken.

Sherpa, rief Nel lächelnd.

Matt antwortete mit einem Winken, lächelte strahlend, aber kurz zu Nel hinüber. Wandte sich wieder dem Zählen der Schafe zu, ohne sich ablenken zu lassen.

21

Nun näherten sich die schwarzen Wagen dem Friedhof. Die Regentropfen prallten auf dem Teer ab wie kleine Bomben. Dahinter folgte der Trauerzug, gebeugte Rücken, patschnass. Die Wagen fuhren durch das Tor in den Friedhof hinein, drangen durch das Spalier der Gräber vor, zwischen den Marmorplatten und den Keramikblumen.

Nel hatte das Porträt eines Toten gesehen, das auf einer Grabplatte stand, etwas weiter das Foto auf Porzellan eines anderen. Er hatte das Gefühl gehabt, sie beobachteten ihn, von allen Seiten musterten ihn die Gesichter lange verstorbener Männer und Frauen, missmutig, gestört zu werden. Er hatte gedacht, bald wären die Gesichter seiner Cousins auch dort, starr inmitten der beklommenen Menge der Toten, die Augen auf jeden vorbeikommenden Unbekannten gerichtet.

Er war dem Zug bis zu der regenglänzenden Gruft gefolgt, in der Alphonse und Fine ruhten, hatte seinen Blick über die Gräber schweifen lassen, ein paar Meter weiter das Grab seiner eigenen Vorfahren erkannt.

In Gedenken an Maurice, unseren geliebten Vater und Großvater, hieß es auf einer Porzellantafel neben einem Porträtfoto des Schäfers.

Während Fabiens Sarg angehoben wurde, um ihn in das Loch hinabzulassen, hatte Nel die roten Dahlien bctrachtet, die Michel und Régine daraufgelegt hatten. Er hatte gespürt, wie er mit beidem verbunden war. Mit den roten Dahlien von Fabiens Freunden wie mit dem Matsch der Herden. Mit den Schallplatten und Büchern seines Cousins wie mit den einsamen Almsommern im Lignin. Er hatte an Josephs und Antoines geopferte Jugend gedacht, geopfert den Schafen, den Wintern in der Crau, den Unwettern auf der Hütte, der Hitze, den Blitzen, dem Mistral. An all die Schafe, die seit grauer Vorzeit von all den Schäfern gehütet wurden, an all die Herden, die in diesem anbrechenden Oktober durch die Täler herabkamen, um in die Ebenen zurückzukehren, seit Jahrtausenden über die gleichen Triften, das gleiche Gras weidend, die gleichen Lämmer im Bauch. Er hatte sich gesagt, da komme ich her. Voller Stolz, beinahe Eitelkeit: Das ist meine Familie.

Die ersten Hände voll nasser Erde waren auf das Holz der Särge gefallen, und in seine Trauer hatte sich eine Art Hochgefühl gemengt, er spürte den Regen nicht mehr, es war ihm auf einmal völlig egal, ob es regnete oder strahlender Sonnenschein herrschte. Er sagte sich, ich weiß es. Wie eine noch unbekannte Gewissheit. Vielleicht zum ersten Mal in meinem Leben weiß ich es.

Am nächsten Tag war er nach Montpellier zurückgefahren und hatte auf dem Treppenabsatz der Wohnung seine Sachen vor der Tür gefunden. Hatte regungslos vor der Ansammlung von Kleidern und Gegenständen gestanden und mehrere Sekunden gebraucht, um zu begreifen, dass es wahr war, Juliette hatte es getan. Er war zu dem Haufen gegangen, um ihn zu untersuchen, hatte zuoberst auf einem Stapel von Büchern Juliettes Nikon A20 bemerkt, deutlich sichtbar hingelegt – was so viel hieß wie geschenkt.

Er hatte sie genommen, sie sich um den Hals gehängt. Hatte ein Dutzend Bücher ausgesucht, ein paar Kleider, eine Schachtel mit alten Foto-Abzügen. Festgestellt, dass seine Tasche zu klein war. Die Kleider, dann die Bücher wieder hingelegt, schließlich sogar die Abzüge. Nur die Kamera behalten.

Er hatte in seiner Manteltasche gesucht und gefunden, was er zu finden hoffte. Das Kärtchen, das er seit Monaten mit sich herumtrug: Odile Journet-Pingeard, Ethnologin. Mit Telefonnummer und Adresse. Er hatte sich von einer Freundin zur nächsten Mautstelle fahren lassen, war noch am gleichen Abend bis Laruns getrampt, zum ersten Mal Richtung Westen, statt nach Arles heimzufahren.

Die Ethnologin war mit einer Herde weit oben in einem Tal oberhalb von Espalungue. Er war ihr gefolgt. War drei Tage dort oben geblieben, mit ihr und mit zwei Schäfern, deren Almsommer zu Ende ging, den ersten seines Lebens, die nicht aus der Crau oder aus den Alpen waren. Die andere Schafe hielten als die, die er seine ganze Kindheit lang gesehen hatte.

Er hatte ihren Abtrieb fotografiert.

In den folgenden Tagen war er in Toulouse vorbeigefahren und hatte seine Abzüge auf gut Glück in der Redaktion der *Dépêche du Midi* abgegeben. Die Zeitung hatte sie genommen, hatte ihn gefragt, ob er mit diesem Titel einverstanden wäre: Almsommerende im Ossau-Tal.

Tags darauf waren die Fotos erschienen, und er hatte sein erstes Honorar bekommen, zweihundert Franc, einfach vom Himmel gefallen, die selbstverständlichste Sache der Welt.

Dann war er weitergezogen, in die Täler Kastiliens, in die Karpaten, zu den Meteora-Felsen, auf den Peloponnes.

War zehn Jahre lang nicht mehr heimgekehrt.

Wenn man etwas wirklich will, bekommt man es am Ende immer.

Du wirst sehen, es stimmt.

22

Matt und Nel öffneten die Fenster, um die Frische der Nacht besser zu spüren.

Ich hoffe, du schläfst nicht ein, meinte Matt. Es ist nicht mal drei Uhr, das wird bis in den Morgen gehen, Alter.

Sie fuhren über die Kleine Rhone, weiter zwischen Weinstöcken und Feldern, bis sie in der Ferne den Pinienwald erkannten. Bei Tag konnte man ihn mit einem anderen Waldstück verwechseln, nachts jedoch nicht: Er war von Scheinwerfern beleuchtet, Lichter brachen zwischen den Ästen durch und erhellten ihn wie eine Laterna Magica. Die Bässe der Anlage waren von Weitem zu hören. Der Parkplatz war rappelvoll. Autos überall, Scheinwerferballette, Menschentrauben, die laut redend und nach Parfüm riechend kamen und gingen, durch die Lichtkegel hindurch, ohne sich um die Autos zu scheren, die sie zu überfahren drohten.

Nel und Matt waren darauf gefasst, am Eingang zwei Türsteher im Kampfanzug vorzufinden. Aber man ließ sie ein, ohne sie irgendetwas zu fragen. Unter dem großen runden Dach blitzten die Stroboskope, DJ Kassi spielte seinen Electrosound, junge Männer und Frauen gebrauchten die Ellbogen, um zu tanzen.

Fünfzigster Geburtstag der Chu seid ihr da. Ich höre euch nicht fünfzigster Geburtstag der Chu seid ihr alle da.

An den Wänden zeigten die Plakate die immergleichen Fotos von Bardot, Delon und Belmondo, so weit entfernt von der Welt von DJ Kassi wie die alte Chu von den Diskotheken von Ibiza.

Matt bestellte eine Flasche, betrachtete lächelnd den Liter J&B, den der Kellner für einen stolzen Preis vor ihn stellte. Matt reichte ihm seine Kreditkarte, schaute Nel mit einem Cowboyblick an und öffnete die Flasche. Zerdrückte den Deckel in seiner Hand und legte ihn unter Nels und des Kellners entzückten Blicken als Klümpchen auf die Theke.

Sie stießen an, betrachteten die Spotlichter über ihren Köpfen, die von der Musik bewegten Körper in der Mitte des Raumes. Matt stand auf, um zu tanzen, hob die Arme und wackelte im Takt mit den Hüften, um Nel zum Lachen zu bringen. Ein paar Mädchen lächelten angesichts seiner Ausgelassenheit, kamen näher, um mit ihm zu tanzen.

Gegen sechs Uhr brach der Tag langsam an. Sie gingen hinaus unter die Pinien, betrachteten das erste Licht über den Stierweiden und den Fertigrasenanbauflächen. Die Fahrzeugreihen hatten sich gelichtet, der Parkplatz war nur noch halb voll, das Gelände mit Plastiktüten, vergessenen Kleidungsstücken, leeren Flaschen, Plastikbechern, Pizzakartons, Radkappen übersät.

Nel und Matt stiegen wieder in den Clio, fuhren zurück Richtung Arles. Der Wind wehte ihnen ins Gesicht, sie fühlten sich gut. Nel wäre beinahe eingeschlafen, dann spürte er den Wind plötzlich stärker auf seinem Gesicht. Er schlug die Augen wieder auf, betrachtete die Reisfelder und den Damm der Kleinen Rhone, die am Straßenrand vorbeirasten, immer schneller. Er warf einen Blick auf den Tacho: hundertzwanzig. Sah das euphorische Lächeln auf Matts Gesicht.

Was machst du da.

Aber er wartete die Antwort nicht ab. Er ließ den Kopf wieder auf die Rückenlehne sinken.

Und der Wagen flitzte schwerelos dahin.

Die Geschichte von Jean-François und Alain Gueyraud, von der dieses Buch sehr frei inspiriert ist, wurde mir zuerst von meinem Freund, dem Fotografen Lionel Roux erzählt. In der ganzen Zeit, in der ich an diesem Buch geschrieben habe, war er mehr als eine Quelle: Er war ein Komplize. Seine Panoramaaufnahmen der Crau sowie viele andere Fotografien sind in seinen Büchern Odyssée pastorale *(Actes Sud, 2009) und* Pasteurs, Paysages *(Actes Sud, 2016) zu sehen. Dank auch an Josette Gueyraud, Christian Lacroix, Patrick Héritier und Claude Viotti für ihre Erzählungen. Das vorangestellte Aischylos-Fragment stammt aus der verloren gegangenen Tragödie* Der befreite Prometheus. *Es ist nur durch ein Zitat Strabons in seiner* Erdbeschreibung *(Band 1, Buch IV, §5) überliefert, hier in der Übersetzung von Abraham Jacob Penzel (1775). Dank an Lionel und Louis Escoffier, Pierre-Yves Rudaz, Nick und Hester Davies, Jean-François Puff. Für Florence Dours, Garance und Céleste Roux, Aurélie de Lanlay, Nicole, Philippe, Émile und Pierre.*

Sylvain Prudhomme im Unionsverlag

Ein Lied für Dulce

Couto, einst Gitarrist der legendären Band Super Mama Djombo, schlägt sich mehr schlecht als recht in Guinea-Bissau durchs Leben. Da erfährt er eines Morgens vom Tod seiner ersten großen Liebe Dulce, der Sängerin der Band. Aufgewühlt zieht er durch die Straßen, von Bar zu Bar, von Freund zu Freund. Dreißig Jahre Erinnerung ziehen an ihm vorüber: Bilder der Geliebten, triumphale Konzerte rund um die Welt, Tragödien des Befreiungskampfes.

Die Stadt steht unter Hochspannung. Alle erwarten den drohenden Putsch der Generäle. Da beschließen die Musikerkollegen, ein Konzert für die verstorbene Sängerin zu geben. Als sich der Abend über die Stadt legt, heint sich zunächst niemand an die Hits der ehemals berühmten Band zu erinnern. Bereits hört man die ersten Schüsse. Der Staatsstreich beginnt. Aber auch das Konzert im Chiringuito …

»Das Panorama einer legendären Band, eines gescheiterten Staates und die Geschichte einer großen Liebe. Ein wunderbares Buch mit poetischer Strahlkraft.« *Heinz Gorr, BR 2*

»So eindringlich und aufschlussreich gelingt Schreiben über Musik selten. Ein musikalisches Denkmal, in Literatur gegossen.« *Joachim Schneider, Badische Zeitung*

Jean-Claude Izzo im Unionsverlag

Die Marseille-Trilogie Total Cheops · Chourmo · Solea
Fabio Montale ist ein kleiner Polizist mit Hang zum guten Essen und einem großen Herz für all die verschiedenen Bewohner der Hafenstadt: für die Italiener, die Spanier, die Nordafrikaner und auch die Franzosen. Ob einer Polizist wird oder Gangster, das ist reiner biografischer Zufall. Freund bleibt Freund.

»Fiebrige Lebenslust, überbordende Vitalität auf der einen, die Tragödien der Gestrandeten auf der anderen Seite.« *Robert Hültner, Abendzeitung*

Aldebaran
Im Hafen von Marseille steht die Zeit still. An der äußersten Mole liegt die Aldebaran fest, deren Reeder Konkurs gegangen ist. Die letzten drei Männer an Bord wollen den Frachter nicht aufgeben.

Die Sonne der Sterbenden
Rico zieht Bilanz: Er ist geschieden, seinen Sohn darf er nicht mehr sehen, die Wohnung hat er verloren, sein einziger Kumpel, der Clochard Titi, ist tot. Rico beschließt, aus dem eisigen Pariser Winter abzuhauen, in den Süden.

Leben macht müde
Es sind die kleinen Leute – Prostituierte, Matrosen, Hafenarbeiter, illegale Einwanderer, die sich in diesen sieben Geschichten mit den großen Fragen des Daseins konfrontiert sehen: »Die Angst. Das Leben selber.«

Mein Marseille
Die geheime Heldin aller Romane von Jean-Claude Izzo ist Marseille. Diese Texte erzählen von den Menschen, dem Licht und den Farben der Stadt. Izzo führt durch die Gassen und Kneipen, erzählt von Kräutern und Düften, von Vergangenheit, Gegenwart und Zukunft einer ewigen Stadt.

»Maxence Fermine gelingt es, eine berührende Geschichte zu verfassen. Er entführt den Leser in eine Welt der Märchen und der Poesie. Es bleibt Platz für Interpretationen und Träume, aber auch für Sehnsüchte und Wünsche. Vielleicht hält man für einen Augenblick inne und nimmt sich die Zeit, sich selbst leben zu sehen.« *literaturkritik.de*

Am Ende der Teestraße

Schon als Kind ist Charles Stowe, Sohn eines Londoner Teehändlers, fasziniert von den Geheimnissen des Tees. Die Welt der tausend Düfte und Aromen verzaubert den jungen Mann so sehr, dass er aufbricht, um den seltensten chinesischen Tee nach England zu importieren. Die Begegnung mit der mysteriösen Loan bringt seine Pläne allerdings durcheinander.

Schnee

Dem jungen Yuko steht eine glänzende Karriere als Hofdichter bevor. Seine Leidenschaft gilt den Haikus, deren hohe Kunst er unter den Lehreraugen des berühmten Meisters Soseki vollenden soll. Von ihm lernt er nicht nur das Dichten, sondern er erfährt auch die Geschichte der wunderschönen Frau, die Soseki einst liebte. Ihr Name war Schnee.

Die schwarze Violine

Der Geigenvirtuose Johannes Karelsky wird an den europäischen Höfen als Wunderkind gefeiert. In Venedig macht er die schicksalhafte Bekanntschaft des Geigenbauers Erasmus. An dessen Wand hängt unberührt eine schwarze Geige. Johannes ist fasziniert von der geheimnisvollen Violine – bis der Geigenbauer ihm ihre fatale Geschichte erzählt.